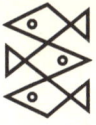

Kurz vor der Wende zum Jahr 2000, in der unwirtlichen Atmosphäre einiger Endzeitkatastrophen, schreibt der berühmte Maler Ovidio Romer in der neutralen Abgeschiedenheit eines Schweizer Hotels »den Roman seines Lebens«. Zur Zeit seiner großbürgerlichen Jugend in Rom hat er sich, der schon früh den Vater vermissen mußte, zu einem menschenscheuen Einzelgänger entwickelt. In seinen Bildern stellt er versteinerte Wälder, apokalyptisch visionäre Wüsten dar, malt antike Ruinen, Fossilien und unheimliche Insekten mit gläsernen Menschenaugen.

Zu den Merkwürdigkeiten seiner Existenz gehört auch ein Phänomen, das sich als Verdoppelung oder Spiegelung von Ereignissen bemerkbar macht. Überall holt ihn die Dämonie geheimnisvoller Entsprechungen ein. In der Ruinenlandschaft Ägyptens findet er ein archäologisches Motiv, das er vor Jahren aus der Phantasie gemalt hatte. Ein Verwirrspiel in Raum und Zeit, zu dem auch der zweifache Tod seines Vaters gehört, der ihn zunächst nach Ägypten, dann in ein pseudomittelalterliches Kastell in Umbrien und zuletzt nach Kanada führt.

Was immer die Erfahrung der Austauschbarkeit von Zeit und Raum in einem einzigen Menschenleben, aber auch über Jahrhunderte hinweg, bedeuten mag, sie rührt an die für Ovidio Romer zentrale Frage von Original und Imitation. Wie er aus dem Labyrinth der Selbstbefragung und der versteinerten Welt seiner Bilder herausfindet, davon erzählt dieser erstaunliche Abenteuer- und Künstlerroman.

»*Die fliegenden Steine* ist sicher das klügste und an Tiefenschichten reichste Buch dieses immer wieder von neuem überraschenden Autors.« *Ute Stempel / Süddeutsche Zeitung*

Luigi Malerba, 1927 in Berceto bei Parma geboren, lebt in Rom und Orvieto. Im *Fischer Taschenbuch Verlag*: ›Die nachdenklichen Hühner‹ (Bd. 10345), ›Das griechische Feuer‹ (Bd. 12181) und ›Wahrhaftige Gespenster‹ (Bd. 12282).

Luigi Malerba

Die fliegenden Steine

Roman

Aus dem Italienischen
von Moshe Kahn

Fischer Taschenbuch Verlag

Veröffentlicht im Fischer Taschenbuch Verlag GmbH,
Frankfurt am Main, Juni 1996

Lizenzausgabe mit freundlicher Genehmigung
des Verlags Klaus Wagenbach GmbH, Berlin
Die italienische Ausgabe erschien unter dem Titel
›Le pietri volanti‹ bei Rizzoli Libri S.p.a., Mailand
© 1992 Rizzoli Libri S.p.a., Mailand
© 1992 für die deutsche Übersetzung:
Verlag Klaus Wagenbach, Ahornstraße 4, 10787 Berlin
Gesamtherstellung: Clausen & Bosse, Leck
Printed in Germany
ISBN 3-596-12333-X

Gedruckt auf chlor- und säurefreiem Papier

INHALT

Nach Basel

Die Schweizer Züge sind die besten der Welt. Sie fahren nicht übermäßig schnell, und so werden die Fahrgäste auch nicht durchgeschüttelt, bis ihnen die Seele zur Nase herausquillt; sie sind sauber und leise, weich, gut gefedert, und sie haben große Fenster, so daß man die Aussicht genießen kann. Hin und wieder blicke ich von meiner Kladde auf, in die ich schreibe. Wir haben Oktober, und die immer noch grüne Landschaft fegt an meinem Blick vorüber, der bei dem grasenden Vieh auf der Weide verweilt, bei den schläfrigen Milchkühen mit ihrem scheckigen Fell, bei den Häusern mit ihren Dächern, die so weit hinabreichen, daß sie die Erde berühren, und ihren Holzbalkonen, auf denen unzählige Blumentöpfe mit Herbstblumen stehen, die in einer einzigen Kaskade aus Farben vornüber herabstürzen. Das Land der Banken, Schnittpunkt so vieler Schiebereien, bietet ein durch und durch beruhigendes, unschuldiges äußeres Bild, das mir die Schokolade und den löchrigen Käse aus meiner Kindheit in Erinnerung ruft. Doch meine Geschichte hat, trotz dieser schweizerischen Erinnerungen, nichts mit meiner Kindheit zu tun, außer vielleicht einen gelegentlichen Hinweis. Sie beginnt in meiner Jugend, als ich, nach dem wilden Treiben der Kindheitstage, anfing, ein Bewußtsein vom Leben zu entwickeln und die ersten Beziehungen zu meinen Mitmenschen zu durchleiden.

In zwei Monaten beginnt das neue Jahrtausend. Kein einfacher Übergang. Viele werden die Gelegenheit nutzen, um sich harmlosen Verrücktheiten hinzugeben, andere werden mit oder ohne Tränen über ihre Fehler und Sünden lamentieren, die Jüngeren werden ihren Blick und ihre Hoffnungen auf eine Zukunft voller Unwägbarkeiten richten. Andere, die bereits die

Vorhölle angstvoller Unruhe betreten haben, die das weiße Haar mit sich bringt, werden dieses Datum zum Anlaß nehmen, eine Bilanz ihres Lebens zu ziehen. Wieder andere verhalten sich schon jetzt so, als stünde ihr Geburtstag bevor und als würde das gesamte Jahrtausend auf ihren Schultern lasten.

Ich habe mir eine Kladde mit schwarzem Einband und Rotschnitt gekauft, wie sie vor vielen Jahren üblich waren, und habe, Kapitel für Kapitel, den Roman meines Lebens zu schreiben begonnen. Ich will gleich sagen, daß es sich in meinem Fall nicht um eine Bilanz handelt und daß es nicht das Alter ist, das mich zu dieser Art von geistiger Bilanz drängt. Viele Schatten haben mich verfolgt, schweigsam, aber mit finsterer Entschlossenheit, und sie sind es, denen ich Rede und Antwort stehen muß: Ihnen widme ich demütig diese Seiten. Ich habe diese Niederschrift als »Roman« bezeichnet, einfach weil ich der Überzeugung bin, daß jeder, der das aufzeichnet, was ihm im Lauf der Jahre widerfahren ist, an einer Erfindung arbeitet. Die Wörter, die uns zur Verfügung stehen, sind, in welcher Sprache auch immer, völlig unzureichend, um die Gefühle, die Empfindungen, die Gedanken wiederzugeben, die sich durch unser Leben zogen, genau wie die Umstände, die sie verursacht haben oder durch die sie hervorgerufen wurden. Alles, was meine Hand in diese Kladde schreibt, wird deshalb gleichzeitig richtig und falsch sein. Ich könnte auch sagen: Ich habe nichts erfunden. Und mit der gleichen Aufrichtigkeit könnte ich behaupten, daß jeder Satz von mir, jedes Wort, reine Fiktion ist.

Es ist nicht das erste Mal, daß ich *innehalte*, um über mein Leben nachzudenken. Es ist eine Übung, die ich schon häufiger gemacht habe, allerdings ohne sie schriftlich festzuhalten. Die Idee, meine Gedanken in Worte zu fassen, hilft mir vielleicht, die Rätsel zu lösen, die mich im Laufe der Jahre umwoben und verwirrt haben, und sogar ihren Ursprung zu erkennen. Wie viele Jahre? Das ist eine Frage, die ich mir nie stelle und die ich mir auch jetzt nicht stellen werde. Genauso wie es mir nicht gefällt und noch nie gefallen hat, mein Alter anzugeben. Innerlich habe ich mich seit der Zeit meiner Bewußtwerdung nicht verändert, so als hätten die Ereignisse, die mich berührt haben, keinerlei Spur hinterlassen. Mehr noch, ich habe mich immer geschämt, wenn ich mein Alter angeben mußte, sowohl mit achtzehn als auch später. Der Leser soll daher nicht glauben, es handele sich hier um die Erinnerungen eines weinerlichen Greises. Das Alter ist eine Dimension, die nichts mit mir zu tun hat, ebensowenig hat die Dimension der Zeit etwas mit mir zu tun.

Auf der ersten Seite meiner Kladde habe ich geschrieben, daß ich mich seit der Zeit meiner Bewußtwerdung nicht verändert habe. Dazu muß ich gleich etwas richtigstellen. Erstens glaube ich nicht, daß es, wenigstens in meinem Fall, so etwas wie ein Alter der Bewußtwerdung gibt, und ich weiß auch nicht, was für einen Sinn dieser abgenutzte Ausdruck enthält. Zweitens muß ich präzisieren, daß ich mich nicht verändert habe, allerdings nur im Hinblick auf Unbeständigkeit und Ungewißheit. Ich habe immer in einer vorläufigen Realität gelebt und mich, anders als meine Freunde, an denen ich die beneidenswerten Eigenschaften des »fertigen Produkts« erkennen konnte, immer für unbeständig gehalten, für einen »provisorischen Menschen«, über dessen Person ich keinerlei zuverlässige Angaben hätte machen können. Hinzufügen muß ich, daß ich mich bis zum heutigen Tag, während ich auf der Reise zu einem großen Luxushotel in der Nähe von Basel bin, in das ich mich zu flüchten entschlossen habe, um das kommende Jahrtausend zu erwarten, innerlich immer noch in keiner Weise verändert habe: Die Ungewißheiten, die Verwirrungen, die Widersprüchlichkeiten, die Erregungen sind nach wie vor dieselben, trotz der Jahre. Ich habe mich noch nicht entschieden, ob ich darüber glücklich sein soll oder ob ich mir um diese unheilbare Unreife Sorgen machen muß, die denen, mit denen ich ins Gespräch komme, nicht unangenehm ist, mir aber weiterhin Unbehagen verursacht und mich letzten Endes zur Flucht in die Schweizer Einsamkeit bewogen hat. Das allein ist jedoch nicht der Grund, weshalb ich die Schweiz gewählt habe. Ich wollte bei dieser Gelegenheit sowohl den ausgelassenen Festen wie auch den weinerlichen Klagen und Reden aus dem Weg gehen, zu denen das näherrückende Datum gewissermaßen verpflichtet. Ein Datum, das mir von außen aufgezwungen wird und das ich am liebsten vergessen würde. Das wäre mir in Italien unmöglich:

Dort lebe ich, und dort würde man mich in irgendeine laute Feierlichkeit hineinziehen.

Natürlich spiegeln sich meine Zweifel auch in der Geschichte wider, die ich schreibe, und in der Sprache, die ich wählen muß. Jede Geschichte, die eine Geschichte werden soll, braucht die ihr gemäße Sprache. Aber handelt es sich überhaupt um eine Geschichte? Leider muß ich abwarten, bis ich sie geschrieben habe, um das zu wissen. Es ist schon vorgekommen, daß ich, nachdem ich viele Seiten geschrieben hatte, nur den Wunsch verspürte, meine Worte wieder zurückzunehmen, um sie anders anzuordnen. Wird es mir auch diesmal so ergehen?

Vor etwas über einer Stunde, als ich am »vertikalen« Flughafen von Zürich war und von der Flugzeugebene zur Eisenbahnebene hinunterfuhr, war ich sicher, daß mir gerade der neutrale Charakter der Schweiz helfen würde, mir schreibend über die Gefühle klarzuwerden, die mich bewogen haben, in die Einsamkeit eines Hotels zu flüchten, wo mich niemand kennt. In diesem Augenblick bin ich mir nicht mehr so sicher und blicke sogar hinaus auf die grünen Hügel, auf die Bäume, die bereits Herbstfarben zeigen, auf die Balkone der Häuser, die noch voller Blumen sind, und spüre, im Gegensatz zu dem, was ich vorher behauptet habe, so etwas wie Gereiztheit und Unbehagen.

Der Zugkontrolleur kommt vorbei. Ich habe das Bedürfnis, irgend etwas zu sagen, irgendwelche Wörter auszusprechen. Es ist, glaube ich, lediglich ein physisches Bedürfnis, das mich oft dazu verleitet, mit mir selbst zu sprechen, oder, was schlimmer ist, Unsinn von mir zu geben, Banalitäten.

»Dieser Zug fährt doch nach Basel, nicht wahr?«

»Nein, mein Herr.«

Ich blicke ihn erstaunt an. Ich bin sicher, daß ich den Zug nach Basel genommen habe.

»Und wohin fährt er?«

»Nach Aarau, mein Herr.«

»Aber fährt er danach nicht nach Basel?«

»Gewiß, aber in diesem Augenblick fährt der Zug nach Aarau.«

»Vielen Dank.«

Ich nehme meine Fahrkarte wieder an mich und richte meine Augen wieder auf meine Kladde. Für den Bruchteil einer Sekunde begegne ich dem Blick meiner einzigen Mitreisenden, einer blassen, eleganten Vierzigerin, die mich bislang diskret und leichthin ansah, während ich so tat, als bemerkte ich es nicht. Sie sieht mich noch immer an, mit einem kaum wahrnehmbaren Lächeln.

»Die Schweizer stehen früh auf, werden aber erst spät wach.«
Ich lächle über diese Bemerkung, ohne zu antworten. Zum Glück senkt die blasse Vierzigerin ihren Blick, und ich kann meinen einsamen Handlungsfaden wieder aufnehmen.

Vorspiel zur Zukunft

Ich glaube nicht, daß ich ein ungewöhnlicher Mensch bin, auch wenn viele anderer Auffassung sind. Die Bilder, die ich gemalt habe, sind meine eigentliche Biographie, allerdings sind sie über die ganze Welt verstreut, in Museen und Privatsammlungen. Diese Seiten dagegen sind ein Versuch, mich als Ganzes darzustellen. Hier hoffe ich, die Brechungen zu überwinden, die im Verlauf des Lebens allen Menschen widerfahren, nicht nur den Künstlern oder denen, die sich dafür halten. Ich glaube, daß aus dieser Art illusorischer Autobiographie die hohen, merkwürdigen Signale einer kontinuierlichen Verdoppelung der Ereignisse in meinem Leben deutlich zutage treten: so als wollte das Schicksal oder das Glück oder die linke Hand Gottes ein Spiel mit mir treiben, mich in überraschende Symmetrien und Koinzidenzen verwickeln, um auf diese Weise gewissermaßen die Komplizenschaft des freien Willens hervorzuheben – und in einigen Fällen, wie einst in Ägypten, das Höhnische der Realität, das sich auf meine gegenständlichen Schöpfungen übertragen hat. Leicht hätte ich das alles überzeugend verbrämen und dem unendlichen Katalog der zeitgenössischen Prosa einen neuen Titel hinzufügen können, aber ich habe es vorgezogen, die Fakten wie ein ehrlicher Schreiber mitzuteilen und etwas zum Nachdenken über das nackte Leben eines Menschen anzubieten, der diese einzigartige Neigung zur Brechung besitzt. Diesem Zustand versuche ich mich mit dem grobschlächtigen Mittel des Schreibens zu widersetzen, dem einzigen, das mir im Augenblick zur Verfügung steht.

Als vor einigen Jahren die vom Rost zerfressenen Brücken von New York einstürzten und diese herrliche Stadt zu einem einzigen Schrotthaufen wurde, zu einer der inzwischen zahlreichen

»Rostfraßstädte«, und als Lyon durch die Explosion des Atomkraftwerks Superphoenix von der Landkarte verschwand, ist mir klargeworden, daß das Schreiben, das ich über so viele Jahre gefürchtet und sogar verachtet habe, doch eine der wenigen Möglichkeiten ist, ein Stück Erinnerung an sich zu hinterlassen.

Ich habe noch eine zweite Kladde gekauft, in der ich, sofern ich Zeit und Lust habe, mit der größten mir möglichen Genauigkeit meine wichtigsten Bilder eins nach dem anderen beschreiben werde. Vor unendlich langer Zeit, vor über tausend Jahren, hat ein pedantischer Patriarch von Konstantinopel namens Photios die Inhaltsangaben von zweihundertachtzig literarischen Werken in einem Buch mit dem Titel ›Bibliotheka‹ zusammengefaßt. Viele dieser Werke sind verlorengegangen, und die einzige Erinnerung daran haben wir in der Arbeit des Photios.

Es scheint, als sei der Staub nicht nur das Schicksal der Bilder, sondern auch der Maler. Es scheint, als wäre die Rückverwandlung zu Staub der größte Hohn, dem wir, ebenso wie unsere Werke, ausgesetzt sind. Das sagt bereits die Bibel. Ich habe zwar Vertrauen in die Reproduktionstechnik, aber gegenwärtig bestimmt der Staub meine Gedanken. Auf der Schwelle zum neuen Jahrtausend bringe ich einen einsamen Trinkspruch aus, und die Worte, die ich ohne Zeugen aussprechen werde, fürchten sich weder vor Rostkatastrophen noch vor Atomstrahlen, noch vor dem Staub, der unser Schicksal bestimmt.

Ich glaube, ich gehöre zu jener pathetischen Gruppe von Menschen, die die Hoffnung haben, Ordnung ins Chaos zu bringen. So jedenfalls äußerte sich ein bedeutender deutscher Essayist, der, getreu jener heruntergekommenen Ideologie, seinem Leben durch Harakiri ein Ende setzte. Ich weiß, ich habe mich geirrt, und heute kann ich mit Leichtigkeit prophezeien, daß das Chaos im nächsten Jahrtausend als die einzig mögliche Realität hingenommen werden wird. Und zwar unbeschwert, ohne Tragödien, zugleich mit dem Bewußtsein, daß die Kinder des Staubs blind sind und nichts vorhersehen können, was weiter reicht als ihre Nase. Jene geordnete und vorhersehbare Welt, wie Galileo, Newton und ihre Anhänger sie beschrieben haben, die beruhigenden Gleichungen der Naturwissenschaft haben dem Unvorhersehbaren, dem nicht geradlinig verlaufenden Fortschritt, der Dynamik des Chaos breiten Raum gelassen. Jetzt, da ich diese Worte niederschreibe, wird mir klar, daß ich zwischen den Jahrtausenden stehe, daß ich die leidende Hauptfigur des Großen Übergangs bin, daß ich die alten Illusionen nicht völlig aufgegeben habe, obwohl ich offen in die Zukunft blicke. Eine zwiespältige Befindlichkeit, die Ausdruck dieses Zeitraums ist und an der diejenigen, die nach mir kommen, nicht leiden werden, weil sie im unbeschwerten Chaos des neuen Jahrtausends leben.

Vor einem Monat, als ich mich von einem Freund verabschiedete, den ich auf seinem Bauernhof in der Brianza besucht hatte, bekam ich einen seltenen gelben Zweipuppen-Kokon aus Kaschmir geschenkt, der zu einer neuen Spezies von Seidenraupen gehört: Sie sind gegen radioaktive Verseuchung immun. Eine freundliche und vielleicht auch unheilbannende Geste, was mir aber zunächst nicht bewußt war. Ich hatte diesen Kokon in der Tasche meines Mantels vergessen, den ich dann in meinem Atelier in Poggio Arrigo gelassen habe. Möglicherweise hat die Wärme des Heizkörpers genau unter dem Kleiderhaken im Atelier, möglicherweise aber auch die prickelnde Luft der Schweiz die Entwicklung der Puppe derart beschleunigt, daß heute, als ich den Mantel überzog und die Hand in die Tasche steckte, ein kleiner weißer Falter herausflatterte. Leicht betäubt und wenig flugerfahren flattert der Seidenfalter noch immer von einem Möbelstück in meinem Zimmer zum andern und hat sich jetzt auf der Fensterbank vor dem geschlossenen Fenster niedergelassen. Ich weiß, Seidenfalter haben nur eine kurze Lebensspanne, aber seine Anwesenheit macht mich froh, und ich vertraue darauf, daß er mir bis zum Beginn des einundzwanzigsten Jahrhunderts Gesellschaft leistet.

ANGENEHME ERSCHEINUNG

Immer schon bin ich von Schönheit instinktiv angezogen worden. Schönheit bewundern und auf die Suche nach Schönheit gehen, überall und bei jeder Gelegenheit, dies hat mein Empfindungsvermögen und meine Gedanken beschäftigt. Aber ich muß sofort und ohne falsche Scham eingestehen, daß das erste Objekt meiner Bewunderung immer ich selbst war. Ich weiß und habe es immer gewußt, daß ich gut aussehe, und die Bestätigung dafür kam nicht nur vom Spiegel, vor dem ich wer weiß wie viele Stunden meines Lebens verbracht habe, sondern von allen meinen Bekannten, Freunden und Verwandten, auch von Fremden. Wenn ich durch die Straßen der Stadt gehe, nimmt mein Blick hier und da Zeichen von Bewunderung und sogar von Erstaunen wahr; wenn ich mich in einem Café aufhalte und den Blick plötzlich auf die neben mir Sitzenden richte, begegnet mir jedesmal der ekstatische Ausdruck der Mädchen, aber auch der von Männern und Frauen, und sie machen keine Anstalten, ihre Freude, vielleicht auch ihre Dankbarkeit für das Licht, das von mir ausgeht, zu verbergen.

Es gibt Schönheit, die kalt ist, einschüchternd, die zwischen sich und der übrigen Welt eine Leere schafft. Meine Schönheit ist von einer Art, die ich nicht als herzlich zu bezeichnen wage, denn Herzlichkeit ist kein Wesenszug der Verschüchterten; aber zweifellos setzt sie Sympathie und etwas Verführerisches frei, wie das bei bestimmten Hunden der Fall ist, die man sofort mag, Hunde, die den Wunsch aufkommen lassen, sie zu streicheln oder sogar auf den Arm zu nehmen. Ich habe mich mit einem Hund verglichen, weil ich nicht will, daß mein Bekenntnis wie fade Angeberei oder wie die Äußerung eines hoffnungslosen Narzißmus klingt. Ich versuche, objektiv zu sein und ein

Bild meiner körperlichen Erscheinung zu vermitteln, weil sie meine Empfindungen seit meiner Kindheit entscheidend geprägt hat. Ich bin sicher, daß diese Empfindungen völlig anderer Natur gewesen wären, wenn mein Aussehen auf mich und auf meinen Nächsten nicht diese unwiderstehliche, ja geradezu magnetische Wirkung ausgeübt hätte.

Wenn ich mich in allen Einzelheiten analysiere, eine Übung, die meinen Kopf mehr als einmal beschäftigt hat, bin ich nicht in der Lage, das Zentrum meiner Anziehungskraft zu finden. Es gibt Männer mit Adleraugen, mit Stimmen, die geheimnisvolle Vibrationen auslösen, andere bewegen sich wie Raubkatzen auf Beutejagd, wieder andere strahlen vor Intelligenz oder senden Blitze liebenswerten Irrsinns aus. Die Art zu lächeln, die Hände zu bewegen, zu gehen oder zu sprechen kann die Stärke von Männern sein, die einen unbeschwerten Zugang zu ihrem Nächsten haben. Ich weiß, daß ich objektiv zwar gut aussehe, doch unter die banaleren Schönheitskategorien falle. Eine Zeitlang habe ich geglaubt, ein geheimnisvolles, zweideutiges Lächeln zu besitzen (ich dachte an das Lächeln der ›Mona Lisa‹ von Leonardo), aber dann habe ich eingesehen, daß dies nur Wunschdenken war, sonst nichts.

So sehr mir mein Bild inzwischen vertraut ist, das ich in den Augen derer wiederfinde, die mich ansehen, habe ich es doch nie ertragen können, darüber zu sprechen. Dagegen kann ich ohne jede Scham darüber schreiben, ich kann sogar lächeln, wenn ich an die stille, heimliche Freude denke, die das Wissen um meine Schönheit immer begleitet hat. In Gedanken bezeichnete ich sie manchmal als »angenehme Erscheinung«, wobei ich mich auf die Sprache der Heiratsannoncen bezog. Es ist, um es kurz auszudrücken, ein Punkt, über den ich auch Witze machen kann, aber nur, wenn ich allein bin. Mein Verhältnis zu meiner körperlichen Erscheinung hat sich in nichts geändert, seit ich, an der Hand meiner Mutter, die Komplimente ihrer Freundinnen erhielt. Jedesmal schlug ich die Augen nieder, bis ihr eines Tages eine große, hagere Frau mit Fuchsblick sagte: »Ovidio weiß, daß er schön ist. Hast du das gemerkt?«

Meine Mutter lächelte, ohne zu antworten. Vielleicht wollte sie nicht, daß ich errötete. Diese Frau mit dem Fuchsblick hatte

recht, und ich haßte sie, weil sie eines meiner Geheimnisse enthüllt hatte. Seitdem verstehe ich, daß ein Mensch ohne Geheimnis ein leeres Gehäuse ist, eine Hülse ohne Substanz.

Eine ebene Figur
mit unendlich vielen Seiten

Ripetta ist die tiefstgelegene und heißeste Gegend Roms, ein Nest voller Mücken und kleiner Stechfliegen, die durch die Feuchtigkeit des Tibers und die drückende Hitze angezogen werden. Zwischen der Via Ripetta und der Passeggiata di Ripetta befand sich in den späten dreißiger Jahren, wie auch heute noch, die Kunstakademie, ein Gebäude vom Anfang des neunzehnten Jahrhunderts, das aus zwei halbkreisförmigen Flügeln besteht. Beide sind durch einen neoklassizistischen Säulengang miteinander verbunden, durch den man von der Via Ripetta aus die Passeggiata di Ripetta erreicht. Wegen seiner Form wurde das Gebäude »Hufeisen« genannt. Für mich war es »Der Skorpion«. Bis heute ist es unverändert geblieben, während die umliegende Gegend sich gewandelt hat: Die Spitzhacken der Faschisten haben alte Häuser und kleine Palazzi aus dem neunzehnten Jahrhundert eingerissen, um Platz für die Piazza Augusto Imperatore zu schaffen. Hier im Hufeisen- oder Skorpion-Gebäude werden Kurse abgehalten, in denen die Studenten die Theorie und Praxis der Malerei wie auch die Anfangsgründe der Bildhauerei und der Bühnenbildnerei erlernen sollen.

Mit achtzehn, als ich an die Kunstakademie kam, war ich bereits ein fertiger Maler mit dem vollen Bewußtsein meines Talents. Dennoch hatte ich mich entschlossen, sowohl die Mücken als auch den Unterricht eines bärtigen Professors zu ertragen, der die Reproduktionen Raffaels mit einem Spinnennetz absolut unwahrscheinlicher geometrischer Linien überzog. Dieser Professor gehörte zu der unseligen Gruppe derer, die sich anmaßten, die Welt mit Hilfe der Geometrie zu erfassen, und die sogar am Himmel ziehende Wolken in rationale Schemata pressen. Was sind, zum Beispiel, Fraktale? Sie sind das Endresultat dieser perversen Tendenz, mathematische Ausdrücke auf Formen der Natur zu übertragen, auf Wolken und Berge, als ob es nicht schon genug Wolken und Berge gäbe. Eines Tages wird es soweit kommen, daß man aus einem mathematischen Ausdruck einen Menschen schafft, als ob es nicht schon genug Menschen gäbe. Oder wollen sie mit ihrer Mathematik gar die Stelle Gottes einnehmen, des Schöpfers des Himmels und der Erde?

Ich habe die Geometrie nie gemocht, auch wenn so viele Jahre später die Professoren der Kunstakademie Reproduktionen meiner Bilder mit den gleichen geometrischen Spinnennetzen überziehen, mit denen der bärtige Professor damals die Bilder Raffaels überzog. Ich bin ein geborener Maler. In meinem Palast der Erinnerung sammle ich Eindrücke, arbeite sie im Kopf aus und reproduziere sie in meinen Bildern. Meine gesamte Malerei entsteht und vervollkommnet sich zunächst in meinem Kopf, danach erst auf der Leinwand. Wenn ich mich an die Staffelei setze, muß ich nur noch das Bild ausführen, das in allen Einzelheiten bereits in meiner Vorstellung existiert. Ich brauche nicht einmal einen auslösenden äußeren Eindruck. Ich kann ein Bild aus dem Nichts erfinden, ohne die Notwendigkeit realer Vergleiche und Vorwände. Ich kopiere die Wirklichkeit nicht, sondern ich erschaffe sie oder gehe ihr sogar voraus. Dies alles hat mit den Himmlischen oder den Musen nichts zu tun.

Die Hand, der Pinsel und die Malerpalette sind für mich lediglich materielle Mittel für die Ausführung meiner Bilder, im Unterschied zu vielen Malern, die ihre Bilder auf der Leinwand entwerfen und deshalb Handwerker bleiben, während ich ein Künstler bin. Die Kritiker haben mir einen immerhin bedeutenden Platz in der post-surrealistischen Malerei zugewiesen, und zwar wegen meiner Phantasie und wegen der Wucht, mit der sie sich ausdrückt. Geometrie und Geschichte, das sind die beiden großen Verbrechen der zeitgenössischen Kultur: Jede menschliche Handlung wird im geometrisch gegliederten Raum festgelegt und in der Zeit, die durch ein vom Menschen erfundenes und völlig willkürlich bestimmtes Fortschreiten bestimmt wird. Die Kunstkritiker gehören entweder zu der einen oder zu der anderen dieser Kategorien, doch nur wer sich mit dem Schreiben und dem Denken beschäftigt, ist in der Lage, die unendlich weite Landschaft des Möglichen zu begreifen und zu interpretieren, aus der meine Malerei ihre Bilder schöpft. Die intelligentesten Arbeiten über mich haben nicht die Kunstkritiker geschrieben, auch nicht die scharfsinnigsten und gebildetsten, sondern die Philosophen und Dichter. Der Skorpion, der Komet und der Regenbogen widerstehen jeder rationalen Geometrie. Friede der Seele der Kunstkritiker.

In der Kunstakademie, die ich für zwei Kurse gegen Ende der dreißiger Jahre besucht habe, mußte ich ausgerechnet bei der Geometrie anfangen. Um unsere Genauigkeit im Zeichnen zu prüfen, forderte uns der bärtige Professor eines Tages auf, eine ebene Figur mit der größtmöglichen Anzahl von Seiten zu zeichnen. Ich schlug einen Kreis mit dem Zirkel.
Der Professor dachte, ich wollte mich über ihn lustig machen.
»Du hast einen Kreis gezeichnet.«
»Dies ist eine ebene Figur mit unendlich vielen Seiten.«
»Mit unendlich vielen Punkten, und Punkte sind keine Seiten.«
»Der Punkt ist eine auf die kleinstmögliche Länge verkürzte Seite. Ich habe die reductio ad infinitum angewandt.«
Mein aus dem Ärmel geschütteltes Latein machte ihn einen Augenblick lang sprachlos. Dann fing er sich wieder.
»Bleibt die Tatsache, daß du einen Kreis gezeichnet hast.«
Ich blieb unbeugsam.
»Den man als ebene Figur mit unendlich vielen Seiten interpretieren kann.«
»Das Unendliche ist keine Zahl«, sagte der Professor, vor Verwirrung ganz rot im Gesicht.
Trotz meiner Abneigung gegen die Geometrie wollte ich ihm erklären, und ich tat es dann auch in aller Ruhe, daß die Null-länge, das heißt die Länge eines Punkts, ein scheinbar verschwommener Begriff sei, von den Physikern jedoch geschätzt werde, weil er den Unterschied zwischen der »einfachen Länge«, die traditionell in der ebenen Geometrie Anwendung

findet, und der Nullänge Einsteins aufhebe, das heißt die Länge als eine Funktion der Zeit. Daß die Nullänge in der euklidischen Geometrie nicht berücksichtigt werde, sei lediglich eine negative Nebensächlichkeit, die man durch schlichtes, nicht einmal schwieriges Beharren auf Logik überwinden könne. Ich hätte auch sagen können, er solle sich ruhig ein bißchen anstrengen, um zu verstehen.

Der bärtige Professor raufte sich die Haare, er schien völlig verzweifelt. Von diesem Tag an betrachtete er meine geometrischen Zeichenübungen mit Argwohn, ohne je den Mut zu einem Kommentar zu finden: Genaugenommen richtete er für lange Zeit kein Wort mehr an mich.

Bei den Übungen fürs Aktzeichnen war es nicht besser. Die Akademie stellte für jeweils zwanzig Studenten ein Modell zur Verfügung. Im allgemeinen handelte es sich um Mädchen aus den Vororten, die mit dieser Arbeit ein bißchen Geld verdienten, um ihre Familien zu unterstützen oder um sich ein paar hübsche Kleinigkeiten zu kaufen. Ich erinnere mich an das erste Modell, das uns zugewiesen wurde. Es war ein Mädchen mit schönen Formen, hatte aber behaarte Beine wie ein Affe und einen stumpfsinnigen, schläfrigen Gesichtsausdruck.

Ich zeichnete den Körper des Mädchens, das sitzend auf einem Hocker posierte. Von den Studenten aus gesehen, die ihr Bild mit Kohlestift skizzieren sollten, war sie nach rechts gewandt, ich aber zeichnete sie so, als wäre der Körper nach links gewandt und als säße sie vor einem Spiegel. Eine außerordentlich schwierige Übung, die ich zu Ende führte, indem ich die Augen fast immer halb geschlossen hielt, um mit dem Kohlestift das in meiner Vorstellung eingegrabene Spiegelbild des Modells wiederzugeben. Es gelang mir, die Zeichnung innerhalb der vorgeschriebenen Zeit abzuschließen, und am Ende skizzierte ich anstelle des schläfrigen Kopfs des Modells den ebenfalls nach links gewandten Kopf eines Raubvogels. Zusammen mit den anderen Studenten lieferte ich meine Aufgabe, wie der bärtige Professor es nannte, ab und schrieb meinen Namen in die rechte obere Ecke, wie es Vorschrift war.

Nach jeder Übung hielt der Professor eine Unterrichtsstunde, bei der er die Aufgaben vom Katheder aus durchging und besprach. Auf einen Stapel legte er die mit akademischer Genauigkeit ausgeführten Blätter, auf einen zweiten die etwas ungenaueren, und schließlich machte er einige Bemerkungen über die Zeichnungen, die eine gewisse Unsicherheit oder Unregelmäßigkeit verrieten. Er nahm eine Zeichnung nach der anderen, nannte laut den Namen des Studenten, dann legte er sie auf einen der drei Stapel, manchmal mit einem kurzen Kommentar, manchmal ohne jedes Wort. Als mein Blatt an die Reihe kam, nannte er meinen Namen, aber noch während er ihn aussprach, verschlug es ihm die Stimme, als stände er vor einem Abgrund. Er verweilte kurz mit der Zeichnung in der Hand, warf mir wortlos einen Blick zu, dann legte er sie zu dem Stapel der Zeichnungen, die mit akademischer Genauigkeit ausgeführt waren.

Am Ende des Unterrichts kam er zu mir und fragte, warum ich einen Vogelkopf auf den Körper des Modells gezeichnet habe.

Ich sagte, ich hätte mir diese Freiheit genommen in der Hoffnung, daß es ihm nicht mißfallen werde, denn Raubvögel seien mir lieber als schläfrige Modelle.

»Und es ist nicht zufällig eine Provokation im Spiel?«

Ich konnte ein hämisches triumphierendes Grinsen nicht unterdrücken. Ich hatte ihn ganz fraglos verwirrt.

»Keine.«

Ich registrierte Blitze von Haß in den Augen des Professors und ein Zittern am ganzen Körper, als habe er Schüttelfrost.

»Besonders originell ist die Idee nicht. Im neunzehnten Jahrhundert hat Grandville viele menschliche Figuren mit Vogelköpfen gezeichnet. Aber Grandville war schließlich ein Künstler.«

Ich war drauf und dran, »ich auch« zu sagen, aber ich hielt mich zurück.

Der Professor rächte sich, indem er das verschwieg, was ihn wirklich in Verwirrung gebracht hatte. Er tat, als habe er nicht bemerkt, daß die Zeichnung des Modells zur anderen Seite, nach links gewandt, ausgeführt worden war: eine Bravourleistung, die ihm nicht entgangen sein konnte.

Außer dem bärtigen Professor haßten mich, glaube ich, auch meine Kommilitonen. Daraus habe ich mir nie etwas gemacht.

Über dreißig Jahre später erhielt ich die Erlaubnis, das Archiv mit den Zeichnungen der Kunstakademie zu besuchen. Ich hatte einer Kunstzeitschrift einen Artikel über »Reale Modelle und geistige Modelle« versprochen und dachte, daß mir ein Blick auf meine alte, spiegelverkehrt ausgeführte Zeichnung ein paar Anregungen zur überfeinerten Mechanik der geistigen Modelle liefern könnte.

»Das Archiv ist ein bißchen überfüllt«, hatte mir der Direktor der Akademie gesagt, »aber wir sind im Begriff, es in das Neubauviertel EUR auszulagern, weil hier kein Platz mehr ist. Sie werden eine Aufseherin finden, die über alles, was Sie brauchen, Bescheid weiß.«

»Danke.«

Ich machte einen Schritt, um den Raum zu verlassen, aber der Direktor wollte sich rechtfertigen.

»Sehen Sie, die Anweisungen des Ministeriums besagen, daß die Übungszeichnungen aufgehoben werden müssen, aber sie sagen nichts darüber, wo und für wie lange. Ich würde sie, offen gestanden, zum Altpapier werfen, aber seit man im Archiv der Akademie von San Luca Zeichnungen von Filippo Juvarra gefunden hat, ist die Aufbewahrung zu einer ernsten Angelegenheit geworden. Man denkt immer, daß aus der Mitte unserer Studenten ein anderer Juvarra hervorgehen könnte.« Der Direktor kicherte, genauer gesagt, er grinste. »Na ja, immerhin haben wir Ovidio Romer gehabt, der es inzwischen zu internationalem Ruhm gebracht hat.«

Ich blickte ihn erstaunt an und lächelte, ohne zu wissen, ob er mich erkannt hatte. Nein, er hatte mich nicht erkannt.

»Für mich ist er ein Manierist, nichts weiter als ein Manierist«, sagte er und sah mich dabei so an, als sollte auch ich mit meiner Meinung herausrücken.

»Ein Manierist, stimmt.«

Ich hoffte, damit hätte ich mich befreit, doch der Direktor sah mich weiterhin durch seine Brillengläser an. Er hatte keine Ahnung, daß er ausgerechnet mit Ovidio Romer sprach.

»Ein Post-Surrealist, ein zweitklassiger Maler.«

Jetzt wollte ich die Gelegenheit nicht verpassen, mich selbst anzuschwärzen, eine Übung, die immer ganz heilsam ist.

»Sagen wir ruhig, ein drittklassiger Maler. Allerdings gewitzt und vom Glück gesegnet, das zweifellos. Einer, der sich zu verkaufen versteht. Teuer, aber ohne Wert.«

Der Direktor sah mich immer noch an, voller Freude.

»Ich habe seine Zeichnungen im Archiv nie gesucht, sie interessieren mich nicht«, fügte er mit einem gewissen Groll hinzu.

»Als Maler ist er mittelmäßig«, sagte ich, »aber er versteht es, sich als großen Maler auszugeben. Er muß ein Genie sein.«

Der Direktor sah mich betroffen an. Mein Paradox hatte ihm nicht besonders gefallen. Ich verabschiedete mich hastig und begab mich ins Archiv.

Eine dicke Frau um die Fünfzig hatte mich zu den Regalen geführt, in denen die Zeichnungen der Studenten, nach Jahrgängen unterteilt, aufbewahrt werden. Mir war es gelungen, den Stapel mit den Zeichnungen meiner Klasse herauszufischen, und ich hatte meinen Akt mit dem Vogelkopf gefunden. Ich hätte ihn ohne weiteres verschwinden lassen können, doch ohne den Vergleich mit den anderen hätte er nichts Einmaliges mehr gehabt. Das Verhältnis zu den nach allen Regeln der Kunst ausgeführten Zeichnungen war es, was mich für den Artikel interessierte, aber es genügten schon wenige Blicke, um mir alles genau einzuprägen.

Die Aufseherin hatte mich erkannt, oder sie tat zumindest so. Sie beobachtete mich melancholisch, abwesend und warf dann einen Blick auf die Zeichnungen.

»Ich war das Modell für diese Akte«, sagte sie schließlich. Ich lächelte sie an, ohne einen Kommentar abzugeben.

»Ich habe euch amüsiert, und ich habe auch mich amüsiert. Ich habe mit allen Studenten geschlafen, mit fast allen. Ich erinnere mich auch noch an dich. Ich habe dich unter die Oleanderbüsche in der Gartenanlage am Mausoleum geführt, ich erinnere mich ganz genau.«

Ich war nie mit dem Modell in der Gartenanlage, ich wußte

nicht einmal, daß meine Kommilitonen dort hingegangen waren. Ich lächelte sie wieder an und tat, als würde ich mich erinnern.

»Das ist so viele Jahre her.« Ich sagte ihr irgend etwas Banales, einfach um sie nicht zu verletzen.

»Hier drinnen bin ich alt geworden«, sagte die Frau und sah mich traurig an.

Plötzlich war ich von Gespenstern umringt: dem bärtigen Professor, den Kommilitonen, die ich nie wiedergesehen hatte. Mit einem Lächeln verabschiedete ich mich von dem dicken Gespenst des Ex-Modells und ging.

Tiefes Herz

Wir bewohnten eine große Wohnung im zweiten Stock eines umbertinischen Palazzos in der Via Sicilia, fast an der Ecke der Via Veneto. Der Großvater väterlicherseits, der wie seine Vorfahren Notar war, hatte die Louis-XVI.-Möbel verkauft und sie durch schwere, ein wenig unheimlich aussehende Empiremöbel aus Mahagoni und Ebenholz, französischem Marmor und vergoldeter Bronze ersetzt. Die Großeltern waren der Meinung, daß der Louis-XVI.-Stil zu frivol sei für sie und für den kleinen Sohn, der in einer strengen, ernsten Atmosphäre aufwachsen sollte. Aber möglicherweise wollten sie sich nur dem Zeitgeschmack anpassen.

Mein Großvater war unerwartet am selben Tag gestorben, an dem ich geboren wurde. Seit ich dies weiß, habe ich mich nicht mehr von einem völlig unbegründeten Schuldgefühl freimachen können, so als hätte ich ihn getötet. Eines Tages, erinnere ich mich, hatte meine Mutter ihn »tiefes Herz« genannt, und mein Vater hatte nicht darauf reagiert. Was wollte sie nur mit diesem sonderbaren Ausdruck sagen? Wollte sie auf eine Krankheit anspielen, auf seinen Charakter, worauf sonst? Unter uns sprach man fast nie über den Großvater väterlicherseits, höchstens daß man auf seinen vermeintlichen Adel hinwies, der von der Familie meiner Mutter ins Lächerliche gezogen wurde. Romer di Lendinara, ein Adelsgeschlecht aus Venetien, aber »lendinara« bedeutete »Ort der Flöhe« und kam von »léndine«, »Floh«: Adelsgeschlecht der Flöhe. Und damit war die adelige Herkunft lächerlich gemacht, ausgelöscht und vergessen.

Mein Vater, ein Einzelkind, hatte das Ingenieursdiplom am Polytechnikum in Mailand erworben und in noch ganz jungen Jahren ein Bauunternehmen gegründet, das als eines der ersten die Verwendung von Stahlbeton in Italien einführte. Er hatte in

Rom geheiratet und dort auch seinen Wohnsitz genommen, in Wirklichkeit aber lebte er weiterhin in Mailand, wo er ein großes Büro in der Via Meravigli leitete, das meine Mutter, glaube ich, nie zu Gesicht bekommen hat. Es sei nötig, sagte er, ein Büro in der Industrie- und Finanzhauptstadt zu haben, aus Geschäftsgründen. In Mailand wohnte er in einem Hotel, im Hotel Milan, vielleicht um den Wohnsitz in Rom glaubhafter zu machen, wo seine Familie lebte. Er hatte das Zimmer Giuseppe Verdis in diesem Hotel abgelehnt, ich habe den Grund dafür nie erfahren. Auch noch die unschuldigsten Entscheidungen meines Vaters waren stets von einem merkwürdigen Zögern begleitet.

Das Bauunternehmen errichtete in erster Linie Hallen aus Stahl- und Glasbeton für große Industriebetriebe. Das Wort »Hallen« erinnerte mich an die Hütten der Naturvölker, und ich schämte mich vor meinen Schulkameraden dafür, daß mein Vater so etwas baute. In einem Wörterbuch hatte ich nach einem anderen Wort für »Halle« gesucht. Ich fand »Werk« und »Fabrik«. Zu meinen Kameraden sagte ich, mein Vater baue «Werke«. Was ist das? Und ich sagte: Das sind »Fabriken«. Auch als Erwachsener ist mir eine Art von Allergie gegen das Wort »Halle« geblieben.

Mein Vater besuchte uns ziemlich regelmäßig jeden zweiten Samstag in Rom. Der Portier unseres Palazzos hatte mir jedoch eines Tages gesagt, man habe ihn auch an Wochenenden in der Hauptstadt gesehen, an denen er nicht zu uns kam. Darüber sprach ich mit meiner Mutter, die lächelte, ohne irgend etwas zu sagen. Mir wurde bewußt, daß in allem, was meinen Vater betraf, etwas war, das mir entging. Eigentlich war er gar kein richtiger Vater, sondern er spielte nur die Rolle eines Vaters: So hatte ich es empfunden. Er informierte sich über die Schule meines jüngeren Bruders Oscar, darüber, ob er Lebertran einnehme, er sah sich meine Zeichnungen und danach meine Bilder an und sagte ein paar zustimmende Worte, die zerstreut und unverbindlich waren. Eines Tages fragte er mich bei Tisch aus heiterem Himmel, ob mir das Malen wirklich Freude mache.

»Mir macht nur das Malen Freude«, antwortete ich.

Mein Vater war von meiner Sicherheit überrascht.

»Das geht mir dann doch zu weit, es gibt auch noch anderes in der Welt.«

»Das weiß ich auch, daß es noch anderes in der Welt gibt«, sagte ich, »es fällt mir zwar gerade nichts ein, aber ich weiß, daß es das gibt.«

»Irgendwann einmal setzen wir uns beiseite und machen eine Liste. Die kann dir nützlich sein.«

Wir mochten solche kleinen Wortgefechte, doch fast immer beschränkten sich die Gespräche auf die kleinen Dinge unseres Alltags in Rom. Über seine Geschäfte sprach er wenig mit uns. Ich glaube, er sprach darüber mit unserer Mutter, wir hörten, daß sie abends lange in ihrem Schlafzimmer miteinander tuschelten. Aber ich weiß nicht, ob sie über Geschäfte oder anderes redeten, am liebsten hätte ich mich hinter die Tür gestellt und gelauscht, aber ich habe es nie getan, und so blieb das Geheimnis ihrer Unterhaltungen – und auch die Neugier. Dann kam der Tag, an dem ich es bereute, nicht spioniert zu haben, denn so hätte ich doch etwas mehr über ihre Beziehung erfahren, die sich so weit entfernt von uns Kindern abspielte.

Wenn mein Vater in Rom war, ließ unsere Mutter uns zum Abendessen und den ganzen Sonntag über Krawatten tragen. Mein Bruder, der noch so klein war, sah aus wie die Karikatur eines Mannes, aber so war es nun einmal zu jener Zeit, nicht nur in unserer Familie. Die Männer waren alle gleich gekleidet: Wie eine Uniform trugen sie Hosen mit Bügelfalte, Jackett und Krawatte. Mein Vater trug fast immer helle Grisaille oder Flanell, Krawatten und englische Schuhe, dazu Westen, deren unterster Knopf offenbleiben mußte, wie er uns erklärte.

»Wieso?«

»Das ist so Brauch, aber es ist keine Regel.«

»Und wenn jemand ihn zuknöpft, was passiert dann?«

Mein Vater lächelte über meine Naivität.

»Er setzt sich schwersten Gefahren aus.«

Er erteilte uns halbernsten Unterricht über die kleinen Nachlässigkeiten wahrer Eleganz und prunkte mit einem Wissen, das gar nicht zu ihm paßte und das er offenbar irgendwo im Vorübergehen aufgeschnappt hatte. Er zitierte Leo Spitzer, den er als Philosophen bezeichnete: Der habe eine Theorie über die Abweichung von der Norm aufgestellt. Der letzte offenbleibende Knopf der Weste war genau diese Abweichung von der Norm, das Element, das von Stil zeugte.

»Aber wenn ihn nun alle offenlassen?«

»Dann läßt man eben zwei offen oder knöpft auch den letzten zu.« Dann wieder erzählte er uns, daß man in bestimmten Büros in der City von London die Visitenkarte dem Portier aushändigt, um empfangen zu werden.

»Häufig werden diese Visitenkarten nicht einmal gelesen, sondern nur mit der Fingerkuppe abgetastet, und wenn der Name erhaben, in Stahlstich gedruckt ist, wird man empfangen, sonst nicht.«

Ich weiß nicht, warum er soviel Wert darauf legte, uns die unerbittlichen Gesetze der Etikette zu erklären. Später habe ich mir überlegt, daß er mit seiner fixen Idee irgendeine heimliche Unsicherheit überspielte, von der ich aber nichts weiter weiß. Auch gab er viel zu großzügig Trinkgelder, die er bei jeder Gelegenheit an Kellner, an Barjungen, an Schaffner, an Parkplatzwächter verteilte, wobei er große Banknotenrollen aus der Tasche zog. Diese Angewohnheit widersprach all seinen Prinzipien von Eleganz und verriet den Wunsch, mit Geld Respekt zu erwerben, den man ihm sonst, so fürchtete er, nicht gezollt hätte.

Eines Tages erzählte er uns lachend, einer seiner Freunde sei überzeugt, daß man vornehme Männer an ihren Schuhen erkennen könne, und gäbe absurde Summen aus, um sich seine Schuhe von einem berühmten Schuhmacher in London anfertigen zu lassen. Später habe ich erfahren, daß auch mein Vater beträchtliche Summen bei Gatto ausgab, einem berühmten Schuhmacher in Rom. Er kannte immer das richtige Geschäft und die richtige Marke, er wählte immer nur das Beste aus, und das mit der Monotonie und dem Eifer unsicherer Menschen. Kam er mit einem Päckchen Süßigkeiten nach Hause, trug das Papier die blaue und goldene Schrift von Moriondo und Gariglio. Zu Weihnachten kaufte er den Panettone frisch bei Ronzi und Singer an der Piazza Colonna, aber häufig versprach er mir und Oscar Geschenke, die dann nie ankamen. Unsere Mutter dachte manchmal daran, seine Versprechen zu erfüllen: zwei Fahrräder der Marke Wander, die ›Enzyklopädie für Kinder‹, die Heftchen der ›Goldenen Leiter‹, eine Rolleiflex, einen der ersten automatischen Plattenspieler. Wir sind mit einem Vater aufgewachsen, der fast ständig abwesend und in seinem Verhältnis zur Familie ziemlich zerstreut war.

Mein älterer Bruder Ottavio wohnte in Mailand, wo er die juristische Fakultät der Università Cattolica besuchte. Zwei- bis dreimal im Jahr kam er für ein paar Tage nach Rom, aber wir wußten nie, worüber wir miteinander reden sollten. Jedesmal fragte ich ihn, ob er irgendeine Ausstellung gesehen habe, und jedesmal antwortete er mir, nein, er müsse studieren und habe keine Zeit für Ausstellungen. Dann sprach er über den furchtbaren Padre Gemelli, die Magnifizenz der Cattolica, der gelähmt war und im Rollstuhl durch die Korridore fuhr, geschoben von einem jungen Franziskanermönch, der die um die Hüfte gebundene Kuttenschnur wie eine Peitsche kreisen ließ, um sich Platz zwischen den Studenten zu verschaffen. Manchmal sprach er jedoch auch über die Vorlesungen von Padre Messineo, dem großen Messineo. Man kam sogar von weit her, um seine Vorlesungen zu hören, ich aber hatte keinerlei Interesse für das Zivilrecht, und mein Bruder zeigte das gleiche Desinteresse für das Geschehen an der Kunstakademie. Zwischen uns bestand eine abstrakte Sympathie, die ohne verbale Verständigung auskam.

Meine Mutter, die damals bereits durch eine geheimnisvolle Krankheit geschwächt war, deren Name niemals genannt wurde, beschäftigte sich in erster Linie mit meinem jüngeren Bruder Oscar. Sie begleitete ihn jeden Morgen zur Grundschule an der Piazza Fiume und holte ihn später am Schultor wieder ab, immer zu Fuß. Häufig kam sie mit ihm und Vittorio zurück, einem Klassenkameraden und Spielgefährten, Sohn einer ihrer engen Freundinnen, Antonella Gomez, Witwe eines Obristen der Guardia di Finanza. Sie wohnte in unserer Nähe, auf der anderen Seite der Via Veneto. Oscar und Vittorio machten kaum Hausaufgaben, spielten aber viel miteinander. Sie ersannen immer neue Abwechslungen, sammelten die Bildchen der

Perugina-Schokolade auf der Suche nach der Femme fatale oder dem Grausamen Saladin. Zur Zeit des Abessinischen Krieges spickten sie eine Landkarte in Oscars Zimmer mit italienischen Fähnchen; diese Landkarte war auf Anregung der Mütter dort aufgehängt worden, die überzeugt waren, daß die beiden auf diese Weise Geographie lernen würden: Asmara, Gondar, Tanasee, Dessiè, Addis Abeba. Sie spickten ihre Fähnchen und trällerten ein Faschistenliedchen, ›Faccetta nera‹.

Eines Tages trat ich ins Spielzimmer und fand sie schlafend auf dem Sofa. Ich sah sie neidvoll an, beneidete sie um ihre Freundschaft und um ihre kindlichen Spielereien. Ich blieb und betrachtete ihren seligen Ausdruck im Schlaf, bemerkte, daß sie einander glichen. Wunder der Freundschaft: Sie sahen sich täglich und waren einander ähnlich geworden wie zwei Brüder. Vittorio hatte die schärferen, klareren Gesichtszüge. Sie hatten sich bereits in mein Gedächtnis eingegraben und eine Zeichnung entstehen lassen, diesmal jedoch nicht mit dem Kohlestift wie in der Kunstakademie, sondern mit Tusche, in haargenauen, feinen Strichen.
Als Oscar sich für ein paar Tage in der Klinik Sant' Orsola in der Nähe des Parks der Villa Balestra aufhielt, um sich die Mandeln entfernen zu lassen, besuchte ihn meine Mutter jeden Tag und brachte ihm Zitroneneis. Sie war ungeheuer wütend über die Schwestern, die sich geweigert hatten, ihn ohne Vorauszahlung aufzunehmen. Am Tag der Operation besuchte ich ihn, und am Tag darauf ging Vittorio mit meiner Mutter zu ihm. Vittorio kam fast jeden Nachmittag zu uns und blieb, bis er einen kleinen Imbiß zu sich genommen hatte. Eines Nachmittags war ich allein zu Hause und schlug ihm auf der Stelle vor, mir für eine Zeichnung Modell zu sitzen. Vittorio war eitel und glückselig über meinen Vorschlag.
»Ein Bild, keine Karikatur«, sagte er.
»Ich mache keine Karikaturen, ich bin ein Maler.«
»Dann ist es in Ordnung.«
Er kam in mein Zimmer, und ich sagte ihm, er solle sich auf einen Stuhl vor meinem Tisch setzen.
Vittorio setzte sich an den Platz, den ich ihm genannt hatte.

»Nein«, sagte ich, »du mußt dich ausziehen. Ich will eine Akt-zeichnung von dir machen, wie ich sie in der Akademie ma-che.«

Vittorio wollte sich nicht ausziehen, er schämte sich.

»Bei uns ziehen sich die Mädchen aus und stehen über eine Stunde lang vor mehr als zwanzig Studenten. Das ist doch nichts Besonderes.«

»Ich hab' das noch nie getan.«

»Dann tust du's eben jetzt, los.«

Ich mußte ihn noch einmal auffordern, dann half ich ihm, seine Sachen abzulegen. Er wollte wenigstens die Unterhose anbehalten, aber schließlich überredete ich ihn, alles auszu-ziehen.

Zuerst schämte er sich über seine Nacktheit, aber nach weni-gen Minuten nahm er eine Haltung friedvoller Natürlichkeit ein. Er führte die von mir vorgeschlagenen Veränderungen in seiner Stellung genau und beinahe mit Vergnügen aus, jeden-falls kam es mir so vor. Er streckte die Beine aus, um die unge-zwungenste Haltung zu finden, legte die linke Hand auf sein rechtes Knie, neigte den Kopf, wie ich es wollte, dann stellte er Fragen über die Zeichnung, die ich am Tisch, vor einem weißen Karton sitzend, skizzierte. Die Natürlichkeit, mit der Vittorio die von mir vorgegebene Pose eingenommen hatte, eine Hand auf dem Knie liegend, während die andere sich an der Hüfte verlor, schloß eine leichte, zauberhaft kindliche Un-beholfenheit nicht aus.

Mir wurde sofort klar, daß meine sonst so sichere und be-herrschte Hand zögerte, die Kurven dieses Körpers zu skizzie-ren, der einige schwer zu deutende und aufs Zeichenpapier zu übertragende Geheimnisse zurückzuhalten schien. Ich war vor Erregung schweißgebadet, oder vielleicht auch nur wegen der Hitze, und so zog ich mein Hemd aus und arbeitete mit nack-tem Oberkörper weiter. Vittorio war ein perfektes Modell, un-beweglich und ruhig, mit einem Lächeln. Ich weiß nicht, wie lange ich weiterzeichnete, vielleicht eine Stunde, vielleicht weniger, bis wir die Wohnungstür zuschlagen hörten. Das mußte meine Mutter sein, die aus der Klinik zurückkam.

Vittorio sprang vom Stuhl auf und zog sich blitzschnell an,

während ich mir das Hemd überstreifte. Beide fühlten wir uns schuldig, ohne zu wissen, was unsere Schuld war. Als wir angezogen waren, sahen wir uns mit einem komplizenhaften Lächeln an und öffneten die Tür, bevor meine Mutter zu mir kam.

»Morgen können wir weitermachen«, sagte ich leise.

Vittorio nickte, während meine Mutter im Türrahmen erschien. »Ich wußte gar nicht, daß Vittorio da ist«, sagte sie.

»Ich bin gekommen, um Rechnen nachzulernen«, log Vittorio. »Ein bißchen Rechnen wird auch Ovidio ganz guttun.«

Sie hatte nicht bemerkt, daß weder Rechenbücher noch Rechenhefte auf dem Tisch lagen. Den Karton mit meiner Aktskizze hatte ich unter einem weißen Blatt versteckt.

Wir fühlten uns beide als Komplizen einer Sünde, von der wir keine Vorstellung hatten, die uns aber dazu verleitet hatte, vor meiner Mutter verborgen zu halten, was während ihrer Abwesenheit geschehen war.

»Wir können morgen nachmittag weitermachen«, sagte ich noch einmal zu Vittorio, kaum daß meine Mutter aus dem Zimmer gegangen war. Ich wollte nicht, daß er es vergaß.

»Ich komme morgen, wenn deine Mutter Oscar besucht.«

»Ich verlass' mich darauf.«

Am nächsten Tag wartete ich den ganzen Nachmittag über vor der unvollendeten Zeichnung auf meinem Tisch. Ich hätte weiterzeichnen können, weil sich sein Bild mit großer Genauigkeit meinem Gedächtnis eingeprägt hatte. Aber ich wollte lieber auf ihn warten.

Vittorio kam nicht, weder an diesem Nachmittag noch an einem der folgenden, an denen meine Mutter nicht da war. Ich hielt das für eine Niederlage und für eine Beleidigung; als ich ihn dann aber wiedersah, sprach ich mit ihm nicht über den Zwischenfall, und er erwähnte ihn auch nicht. Ich habe es ihm nie verziehen, ich habe ihn auch nie um eine Erklärung gebeten. Noch heute, nach so vielen Jahren, ist sein Verhalten wie ein dunkler Punkt in meinem Inneren verblieben, wie eine heimliche Scham. Ich habe die unvollendete Zeichnung, so wie sie ist, aufbewahrt und halte sie für eine meiner geheimnisvollsten und schönsten Arbeiten.

DIE SCHWARZE BESTIE DES TIERKREISES

Ich bin im Zeichen des Skorpions geboren, der schwarzen Bestie des Tierkreises, und unter diesem Zeichen habe ich meine erste Ausstellung in einer Galerie in der Via del Vantaggio machen wollen. Sechzehn Bilder, alle mit dem gleichen Thema: Ein Skorpion hält zwischen seinen Scheren ein menschliches Auge. Eine haargenaue, mikroskopische Malerei, heute würde man sie als hyperrealistisch bezeichnen. Die Skorpione glichen einander, während ich die Augen sozusagen personalisiert habe. Meine Absicht war, Augen von Persönlichkeiten darzustellen, alle sehr bekannt, die ich bei verschiedenen Gelegenheiten aus der Nähe beobachten konnte. Jedes Bild hatte einen Titel, in dem die Persönlichkeit, zu der das Auge gehörte, mit ihren Initialen angegeben war. Das Auge von M. F., das Auge von R. P. usw.

Ich hatte größte Sorgfalt vor allem auf die Darstellung der Augen gelegt, damit sie denen ihrer »Eigentümer« so ähnlich wie möglich waren. Ich sagte, die Skorpione glichen einander, aber in Wahrheit hatte ich sie aus einem bebilderten Buch kopiert, und bei genauerem Hinsehen konnte man die bei uns heimischen kleinen Skorpione erkennen, dann die tödlichen gelben aus den Wüsten Afrikas, Wasserskorpione und andere exotische Arten. Doch die Neugier der Ausstellungsbesucher konzentrierte sich voll und ganz auf die Augen der Persönlichkeiten, die regelrecht zum Klatschthema wurden. Das Spiel der Zuordnungen erregte die Phantasie der Besucher über jedes Maß. Ich war den ganzen Nachmittag in der Galerie und beobachtete die Besucher, die sich heimlich Vor- und Nachnamen zuflüsterten. Das Interesse für meine Malerei war gleich Null. Ich nahm diesen Umstand ohne jede Regung zur Kenntnis und war meinerseits über den Klatsch amüsiert, den ich hervorgerufen hatte.

Als eine Studentenzeitung einen Artikel mit den Namen veröffentlichte, die auf einige Initialen passen würden, erhielt der Direktor der Galerie den Besuch von zwei finsteren Polizeibeamten in Zivil, die ihm »anrieten«, die Ausstellung so bald wie möglich zu schließen. Sie waren mit Sicherheit vom faschistischen Präfekten geschickt worden, dessen Name die Zeitung genannt hatte. Gleichzeitig war behauptet worden, man habe sein Auge mit der unverwechselbaren flaschengrünen Iris wiedererkannt.

Das waren die Jahre, als in Rom, mit Unterstützung der provinziellen Kritik und des Provinzialismus der Kunsthändler, die sogenannte Römische Schule triumphierte. Eine mittelmäßige, skizzenartige Gelegenheits- und Straßenmalerei mit schlecht auf die Leinwand gesetzten Farbtupfern, die etwas vorgaukeln sollte, was man nicht malen konnte. Kleine Märkte, verschwommene Figuren, plumpe kleine Plätze in den Vierteln, eine Malerei ohne Zeichnung und ohne Aufbau, durcheinandergerührte, zufällige Farben, mit einem Wort: ein großer, hausgemachter Mischmasch, genau die Art von Malerei, die die Illusion von Modernität liefern wollte, ohne jemandem weh zu tun, ohne den Blick durch formale Auswüchse oder durch Abschweifungen der Phantasie zu verwirren. Die Phantasie ist für den, der in die Arbeiten seine eigene bescheidene Weltsicht einbringen will, nur ein Hindernis. Die Augen und die Skorpione, die ich gemalt hatte, waren ein Hohn auf den friedfertigen gesunden Menschenverstand, und deshalb wurden meine Bilder von vielen als beleidigend empfunden.

Meine Mutter verließ wegen ihrer geheimnisvollen Krankheit, die sie nun als Labyrinthentzündung bezeichnete, die Wohnung seit vielen Monaten nicht mehr. Sie konnte nur mit Mühe das Gleichgewicht halten, aber ich glaube, der wahre Grund war nicht nur eine Entzündung des Innenohrs, wie sie uns glauben machen wollte. Vor meiner Ausstellung hatte ich sie in mein Zimmer geführt, um ihr die Bilder zu zeigen, die ich ausstellen würde. Sie hatte sie lange betrachtet, voller Interesse und mit einer gewissen Sorge. »Sie sind sonderbar«, hatte sie gesagt, »dein Vater hätte sie malen können. Sie ähneln ihm.« Ich verstand nicht, worauf sie mit dieser Ähnlichkeit anspielen wollte, ich kannte meinen Vater kaum.

»Diese Bilder rufen Unruhe hervor«, sagte sie wieder, »und außerdem liegt eine Friedhofskälte in diesen Augen.«

»Ich habe mir nicht vorgestellt, daß sie diese Wirkung auslösen«, sagte ich. Aber es war nicht ihre Absicht, mich zu beleidigen, denn ich wußte, daß ihre Schwarzseherei von ihrer Krankheit kam. Früher war sie nicht so.

»Ich weiß nicht, ob sie schön sind, ich könnte sie unter diesem Gesichtspunkt nicht beurteilen. Ich kann dir aber sagen, daß sie einen Todesgedanken in sich tragen, einen Friedhofsgedanken.«

»Aber was hat Papa damit zu tun?«

»Im innersten Wesen deines Vaters, hinter seiner Aktivität, verbirgt sich eine zweite Natur: In jeder seiner Handlungen, in jedem seiner Atemzüge liegt eine Ideologie, ich müßte sogar sagen eine Theologie des Negativen, eine Neigung zur Zerstörung, zur Vernichtung, zur Auflösung. Das gleiche finde ich in deinen Bildern. Wahrscheinlich wirst du Erfolg haben, weil es viele gibt, die der Faszination des Negativen erliegen. Ich selbst habe mich ja in deinen Vater verliebt und verliebe mich bereits, wie du siehst, auch in diese Augen und in diese Skorpione.«

Als ich sie in ihr Zimmer zurückbegleitete, machte meine Mutter eine letzte Bemerkung. »Ich weiß nicht, wer sich eins dieser Bilder jemals in seine Wohnung hängen wird.«

Am liebsten hätte ich ihr geantwortet, daß es mir darauf überhaupt nicht ankomme, aber ich hatte die Befürchtung, ich könnte sie kränken.

»Wer weiß, ob es dir jemals gelingt, einen Blumenstrauß für mich zu malen«, sagte sie, nachdem sie in ihren Sessel gesunken war.

»Den verspreche ich dir.«

Bilder, ob alt oder modern, waren für meine Mutter in erster Linie Gegenstände zum Aufhängen. Wirkliche Malerei war die, die man in Museen besichtigen konnte, und auch die nur begrenzt, weil nach dem Seicento, nach Caravaggio, nichts Großes mehr entstanden war. Natürlich, es gab Bilder, viele Bilder, sogar interessante, aber die wirkliche, die große Malerei ging mit Caravaggio zu Ende.

Die Kunstkritik widmete meiner Ausstellung nur wenige Zeilen oder ignorierte sie vollständig, aber zum Ausgleich dafür begann mein Name, auf einer Woge von Klatschgeschichten in Rom die Runde zu machen.

Am letzten Ausstellungstag kam ein kleiner, dicker Mann mit fettiger Haut in die Galerie. Er sagte, er komme vom ›Messaggero‹ und wolle mich interviewen. Ich sah ihn argwöhnisch an. In Wahrheit sah er eher wie ein Polizist aus und nicht wie ein Journalist, trotzdem führte ich ihn in eine Ecke der Galerie. Sofort bemerkte ich angewidert den schwarzen Rand unter seinen Fingernägeln, während er ein Notizbuch herauszog und mit seinen Fragen begann. Er redete mich mit »Euch« an, wie das damals im Faschismus üblich war.

»Seid Ihr mit der Ausstellung zufrieden?«

Ich merkte, daß er die Fragen aus seinem Notizbuch ablas, die ein anderer für ihn vorbereitet hatte.

»Das weiß ich nicht«, sagte ich, »das kann ich nicht beantworten. Zufriedenheit ist ein relativer Begriff, er verändert sich mit den Jahreszeiten, mit dem Luftdruck, mit der Temperatur, mit dem Licht und mit dem Kalender. Mit einem Wort, es handelt sich um eine schwierige Frage, über die ich erst einmal lange nachdenken muß, bevor ich darauf antworten kann.«

Der kleine Mann sah mich bestürzt an. Er verstand nicht, ob ich ernsthaft sprach oder ob ich mich über ihn lustig machte. Mir ist es immer gelungen, auch den absurdesten Behauptungen das Siegel der Wahrheit aufzudrücken. Verschleierung war mir stets auch ein Kunstmittel.

»Kann ich Euch fragen, wie viele Bilder Ihr verkauft habt?«

»Nein, fragen Sie mich das nicht.«

Der kleine Mann begann nervös zu werden. Er warf mir einen argwöhnischen Blick zu, dann stellte er die nächste Frage.

»Denkt Ihr, mit Euren Bildern Skandal zu erregen?«

»Normalerweise denke ich nicht«, sagte ich, »denken verwirrt die Gedanken.«

Jetzt sah mich der kleine Mann voller Haß an. Er hatte begriffen, daß er entlarvt worden war, und wußte nicht, wie er reagieren sollte. Er sagte, das genüge ihm, stand auf, deutete einen leichten Gruß an und ging eilig weg.

Selbstverständlich erschien kein Interview, aber sicher wurde von diesem Tag an mein Name im Schwarzbuch des faschistischen Polizeipräsidiums geführt.

Ich habe mich nie für Politik interessiert, und sogar mein allgemeingehaltener Antifaschismus hatte weniger mit Ideologie zu tun als mit Instinkt. Alles Faschistische war mir fremd, dunkel, unverständlich. Die Vulgarität der Männer, der Uniformen, des Verhaltens machte mir jede Verständigung unmöglich. Über die faschistische Aufgeblasenheit konnte ich nur lachen, die martialischen Zurschaustellungen erschienen mir verlogen und lächerlich, ich begriff nicht, wie man sie ernst nehmen konnte. Aber ich hatte nicht die Kraft, mich dagegenzustellen, ich hätte auch nicht gewußt, wie und wann.

Ich fühlte zwar, daß der Sturm bevorstand, aber meine Energien, meine Gefühle, mein Ehrgeiz, meine Einfälle nahmen ausschließlich in meiner Malerei Gestalt an. Ich füllte ganze Hefte mit Zeichnungen, Anmerkungen über Bilder, im freien Raum schwebenden Impressionen, Obsessionen. Ich sagte mir, daß bei einem Künstler Obsessionen mehr zählen als Ideen, aber die Obsessionen schnitten mich von jeder Realität ab.

Ich erkenne jetzt meine Schuld, den Faschismus als natürliches und weitverbreitetes Phänomen hingenommen zu haben, wie den Regen im Herbst oder den Schnee im Winter, und fast ohne mir darüber klarzuwerden, in die Tragödie des Kriegs geraten zu sein. Heute empfinde ich mein passives Verhalten, meine sinnlose Verachtung, meine Gleichgültigkeit wie eine Schuld. So ging ich wie ein trauriges, ängstliches Insekt inmitten eines Riesenschwarms uniformierter Insekten durch die Grausamkeiten des Kriegs, teilnahmslos, zerstreut.

Man hatte mich wie ein Postpaket nach Afrika versandt. Ich befand mich mitten im Gefechtsfeuer von El Alamein, doch bei allem Lärm blieb ich weiter abwesend. Es ist nicht zu fassen, wie laut der Krieg ist und wie ohrenbetäubend und staubig er in

Afrika war. Ich hatte ständig Kopfschmerzen, auch wenn ich schlief. Die Nächte waren unendlich lang, und jedesmal, wenn ich aufwachte, war ich erstaunt, daß ich dort war, und löschte alles aus, ich annullierte die Erinnerung an die Tage. Ich kann nicht einmal behaupten, von Tag zu Tag gelebt zu haben, weil ich in jeder Minute, in jedem Augenblick die vorhergehende Minute, den vorhergehenden Augenblick auslöschte. Noch nie war mir so klargeworden wie in der afrikanischen Wüste, wie relativ der Begriff Zeit ist, und wenn ich heute die Geschichte jener Monate oder jener Jahre erzählen wollte, könnte ich lediglich ein paar dürftige Seiten schreiben. Selbst eine Verwundung und Rückkehr nach Italien waren kein Bestandteil meiner Geschichte, denn *ich war abwesend*. Ich hatte geglaubt, daß das Stückchen englischen oder amerikanischen Metalls, das in meine Wade gedrungen war, eine Anregung für die zukünftige Erinnerung sein könne. Statt dessen ist es nur ein leichter, anonymer Schmerz, der mich das schlechte Wetter vorhersagen läßt, wie das Barometer, das in meinem Zimmer hier in Basel hängt, in dem ich gelandet bin, mit unbestimmten Groll und Melancholie.

Die Stille der Schweiz, der Komfort des großen Hotels verleiten mich ständig zur Gewissenserforschung. Natürlich glaube ich, wie jeder Künstler, an den freien Willen. Das bedeutet, unserem Verstand die Fähigkeit zuzusprechen, immer und immer wieder den Bereich der Erfindungsgabe zu erneuern und vollkommen verantwortlich gegenüber dem Gebrauch zu sein, den wir von unseren Eigenschaften machen. Auch das Bewußtsein von den Eigenschaften, die wir besitzen, ist eine Folge des freien Willens. Wie aber kann ich mein passives Verhalten mit den historischen Ereignissen, die die Welt verändert haben, in Einklang bringen? Ich werde von Gewissensbissen gequält, und die Einsamkeit vergrößert sie nur: Wenn ich an den freien Willen glaube, muß ich annehmen, daß auch mein passives Verhalten eine freie Wahl war. Ich bin durch den Sturm gegangen und habe meine armselige Statistenrolle gespielt, ich habe eine Uniform getragen, ich habe in Nordafrika gekämpft, und ich bin sogar verwundet worden. Bin ich also verantwortlich? Habe ich von meiner Fähigkeit zu wählen schlechten Gebrauch gemacht? Oder schläft der freie Wille hin und wieder ein?

Manchmal entscheide ich mich dafür, im freien Willen lediglich die Frucht menschlicher Überheblichkeit zu sehen. Warum muß ich dann aber Nacht für Nacht mit Gewissensbissen über Entscheidungen kämpfen, für die ich keine Verantwortung trage? Ich bin bereit, mir tausendmal zu widersprechen, trotzdem schlafe ich weiterhin unruhig. Eine Fledermaus verfolgt mich in meinen Träumen und fliegt um meinen Kopf, während ich eine Fledermaus male, sie fliegt in meinem Atelier umher, und ihr Flügelschlag ist rauh, beinahe mechanisch. Manchmal erscheint am Himmel meiner Träume ein leuchtender, geradezu phosphoreszierender Regenbogen von reinen Farben. Es ist ein heiteres Bild, dem ich düstere Vorzeichen beimesse, während die Fledermaus mich beruhigt. Dies sind aufdringliche Präsenzen, die meinen Schlaf stören. Wenn sie ebenfalls Folgen des freien Willens sind, sage ich mir, kämpft man dagegen nicht mit dem Hinweis an, daß alles vom Schicksal abhänge, sondern mit Schlaftabletten.

Jetzt spüre ich ein paar Stiche in der Wade. Morgen gibt es sicher schlechtes Wetter, vielleicht Regen, und statt des üblichen Spaziergangs über die Wiesen werde ich mich in die Dunkelheit des kleines Hotelsaals setzen, wo ›Der Aufschneider‹ gezeigt wird, ein alter Film mit Paul Newman. Ich habe ihn vor vielen Jahren gesehen: Der Film ist schön, Paul Newman unglaublich schön.

Vorahnungen

Meine Mutter stand vor Erschöpfung nicht mehr auf, sie war kreidebleich und melancholisch und mußte im Bett von einer alten Krankenschwester umgedreht werden, die sich nicht um die leisen Klagen kümmerte, von denen man nicht wußte, woher sie kamen, weil die Lippen meiner Mutter immer verschlossen und vor Schmerz verzerrt waren. Es war, als habe sie längst mit dem Leben abgeschlossen, aber sie wachte während unserer Besuche auf und bemühte sich zu sprechen. Sie wünschte keine Besuche von Fremden, weil sie, wie sie sagte, sich schäme zu sterben.

Ich und Oscar besuchten sie jeden Tag in ihrem Zimmer. Ich morgens, wenn Oscar in der Schule war, und er nachmittags, wenn ich, in meinem Zimmer eingeschlossen, malte.

»Sprich du, ich bin zu müde«, sagte meine Mutter, wenn ich mich zu ihr ans Bett setzte.

Ich sprach, ich erzählte ihr von den Bildern, die ich noch nicht gemalt hatte, ich beschrieb sie mit großer Genauigkeit, während in meinem Kopf das Sujet, die Einzelheiten der Figuren, die Farben, die Schattierungen, die Umrisse der Gegenstände, die Perspektiven entstanden. Manchmal hielt ich inne, um Korrekturen anzubringen. Meine Mutter hörte mir aufmerksam zu, von Zeit zu Zeit schloß sie die Augen, so als wollte sie sich konzentrieren, um im Geist das sehen zu können, was ich ihr beschrieb, und machte dann ein paar Bemerkungen.

»Kommt es dir nicht vor, als hättest du zuviel Gelb aufgetragen? Zwischen so vielen Steinen würde etwas Lebendiges nicht schlecht aussehen. Eine Eidechse vielleicht, eine Spinne oder, wenn du willst, ein Skorpion.«

In meiner Vorstellung fügte ich die Eidechse oder den Skorpion hinzu, ich befolgte häufig ihre Ratschläge, die immer aufs Wesentliche bezogen und zurückhaltend waren. Damals dachte ich zwar nicht daran, aber später fiel mir ein, daß meine Mutter möglicherweise unheilvolle Vorahnungen mit den Orten oder mit den Sujets verband, die ich auswählte, um aus ihnen meine Bilder zu schaffen.

»In Ägypten ist jeder Stein ein Grab«, sagte sie eines Tages. Und ich erklärte ihr, daß es in Luxor nur den großen Amon-Tempel gäbe, wohin der Gott, gefolgt von einer langen Prozession, in einem Boot auf dem Kanal geleitet wurde, der von Karnak bis zum Pfeiler des Tempels reichte. Ich zeigte ihr ein Buch mit Schwarzweißfotografien. Im Geist fügte ich die Farben des hellen Kalksteins, des eisenfarbenen Basalts und des roten Granits des großen Skarabäus hinzu, der den Gott Kheperi verkörperte. Ich las ihr die Texte dieses Buches vor, die nicht von Gräbern sprachen, sondern von Heiligtümern der Thebanischen Trias, die dem Gott Amon geweiht waren. Ich hatte mich mit großer Hingabe unter diese Steine versetzt, was meiner Mutter unbegreiflich war, weil sie ganz naiv annahm, daß jede Handlung, aber auch jede Untätigkeit, einen konkreten, plausiblen Grund haben muß. Ich hatte versucht, sie davon zu überzeugen, daß unser Schicksal vom Urchaos abhänge und wir daher die Zufälligkeit der Entscheidungen eines jeden Menschen gelassen akzeptieren müßten.

»Wenn sie zufällig sind, was für Entscheidungen sind das dann?« hatte meine Mutter eingewandt.

Aber derartige Gespräche ermüdeten und besorgten sie weit mehr, als ihrer Schwäche zuträglich war.

Auch noch viele Jahre nach ihrem Tod habe ich in irgendeine Ecke meiner Bilder, verborgen zwischen zwei Steinen, auf einem fossilen Baumstumpf, hervorlugend zwischen den vergilbten Blättern eines verdorrten Baums, immer wieder eine Eidechse gemalt, manchmal auch eine Spinne oder einen kleinen Skorpion. Die Kritiker haben diesen Tierchen unterschiedliche Bedeutung beigemessen, und ich habe ihnen nie widersprochen. In Wahrheit sind sie eine heimliche Huldigung an meine Mutter, eine Erinnerung an ihren letzten Wunsch, meine »Friedhofsmalerei« mit etwas Lebendigem aufzuhellen.

Manchmal kam Vittorio nachmittags zu uns, um mit meinem Bruder gemeinsam Hausaufgaben zu machen, sie schlossen sich in sein Zimmer ein, und ich konnte an ihren Stimmen hören, daß sie in Wirklichkeit spielten. Ich wollte weder etwas mit ihren Hausaufgaben noch mit ihren Spielereien zu schaffen haben, ich malte meine steinernen Vögel, steif wie Hieroglyphen, fossile Phantasien, Objekte aus träger Materie, die aus dem Staub der Jahrtausende gegraben und durch meine archäologische Malerei wieder ans Licht gebracht wurden. Ich lebte in der Archäologie wie in einem Traum und malte stundenlang ohne Unterbrechung Bilder, die aus dem Nichts hervortraten. Nein, nicht ganz, denn diese Bilder entstanden aus einem Wort, dem Namen einer untergegangenen Stadt, von der ich lediglich die abstrakte Schreibweise und die Bilder in einem kleinen Fotoband in Schwarzweiß kannte. Luxor, ein Name, den ich Jahre später bei zwei schwerwiegenden Gelegenheiten würde nennen hören. Mehr als einmal hat die Zukunft mir die Sujets meiner Bilder vor Augen gestellt, mehr als einmal habe ich über einen Zeitraum von Jahren die Fäden eines Gedankens miteinander verknüpft, der aus einem Ort ohne Dimensionen zu kommen schien und nur mit der Zeit Form und Substanz annahm. Jener Hauptmann, dem ich an der Front von El Alamein begegnet bin, war aus Parma, wo er am altsprachlichen Romagnosi-Gymnasium Kunstgeschichte unterrichtete. Er war von allem, was um ihn herum geschah, eingeschüchtert und verängstigt, man begriff, daß er in Gedanken weit weg war und Chimären nachlief. Er stotterte leider, und das machte das Verhältnis zu seinen Soldaten schwieriger, die er, statt ihnen Befehle zu erteilen, um Rat und Hilfe zu bitten schien. Ich weiß nicht, was für eine Schwäche, was für ein Einfall ihn verleitete, mich als seinen Gesprächspartner und Vertrauensmann auszuwählen. Er wandte sich in den Pausen an mich, vorzugsweise nachts, im Dunkeln. Fast immer merkwürdig irdische Themen, die durch die dunkle, kalte raucherfüllte Luft der afrikanischen Nacht schwebten.

»Früher waren es die Lehrer, die sich einen Bart wachsen ließen, um Autorität gegenüber ihren Schülern zu erhalten«, sagte er eines Nachts. »Ich habe ihn mir hier an der Front stehen lassen, um keine Zeit mit dem Rasieren zu verlieren, aber wahrscheinlich hoffte ich insgeheim nur, mir bei meinen Soldaten ein bißchen Autorität zu verschaffen.« Der Hauptmann lächelte bitter.

»Und wie ist es gelaufen?«

»Null, der Bart hat überhaupt keine Wirkung gehabt.«

»Tatsache ist, daß hier an der Front sich auch viele Soldaten einen haben wachsen lassen. Ein Bart unter so vielen Bärten verliert jede symbolische Kraft.«

»Um größere Autorität zu haben, müßte ich einen drei Meter langen Bart haben wie der Chinese im Märchen.«

»Ich kenne das Märchen nicht.«

»Ich auch nicht«, sagte der Hauptmann, »aber mit dem Schuldienst habe ich mich daran gewöhnt, Texte zu zitieren, die ich nicht kenne. Eine schlechte Angewohnheit, aber sie hilft, ein bißchen Autorität zu erlangen.«

Nach einer Pause fing ich wieder an, über den Bart zu sprechen, ein guter Gesprächsstoff für die afrikanische Dunkelheit.

»Ist es nicht Homer, der den Bart als ›Ehre des Kinns‹ bezeichnet?«

»Ich würde sagen, nein. Im Griechischen sind Bart und Kinn dasselbe Wort, nämlich *geneion*. Es muß sich um einen modernen Dichter handeln, Parini, Carducci.«

»Carducci trug einen Bart, und es wäre doch lächerlich und eitel von ihm gewesen, den Bart als ›Ehre des Kinns‹ zu bezeichnen.«

»Ich fange an zu begreifen«, sagte der Hauptmann, »daß man gewisse Namen an einem Ort wie diesem fast nicht aussprechen kann. Parini, Carducci, es bedarf schon einer gehörigen Portion Muts, sie hier in der Wüste zu nennen, nachts, mitten in diesem lärmenden Durcheinander.«

»Sie haben recht. Homer dagegen kann man jederzeit und überall nennen.«

»Auch er hatte wohl einen Bart.«

»Alle antiken Dichter und Philosophen werden mit Bart dargestellt.«

»Dante hatte keinen.«

»Im Rathaus von Orvieto befindet sich ein Bild, auf dem Dante einen Bart hat, das einzige bekannte. Ich dagegen: keinerlei Bart.«

»Aus Respekt vor meiner Autorität?«

»Möglich.«

»Die Soldaten kümmern sich einen Scheißdreck darum.«

»Ich würde sagen, daß sie sich den Bart aus Bequemlichkeit wachsen lassen. Es ist einfach unbequem, sich an der Front zu rasieren.«

Es war unbequem, aber ich rasierte mich sogar mehr als einmal am Tag. Vielleicht, um mich bei dieser Gelegenheit im Spiegel zu betrachten, eine Möglichkeit wie jede andere, meine Gegenwart an diesem fremdartigen Ort zu spüren. Ich hatte einen viel zu kleinen Rundspiegel, und so konnte ich nur einen Ausschnitt meines Spiegelbildes sehen. Das übrige fügte ich, meinen jeweiligen Wünschen entsprechend, im Geist hinzu.

Eines Nachts, ohne daß zu einer solch düsteren Behauptung ein Anlaß bestanden hätte, sagte der Hauptmann unvermittelt und mit leiser Stimme zu mir:

»Ich werde sterben, ohne Luxor gesehen zu haben.«

Das erstaunte mich. Ich verstand nicht, warum er Luxor sehen wollte und warum er befürchtete zu sterben, bevor er sich diesen Wunsch erfüllt hätte. Welche Bedeutung hatte Luxor in seinem Leben?

»Das kannst du nicht verstehen«, sagte er zu mir, »Luxor ist in mein Schicksal eingeschrieben, es ist die Stadt, in der mein Vater gestorben ist. Mein Vater war Archäologe. Er hatte die Familie verlassen und war mit einer seiner Studentinnen durchgebrannt. Ich glaube, sie war seine Geliebte, nein, sie war es bestimmt. Von seinem Tod haben wir sechs Monate später erfahren, ertrunken im Nil, zusammen mit seiner Geliebten, wurde uns berichtet, vielleicht von Krokodilen gefressen. Ich bin nie nach Luxor gefahren, wo mein Vater gestorben ist.«

Der junge Hauptmann der italienischen Armee schluchzte, während er mir diese Geschichte erzählte, er schluchzte, während um uns herum englische und amerikanische Bomben fielen und der Sand uns in die Augen flog. Ich weinte auch, allerdings wegen des Rauchs und des Sandes. Eines Tages, während wir unsere Sachen für einen der üblichen strategischen Rückzüge zusammensuchten, sagte der junge Hauptmann noch einmal zu mir:

»Luxor ist nichts anderes als das antike Theben, die Hauptstadt des Mittleren Reichs, die Stadt der Elften Dynastie. Die Bewohner von Theben züchteten und verehrten Krokodile, schmückten sie mit goldenen Armbändern und Ohrringen und brachten ihnen Menschenopfer dar. Ich habe den Verdacht, daß mein Vater den Entschluß gefaßt hatte zu sterben, und Luxor schien ihm der für einen Archäologen passendste Ort.«

So ließ der Name der antiken Hauptstadt Ägyptens, der sich meinem Gedächtnis längst eingeprägt hatte, die gleichen archäologischen Bilder auftauchen, die ich sechs oder sieben Jahre früher in meinem Zimmer malte, während meine Mutter nebenan langsam starb. Sie hatte recht, als sie sagte, meine Malerei habe etwas von einem Friedhof. Der Name einer toten Stadt, in der der Vater meines Hauptmanns gestorben war, hatte auf mich eine plötzliche Anziehungskraft ausgeübt, als ich meine ersten archäologischen Bilder malte, und dann wieder in der afrikanischen Wüste.

Wie ein Blitz hatte mich ein Wort getroffen, denn Luxor war nur ein Wort, das ich mit Bildern umgeben hatte, aber auch mit Stimmen, mit versteinerten Figuren, mit goldenen Tempeln, mit phantastischen Vögeln. Auf diese Weise ist der größte Teil meiner Malerei entstanden, aus Namen von Orten und Städten, die ich niemals gesehen habe.

Am folgenden Tag wurde der Hauptmann während eines Luftangriffs von einer Kugel am Kopf getroffen. Er war auf der Stelle tot, ohne Luxor, ohne die Orte des antiken Theben gesehen zu haben. Ich begrub ihn im Sand, und mit Hilfe des Kompasses und der Landkarte richtete ich seinen inzwischen erloschenen Blick nach der Hauptstadt des antiken Ägypten aus, wo sein Vater gestorben war.

Die Krise des Überflusses

Mein Vater hatte an einem Freitag aus Mailand angerufen, um mitzuteilen, daß er am nächsten Tag kommen werde. Wir schickten wie gewöhnlich den Chauffeur zum Bahnhof, doch eine Stunde später kam er zurück und berichtete, der Herr Ingenieur sei nicht angekommen. Am folgenden Morgen rief mein Vater wieder an und sagte, er käme an diesem Abend. Doch wieder kehrte der Chauffeur allein vom Bahnhof zurück. Diese Aufschübe gehörten zur Rolle meines Vaters, wir hatten uns an die wiederholten, überraschenden Schachzüge in seinem Verhalten gewöhnt, die immer etwas Ungewisses hatten. Geschäfte, sagte er, geschäftliche Verabredungen mit namenlosen Personen, die je nachdem als Repräsentanten der Unternehmensgruppe Breda oder der Stadtwerke bezeichnet wurden, oder ein mysteriöser Hinkerman, der unerwartet auftauchte und wieder verschwand, oder die Schweizer, möglicherweise Leute der Hochfinanz, oder eine Expertenkommission aus Monte Carlo. Worin sie Experten waren, haben wir nie verstanden. In Monte Carlo hatte mein Vater einen der ersten Wolkenkratzer mit Hunderten von Büros gebaut, die wie warme Semmeln unter den europäischen Unternehmen weggingen, die beschlossen hatten, ihren Gesellschaftssitz in diesem Steuerparadies anzusiedeln.

Mein Vater fuhr oft in das Fürstentum. Er wohnte im Hôtel de Paris, gegenüber vom Spielkasino, wo er vermutlich schwindelerregende Summen beim Roulette verspielte. Es galt immer als unausgesprochene Tatsache, daß wir sehr reich waren, auch wenn ich nie verstanden habe, worin unser Reichtum bestand. In Rom hatten wir eine sehr große Wohnung, einen Chauffeur und einen eleganten Astura, meine Mutter kaufte ihre Kleider bei Gattinoni, ging aber nie aus und hielt ihren Schmuck, den wir nie zu Gesicht bekamen, in einem Safe der Banca Commerciale unter Verschluß. Im übrigen: nichts Märchenhaftes, keine Villen am Meer, keine Mietshäuser, keine Grundstücke. Ein einziges Mal, als meine Mutter noch bei guter Gesundheit war, sind wir alle zusammen in die Ferien gefahren. Eine merkwürdige Woche auf Capri mit den Eltern, die durchaus nicht den Eindruck erweckten, sich zu amüsieren; sie saßen still und unbeweglich in einem Café an der Piazzetta, während Ottavio und ich zwischen den Tischchen spielten und dabei den Gästen auf die Füße traten. Oscar war noch nicht geboren. Ich erinnere mich, daß mein Vater ständig wiederholte, es genüge, die Meeresluft zu atmen, man müsse nicht ins Salzwasser. Er sagte es so, als ekelte es ihn vor dem Salzwasser, und folglich gingen wir auch nie baden. Aus diesen Ferien ist mir noch heute der Teppichboden des Hotels Quisisana mit Blumenmustern im Jugendstil, der Palmengarten beim Frühstück und eine Korallenkette in Erinnerung, die meine Mutter in einem kleinen Geschäft in der Nähe des Hotels gekauft hatte und die ich nie mehr wiedergesehen habe. Meine Mutter sagte, sie liebe Korallen, aber sie bewahrte sie in einem Köfferchen in ihrem Zimmer auf und trug sie nie.

Das Unternehmen meines Vaters war an der Mailänder Börse eingeführt, doch das sagte mir ziemlich wenig, höchstens schmeichelte es meiner Eitelkeit, daß wir unseren Namen täglich in der Börsenliste des ›Corriere della Sera‹ finden konnten. Ich erinnere mich, daß mein Vater, der keinen Hehl aus seinen Besuchen im Spielkasino von Monte Carlo machte, genüßlich von den »petits milliardaires« sprach, die den Roulettesaal besuchten. Aber auch sein Reichtum war geheimnisvoll, zwielichtig, dunkel, schwierig zu verstehen und zu bewerten. Im übrigen hatte ich nie ein besonderes Interesse für Geldangelegenheiten, auch weil es mir nie am Notwendigen und in einem gewissen Maß nicht einmal am Überfluß gefehlt hat.

Endlich kam der Chauffeur vom Bahnhof zurück und brachte meinen Vater mit, schweigsam, nervös, von einer plötzlichen Müdigkeit befallen und weniger selbstsicher. Er erkundigte sich zerstreut, wie es Oscar in der Schule gehe, warf einen Blick auf die in meinem Zimmer angesammelten Bilder.

»Bereitest du eine neue Ausstellung vor?«

»Zur Zeit male ich, ohne an Ausstellungen zu denken.«

»Zum Vergnügen.«

»Das auch.«

»Aus der Arbeit ein Vergnügen zu machen, zeugt von großer Schlauheit.«

»Meine ganze Zeit gilt dem Malen.«

»Hast du kein Verhältnis? Keine Mädchen?«

»Keine.« Mein Vater sah mich nachdenklich an, ohne etwas zu sagen. Wieder betrachtete er die Bilder, durchblätterte flüchtig einen kleinen Stapel Zeichnungen.

»In der Wirtschaft bewirkt die Überproduktion die sogenannte Krise des Überflusses. Darüber hat ein englischer Wirtschaftswissenschaftler gesprochen, aber ich erinnere mich nicht mehr an seinen Namen. Kann das auch in der Malerei vorkommen?«

»Ich muß keine Arbeiter bezahlen, und die für das Malen notwendigen Rohstoffe, Farben, Leinwand und Papier, kosten im Grunde genommen wenig. Also keine Krise.«

»Du Glücklicher. Und die Maler überhaupt«, sagte mein Vater, und es kam mir vor, als hätte ich einen Schatten auf seinem Gesicht wahrgenommen.

Ich sagte ihm nicht, daß ich, um leben zu können, keine Bilder verkaufen müsse. Sonst hätte auch ich Probleme bekommen. Doch in unserer Familie sprach man aus alter Gewohnheit nie über Geld. Es war, als würde es nie fehlen, und in Wahrheit hat es auch nie gefehlt. Wir waren reich oder dachten, es zu sein, und verhielten uns wie Reiche, was letztes Endes auf das gleiche herauskam.

Mein Vater fing wieder an zu reden, leise, fast wie zu sich selbst. Eines der wenigen Male, daß er mit mir über seine Probleme sprach, wenn auch indirekt.

»In der Industrie müssen wir leider die Rechnung mit dem Unvorhergesehenen machen, das sind schwierige Rechnungen, die eine bloße Buchhaltung ausschließen. Finanzphänomene sind die Summe einer so unerhörten Menge rationaler Elemente, daß diese Elemente am Ende irrationale und daher unvorhersehbare Wirkungen hervorbringen. Der verbreitetste und auch gefährlichste Irrtum ist ein Übermaß an Euphorie, das durch die Krise des Überflusses bestimmt wird. Wenn du dich beim Kalkül der irrationalen Erwartungen irrst, ich spreche in erster Linie über die Börse, riskierst du den Zusammenbruch, der unter dem brutalen Begriff Bankrott bekannt ist. Wenn das Übermaß an Euphorie eine kollektive Erscheinung ist, kann es eine Wirtschaftskrise großen Ausmaßes heraufbeschwören, wie im Jahr 29.«

Das war eine merkwürdige Äußerung, die irgendwelche Sorgen jenseits der radikalen Skepsis und des akademischen Katastrophenglaubens verriet, die bei ihm mehr als einmal zu beobachten waren. Vielleicht hätte ich mir Sorgen machen müssen, aber ich war nicht in der Lage, ihn auszufragen, und außerdem ließ er mich danach allein und ging in die Küche, wo er sich eine Mozzarella mit zwei Tomaten zubereiten ließ und sich anschließend ins Zimmer meiner Mutter zurückzog.

Ich und Oscar aßen schweigend, danach gingen auch wir zu unserer Mutter. Wir fanden unseren Vater am Bett sitzend. Sie unterhielten sich mit einer gewissen Lebhaftigkeit, jedoch leise. Als wir eintraten, schwiegen sie.

»Ist irgendwas?« fragte ich.

»Es gibt immer Probleme«, sagte mein Vater, »aber sie sind schwer zu lösen und schwer zu erklären. Deine Mutter wird mit dir darüber sprechen.«

Ich begriff, daß unsere Anwesenheit nicht angebracht war. Wir ließen sie allein.

Nach einer Weile hörten wir die Wohnungstür ins Schloß fallen. Ich ging zu meiner Mutter und fand sie allein vor.

»Wo ist Papa?«

»Er hat eine Verabredung im Hotel Flora in der Via Veneto. Er wird spät zurückkommen, ihr könnt schlafen gehen und euch morgen früh von ihm verabschieden.«

Oscar ging zu Bett, und ich blieb noch ein bißchen in meinem Zimmer, um zu zeichnen und um über die Frage nachzudenken, ob ich irgendwas mit Mädchen hätte. Meine Wünsche waren noch ziemlich verworren, wie die eines Heranwachsenden. Die Malerei nahm all meine Energie in Anspruch, und möglicherweise auch meine Wünsche.

Am folgenden Morgen war mein Vater nicht zu Hause. Er hatte am Abend zuvor die Wohnung für die Verabredung verlassen und war nicht zurückgekommen. Ich habe ihn seitdem nicht mehr gesehen und habe diesen letzten Eindruck von ihm im Inneren meines Palastes der Erinnerungen aufbewahrt.

Betrügerischer Bankrott

Es ist mir nie gelungen, Kriminalromane zu lesen und ihrer abstrusen Geometrie zu folgen. Dafür gibt es einen Grund: In den Romanhandlungen geht am Ende immer alles auf, was im Leben fast nie der Fall ist. Es gibt noch einen anderen Grund. Ich mag es nicht, wenn die Aufmerksamkeit voll und ganz auf die Suche nach dem Mörder gelenkt und dabei das Opfer vernachlässigt oder sogar vergessen wird. Das verfälscht stets die Entwicklung der Geschichte und lockt die Erwartungen des Lesers auf die falsche Fährte. Es gibt weder Mitleid noch Bedauern, noch erinnert man sich des Opfers, das fast immer mit wenigen Zeilen oder bestenfalls mit wenigen Seiten erledigt wird. Von ihm wird ein kurzes, bündiges Bild gezeichnet, einzig zu dem Zweck, der Suche nach dem Schuldigen zu dienen.

Das so plötzliche und geheimnisvolle Verschwinden meines Vaters lenkte mich zum großen Teil von der Anteilnahme und von den Gefühlen über den Tod meiner Mutter ab, die drei Wochen später starb. Ich weigerte mich zu glauben, daß die beiden Umstände in unmittelbarer Beziehung zueinander standen, daß meine Mutter also, wie in einem Kriminalroman, das ausersehene Opfer war; doch der Schmerz und das Durcheinander jener Tage hatten meine Gedanken verstört und dunkle Verdächtigungen aufkommen lassen, die ich zu beherrschen versuchte, obwohl ich genau wußte, daß Unruhe nur wieder neue Unruhe verursacht.

Der Vorwand einer geschäftlichen Verabredung gehörte nicht zum Bild meines Vaters, das ich mir bis zu jenem Tag von ihm gemacht hatte; andererseits wagte ich aber auch nicht zu glauben, daß es sich um eine ziemlich schlechte Ausrede meiner kranken und ihrem Ende entgegengehenden Mutter handeln könnte. Ich entdeckte in dieser unerwarteten Flucht nichts von der Würde, die ich meinen Eltern und ihrem Verhalten zusprach. In das Verzeichnis meiner verstörten Gefühle mußte ich also auch die Besorgnis einer schweren Enttäuschung aufnehmen.

Zwei ausgesprochen schmerzvolle Ereignisse in der Geschichte unserer Familie hatten sich für eine kurze Zeit überlagert und miteinander verflochten, aber sofort hatte mein Vater wieder die Oberhand gewonnen und es auch aus der Ferne verstanden, alle unsere Gefühle für sich in Anspruch zu nehmen. Seine Abwesenheit und sein Schweigen wurden uns gewaltsam auferlegt und hatten einen Schleier über die Abwesenheit meiner Mutter gebreitet. Ihr Tod war unwiderruflich und mithin dazu bestimmt, ohne weiteres Fragen Teil der Erinnerung zu werden, sogar ohne jene vage Hoffnung, die bisweilen über die Einbrüche der Natur hinwegtröstet.

Das Verschwinden meines Vaters hingegen war geheimnisumwittert, wiewohl die Gründe, die dazu geführt hatten, ziemlich klar waren. Der Zusammenbruch des Mailänder Bauunternehmens und der Vorwurf des betrügerischen Bankrotts, der auf ihn als Hauptaktionär und als Hauptgeschäftsführer fiel, hatten ihn offenbar zur Flucht veranlaßt. Was man dagegen nicht begreifen konnte, war, wie ein so unübersehbarer, ein so fülliger Mensch es schaffen konnte, sich aus dem Staub zu machen, ohne eine Spur zu hinterlassen. Keine Nachricht an seine Kinder, an seine Freunde, an die Geschäftsführer, an die Belegschaft des Unternehmens. Mein älterer Bruder Ottavio, der in Mailand in einer Wohnung in der Via Mecenate wohnte, während mein Vater in dem alten, mitten im Zentrum gelegenen Hotel Milan lebte, wußte lediglich, daß er an einem Samstag nach Rom gefahren und nicht mehr zurückgekommen war. Er wußte zwar über die finanziellen Schwierigkeiten des Bauunternehmens Bescheid, war jedoch außerstande, sich vorzustellen, daß ein so beachtliches Unternehmen mit so vielen laufenden Arbeitsaufträgen in ganz Italien von einem Tag auf den anderen zusammenbrechen könne. Der Vertrauensmann meines Vaters, der die Hauptbuchhaltung des Unternehmens leitete, ein gewisser Hödler, schwor, bei der Nachricht über die

Flucht aus allen Wolken gefallen zu sein und absolut nicht zu wissen, wo sich mein Vater versteckt habe. Es war deutlich, daß die Besorgnisse des armen Kerls zur Hälfte der Anhänglichkeit an meinen Vater galten, dem er sich verbunden fühlte, und zur anderen Hälfte den verwaltungstechnischen Unannehmlichkeiten, mit denen mein Vater ihn hatte sitzenlassen. Mühsam ging er die Kontobücher durch, mit einem Sachverständigen jenes Gerichts, bei dem die Gläubiger die Bankrotterklärung beantragt hatten, was, nach den ersten Ermittlungen, eine Vorladung meines Vaters zur Folge hatte. Hödler war nicht nur über die überstürzte Flucht meines Vaters erstaunt, die immerhin noch erklärbar war, sondern auch darüber, daß er keine Vorsorge getroffen hatte, um die ersten schwierigen Jahre zu überstehen. Hinter sich hatte er eine Leere gelassen.

»Wahrscheinlich hat ihn Panik ergriffen«, war Ottavios Kommentar, als er ein paar Wochen nach dem Begräbnis meiner Mutter nach Rom zurückkehrte.

»Nicht einmal ein Billett mit einem Gruß für uns hat er hinterlassen.«

»Und nicht einmal ein paar Pfennige, damit wir uns ein Brötchen kaufen können.«

»Sagen wir ruhig, daß er ein großer Egoist war.«

»Das war er schon immer, aber meiner Meinung nach war er nicht bloß Egoist, er war auch verrückt«, sagte Ottavio.

Wir bemerkten, daß wir über unseren Vater in der Vergangenheitsform sprachen, so als wäre er tot.

Oscar war ziemlich erstaunt, allerdings auch stolz darauf, daß die Zeitungen über den Bankrott und die Flucht unseres Vaters schrieben, als wäre es ein Erdbeben oder ein Zugunglück.

Gemeinsam mit Ottavio trafen wir sofort ein paar dringende Entscheidungen: Die große Wohnung in der Via Sicilia sollte aufgeteilt und zur Hälfte vermietet werden; dem Chauffeur wurde gekündigt und der Astura verkauft, um die Abfindung zu bezahlen; wir versuchten, wie Hödler uns geraten hatte, in den Besitz des Schmucks unserer Mutter zu gelangen, der im Safe der Banca Commerciale lag. Unter anderem mußte in dem Safe ein wunderbarer, in Gelbgold gefaßter Solitär und ein

Collier aus Smaragden und Brillanten von Bulgari sein, von dem wir Kinder gehört, das wir aber niemals gesehen hatten. Würden wir die Juwelen verkaufen, hatte Hödler gesagt, wäre unser Überleben wenigstens zum Teil gesichert.

Der Beginn eines neuen Lebensabschnitts mit der unerwarteten Verantwortung für Probleme, die uns bis dahin nicht im entferntesten gestreift hatten, fand uns völlig unvorbereitet, zugleich aber zog uns das Neue in seinen Bann. Zum erstenmal beeinflußte unser Vater unser Leben entscheidend mit seiner Anwesenheit und ließ uns dabei das spüren, was unsere Mutter als seine »Theologie des Negativen« bezeichnet hatte. Und das genau in dem Augenblick, in dem wir seine Abwesenheit hinnehmen mußten. Aber noch wußten wir nicht, ob wir unsere wehmütigen Empfindungen eher dem Schmerz oder eher dem Staunen über das Vorgefallene zuschreiben sollten. Noch immer wehrten wir uns gegen die Vorstellung einer Flucht, obwohl die Umstände kaum eine andere Erklärung zuließen.

Unterdessen stellten uns auch die scheinbar leichtesten Entscheidungen vor Schwierigkeiten, die für uns viel zu neu und völlig unvorhersehbar waren. Die Aufteilung der Wohnung in der Via Sicilia erwies sich als ein kompliziertes Unternehmen. Anders als ich in meiner Naivität geglaubt hatte, ging es nicht nur darum, einen Maurer zu rufen und eine Wand im Flur hochzuziehen. Man mußte alles verdoppeln, aus der Wäschekammer eine zweite Küche machen, die Heizungsanlage unserer Wohnung trennen und daher einen zweiten Heizkessel installieren, die Mauern aufschlagen, um den Verlauf der Warmwasserrohre zu verändern, danach wieder alles verputzen und die Wandbespannung erneuern. Auch das Stromsystem verursachte Probleme. Vor allem mußte man bei den Stadtwerken die Installation eines zweiten Zählers beantragen, sich mit der lästigen Bürokratie herumschlagen, die schon immer das große Unheil von Rom war. Und auf wessen Namen sollte schließlich der zweite Zähler angemeldet werden, wenn noch kein Mieter da war?

Hödler, der eine kleine Junggesellenwohnung im obersten Stock unseres Palazzos besaß, stand uns zur Seite. Er half uns, die bürokratischen Hindernisse zu überwinden, kaufte den

Astura und lieh uns eine Geldsumme, die wir mit der künftigen Miete aus der einen Hälfte der Wohnung würden zurückzahlen können. Ich mußte auf mein Zimmer verzichten, das das neue Eßzimmer in unserem Teil der Wohnung wurde, und so transportierte ich meine wenigen Möbel zusammen mit den Leinwänden und Zeichnungen ins Zimmer meiner Mutter, das mein Atelier wurde. Die übrigen Möbel wurden im Wohnzimmer gestapelt. Mörtel und Staub von den Umbauarbeiten waren in jedem Winkel unserer Wohnung, und über Monate mußte ich Maurern, Installateuren und Elektrikern Dinge erklären, von denen ich nicht die geringste Ahnung hatte.

Der Safe bei der Banca Commerciale war eine ganze Weile vor dem Tod meiner Mutter geleert worden. Der Direktor sagte, eine junge Frau habe sich mit einer Vollmacht meines Vaters vorgestellt, die von einem Notar in Mailand aufgesetzt worden war. Es zeigte sich, daß es derselbe Notar war, dessen sich mein Vater für seine Immobiliengeschäfte bedient hatte. Sie hatte alles aus dem Safe genommen. Der Bankdirektor erinnerte sich vage an diese Frau, die ihm schön und elegant vorgekommen war, sah sich aber außerstande, sie zu beschreiben, weil er sie nur dieses eine Mal gesehen hatte.

»Ich meine mich zu erinnern, daß sie mit Alida Valli Ähnlichkeit hatte, aber ich kann mich auch irren.«

Damit gesellte sich zu dem rätselvollen Verschwinden meines Vaters ein neues Geheimnis. Sie war von ihm geschickt worden, darüber bestand kein Zweifel, aber wer konnte sie gewesen sein? Eine Geliebte? Das Datum, an dem der Safe geleert worden war, deutete darauf hin, daß mein Vater den Bankrott schon Monate vorher hatte kommen sehen und sich, im Hinblick auf die Flucht, in den Besitz des Schmucks gebracht hatte, als meine Mutter noch lebte. Aber warum hatte er uns auch diese Geldquelle noch genommen? Das einzige Eigentum, das er uns hinterlassen hatte, war die Wohnung in der Via Sicilia, eingetragen auf den Namen einer Firma, deren Gesellschafter wir drei Söhne waren.

Oscar war zu klein, um sich mit diesen Problemen zu beschäftigen, die insgesamt auf meinen Schultern lasteten, wobei mir Ottavio gelegentlich half. Wir aßen in der Küche, mitten im

Staub, und Oscar stellte mir in den ersten Monaten fast täglich, später immer seltener, die gleiche Frage:

»Hat man irgendwas von Papa gehört?«

Auch die Antwort war immer die gleiche:

»Nichts.«

Oscar war nicht wirklich besorgt oder traurig über das Verschwinden unseres Vaters, eher schien ihn ein so merkwürdiges Ereignis, das er nicht begreifen konnte, neugierig zu machen. Aber auch ich konnte es nicht begreifen.

»Du wunderst dich gar nicht?« fragte er mich.

»Ganz im Gegenteil«, aber ich wußte nicht, was ich sonst sagen sollte.

Wir hatten schmerzvoll den Tod unserer Mutter hingenommen, doch gegenüber unserem Vater hegten wir ein unsicheres Gefühl, das Erstaunen und Groll zugleich über seine Flucht einschloß.

Die Umbauarbeiten in der Wohnung gingen voran, die Abbruchphase mit Staub und Mörtel war beendet, und jetzt arbeiteten die Handwerker an der Fertigstellung, am letzten Anstrich, am Polieren der Hölzer, am Ankleben der neuen Tapeten. Ich hatte an einen Antiquitätenhändler in der Via del Babuino einen Empireschrank und zwei Empiresofas verkauft, die zu sperrig waren; ich hatte die Kleider meiner Mutter kunterbunt durcheinander in zwei große Schrankkoffer gestopft, und ich hatte, in Zeitungspapier gewickelt, die Ziergegenstände aus venezianischem Glas und eine Sammlung alter Silberfrüchte in eine Kiste gelegt. In einer apfelförmigen Dose fand ich einen kleinen toten Skorpion. Wer weiß, wie er da hineingelangt war. Jemand mußte ihn in den Silberapfel eingeschlossen haben, als er noch lebte. Oder doch schon tot? Ein kleines Mysterium ohne Bedeutung, ohne Antwort. Ich wickelte den Apfel mit dem kleinen Skorpion in Zeitungspapier und legte ihn zu den anderen Gegenständen in die Kiste.

Wir beschlossen, auch das Bett meiner Mutter zu verkaufen. Die Entscheidung fiel uns sehr schwer, war aber notwendig, weil wir nicht wußten, wohin wir es stellen sollten, und weil wir Geld brauchten. Außerdem hätte ich niemals darin geschlafen. Es war ein Bett des Settecento aus Schmiedeeisen mit zwei Lanzenbündeln aus vergoldeter Bronze am Kopfende und umlaufenden Mäandermustern im Stil Louis' XVI. Derselbe Antiquitätenhändler aus der Via del Babuino kam, um es sich anzusehen, und als erstes zweifelte er die Echtheit an, in der offenkundigen Absicht, den Preis zu drücken. Ich begleitete ihn zur Tür, trotz seiner Entschuldigungen und trotz seines Versuchs, ein Verhandlungsgespräch aufzunehmen. Niemals sonst hatte ich so sehr das Gefühl zu ertrinken wie dieses eine Mal; ich fühlte mich von einem faden Wirbel ergriffen, ganz ohne das stärkende Entsetzen vor Sturm und Abgründen.

Ein anderer Antiquitätenhändler, wesentlich höflicher und wesentlich gerissener, kam und sah sich das Bett an. Er pries den Entwurf und die Qualität der Ausführung, strich lange mit den Fingerkuppen über die leicht unregelmäßige Oberfläche des gehämmerten Eisens, damit er sie besser fühlen konnte, dann machte er ein Angebot, das mir lächerlich niedrig vorkam. Ich sagte, daß ich das Doppelte wollte und nicht die Absicht hätte, über den Preis zu diskutieren. Er ging weg und ließ eine Duftwolke zurück, wie Oscar mir sagte. Er müsse sich's erst noch überlegen, bevor er eine Entscheidung treffe. Am folgenden Tag stand er wieder vor der Tür, ohne angerufen zu haben, und gab mir die verlangte Summe. Bevor die Transporteure es zerlegten, um es fortzuschaffen, fotografierte ich das Bett meiner Mutter, ließ aber den Film nicht entwickeln, und ich habe ihn glücklicherweise nie mehr gefunden. Ich glaube, ich habe mich noch nie so vor mir selbst geschämt wie bei diesem traurigen Verkauf. Ich fragte mich, in welcher Wohnung das Bett, in dem meine Mutter gestorben war, wohl enden würde, ich malte mir voller Entsetzen unbeschreibliche Szenen aus, die sich darauf abspielten, in meiner Vorstellung zeigten sich nackte Frauen und Männer, die unverschämte erotische Spiele trieben. Es brauchte Zeit, bevor ich in der Lage war, mich von der traurigen Scham jener Tage und von der durch materielle Notwendigkeit hervorgerufenen Beleidigung zu befreien.

Als die Wohnung hergerichtet war, entschloß ich mich, nach einigen Monaten der Unterbrechung wieder mit dem Malen anzufangen. Ich hatte einen großen eisernen Käfig vor Augen, der an einem Haken hing, ähnlich denen, die im Mittelalter dazu dienten, die Opfer den Raubvögeln auszusetzen. Anstelle des menschlichen Opfers würde ich eine von der Zeit verwitterte und beschädigte Statue aus Stein malen. Auch die Eisenstäbe sollten vom Rost zerfressen sein. Ich habe dieses Bild nie gemalt, denn jedesmal, wenn ich es in meinem Kopf zusammenfügte, erschien mir das beschädigte Gesicht der Statue mit der Physiognomie meines Vaters. Die Augen, vor allem die grauen, kalten Augen waren die seinen und blickten mich starr an. So ist das visuelle Gedächtnis: Während die anderen alles in ihren Gedanken aufbewahren und sich möglicherweise sogar an die Worte und an die Stimme eines Verstorbenen erinnern, steht bei mir immer das Bild im Vordergrund.

Ab und zu fing Oscar wieder mit seiner Fragerei an.

»Wer weiß, wo Papa wohl steckt und was er in diesem Augenblick gerade tut«, sagte er eines Tages zu mir, aber es kam mir vor, als wäre es keine richtige Frage, sondern ein Versuch, die schlimmsten Befürchtungen über das Schicksal unseres Vaters aus seinen Gedanken zu verbannen.

Einmal jedoch drückte er sich anders aus.

»Hoffentlich ist er nicht tot.«

»Er ist weg, weil er nicht ins Gefängnis wollte«, antwortete ich, »und deshalb wird er sich darum gekümmert haben, einen sicheren Unterschlupf für sich zu finden.«

Oscar fing an zu weinen. Zum ersten Male weinte einer von uns drei Söhnen über das Verschwinden unseres Vaters.

Unvermittelt war ein brütend heißer, stickiger, feuchter Sommer gekommen. Ich begleitete Oscar zur Villa Borghese und zum Pincio, wo wir mit dem Fahrrad die baumbestandenen Alleen rauf und runter fuhren. Danach setzten wir uns auf die Terrasse der Casina Valadier und aßen Eis, ich Vanille, Oscar Frucht, fast immer Erdbeer. Ich versuchte, ihm klarzumachen, daß man Erdbeereis nur zur Erdbeerzeit essen sollte, weil es sonst mit Essenzen zubereitet würde, aber das ging ihm nicht in den Kopf: Wenn der Kellner kam, bestellte er Erdbeereis. War kein Platz mehr auf der Terrasse der Casina Valadier, haben wir auch auf das Eis verzichtet. Wir hatten Freude daran, uns vor dem Panorama Roms mitten unter die eleganten Frauen und die reichen Touristen zu setzen. Dorthin war unsere Mutter mit uns gegangen, und dorthin wollten wir jedesmal zurückkehren.

»Triffst du dich eigentlich nicht mehr mit Vittorio?« fragte ich ihn eines Tages.

»Weiß du das denn nicht? Er ist mit seiner Mutter nach Brasilien gefahren.«

«Wieso nach Brasilien?«

»Ich glaube, daß sie in Rio de Janeiro steinreiche Verwandte haben.«

»Die Glücklichen. Und wann kommen sie zurück?«

»Weiß ich nicht, vielleicht nie mehr.«

Antonella Gomez, Vittorios Mutter, war die große Freundin meiner Mutter gewesen, sie sahen sich häufig, sprachen lang am Telefon miteinander und machten gemeinsame Einkaufsbummel. Ich glaube, meine Mutter fehlte ihr sehr, und vielleicht hatte dies auch ihre Entscheidung beeinflußt, mit ihrem Sohn nach Brasilien zu fahren. Sie waren in aller Heimlichkeit abgereist, es mag sein, daß sie unsere brüchige Ruhe nach der Flucht unseres Vaters nicht stören wollten. Mir wurde bewußt, daß sich innerhalb kurzer Zeit die vertraute Gesellschaft völlig aufgelöst hatte, wir waren allein geblieben, ich und Oscar. Ottavio war nicht mehr an die Universität zurückgekehrt und hatte eine Anstellung im Personalbüro eines großen Mailänder Industrieunternehmens gefunden. Ich war es, der ihn manchmal anrief, er tat es nie. Dann hörte auch ich auf, ihn anzurufen. In jenem heißen Sommer kam Hödler zu uns.

»Ich fahre mit euch aufs Land«, sagte er, »dann könnt ihr wenigstens ein bißchen frische Luft atmen.«

Hödler erwartete uns mit dem Astura, den er von uns gekauft hatte. Kaum waren wir außerhalb Roms, holten wir tief Luft, es war weniger stickig, und der Anblick der grünen Landschaft an der Via Cassia, einer erholsamen, freundlichen Landschaft mit Hügelkämmen, die sich am Horizont abzeichneten, erquickte das Auge, war meinem Geist aber völlig fremd. Ich hatte wieder angefangen, in meinen fernen Archäologien herumzustreifen.

Die Eheleute Hödler hatten keine Kinder, und deshalb adoptierten sie uns für eine Woche, richteten uns ein Zimmer in ihrer großen Villa in der Nähe von Viterbo ein, und Signora Hödler, die ganz in der mütterlichen Rolle aufging, versuchte, uns mit Essen für sich zu gewinnen: Wildschweinschinken, gebackene Zucchiniblüten, fabelhafte russische Salate und jeden Tag eine andere Süßspeise. Ein ungewöhnlich reichhaltiges Repertoire, das ich mühevoll preisen mußte, auch in Oscars Namen, der vor lauter Schüchternheit und Wehmut verwirrt war und nichts sagte.

In jenen Tagen fing ich an, mit Tusche verschiedene Formen des Hakens zu skizzieren, der den eisernen Käfig mit der Statue halten sollte. Es war eine einfache Ablenkung, eine akademische Übung. Ich wurde mir bewußt, daß ich mit diesen schwarzen Formen so etwas wie das Alphabet einer nicht existierenden Sprache zu entwickeln begann. Was würde ich nur mit diesen geheimnisvollen Buchstaben schreiben können? Ich träumte von antiken Papyri oder Pergamenten, die mit diesen Zeichen bedeckt und irgendwo vergraben werden sollten, damit sie nach meinem Tod, Jahrhunderte später, gefunden würden. Ich stellte mir die Leiden der Fachgelehrten vor, die man herbeirufen würde, um diese Texte einer rein graphischen Erfindung zu entziffern. Möglicherweise würde ein zweiter Champollion sie nach langem Studium endlich übersetzen und als einzigartige Botschaft einer unbekannten Kultur an die Gelehrten der ganzen Welt weiterleiten. Meine Freude über diesen ausgeklügelten Streich projizierte ich in die Zukunft, ich lachte hinter dem Rücken der unbekannten Nachgeborenen.

Abends wurde es frisch, und wir, Oscar und ich, wären gern in den Garten gegangen, doch um die Villa herum war alles dunkel, man sah nur die fernen Lichter der Dörfer und der vereinzelten Häuser auf dem Land. In dieser Situation wurde mir zum ersten Mal klar, daß ich Angst vor der Dunkelheit hatte. Man weiß nicht, woher diese abstrakten, unvernünftigen Ängste kommen. Vom Himmel? Aus den Wäldern der Vorgeschichte? Sobald ich meinen Fuß in den Garten setzte, spürte ich die Gewalt der feindseligen Natur wie ein Wilder inmitten eines tiefschwarzen Waldes und fühlte mich gedemütigt.

Auch Oscar wollte nicht mehr hinausgehen, sobald sich das Dunkel der Nachtluft um die Villa verdichtete. Er vertraute mir an, daß er Angst hatte, plötzlich unserem Vater gegenüberzustehen.

»Was sollen wir tun, wenn wir ihm im Dunkeln begegnen?«

»Was sind denn das für Fragen?«

»Ich habe Angst«, sagte Oscar.

Er hatte wirklich Angst davor, unserem Vater nachts im Garten der Villa wie einem Gespenst zu begegnen. Auch ich ließ mich von dieser merkwürdigen Idee anstecken. Armer Papa, wir hatten ihn in ein Gespenst verwandelt und Angst vor ihm.

Die Kartei der Gefallenen

Nur ein paar bescheidene Worte über meine Anwesenheit-Abwesenheit an der Front von El Alamein. Ein ruhmloses Intermezzo ohne Dimension, das ich nur mit Mühe in meinen persönlichen Lebenslauf einordnen kann. Ich habe auch Gewehrschüsse da unten in Afrika abgefeuert, aber ich würde vor Scham und vor Gewissensbissen sterben, wenn ich wüßte, daß ich jemanden erschossen hätte. Ich halte das für ausgeschlossen, weil ich immer viel zu hoch gezielt habe, um auch nur entfernt einen Menschen zu treffen. Das erzähle ich nicht, weil ich darauf stolz wäre, sondern weil dies mein einziger und zudem völlig passiver Beitrag zur Bekämpfung des Faschismus und des Nationalsozialismus ist. Ich bitte alle, die gelitten haben, alle, die ihr Leben verloren haben, um Verzeihung; ich, der nicht gelitten hat, der sein Leben nicht verloren hat. Ich muß hinzufügen, daß ich bei dieser Gelegenheit entdeckt habe, wie gleichgültig der Gedanke an den Tod werden oder wie er in bestimmten Situationen sogar einen starken Reiz kollektiven Taumels hervorrufen kann. Das bedeutet nicht etwa, daß man die Angst beiseite schiebt, sondern daß sie vielmehr Teil dieses Taumels wird. Ich habe gesehen, wie Soldaten im Freien unter Bombenhagel und Maschinengewehrfeuer umherwanderten, wie sie ihren Körper mit sich trugen, als gehörte er einem anderen, wie sie ihn gleichgültig, verantwortungslos tödlichen Gefahren aussetzten. Das Bronzeabzeichen, das mir nach meiner Verwundung an der Wade zugesprochen wurde, halte ich für Hohn, weil ich während der Schlacht bei Tel Aqqaqir an nichts dachte, ich lief ziellos zwischen den Bomben herum, ohne zu wissen, was ich tun sollte, wohin ich gehen wollte. Heldentum null. Kampfbereitschaft null. Selbsterhaltungstrieb null.

An der Front habe ich auch den Grund entdeckt, weshalb ich für meine Bilder immer unbelebte Gegenstände, verstaubte Grabungsfunde, phantastische Steine, verrostete Eisenstücke gewählt habe: Ich empfinde einen andauernden, unauslöschlichen Abscheu vor dem menschlichen Körper. Schon als ich die Kunstakademie besuchte und mit meinen Kommilitonen zusammen Akte, und wer kann schon sagen, warum gerade immer weibliche Akte, zeichnete oder malte, sah ich, als ob die Haut durchsichtig wäre, hin und wieder plötzlich durch die Oberfläche dieser jungen, glatten Körper das innere Pulsieren der Organe: die Leber, das Herz, die Milz, die Lunge, den Magen, die Därme. Meine Zuordnung der verschiedenen Organe mochte nicht stimmen, ich habe mich immer gesträubt, Anatomie zu lernen, doch diese Bilder, so unbestimmt sie auch waren, reichten aus, Impulse der Ablehnung und des Abscheus in mir auszulösen. Ich schloß fest die Augen und gab mir alle Mühe, diese Bilder wegzuwischen, und zwar so gründlich, daß sie aus meinem Kopf verschwunden waren. Von diesen Visionen der nackten durchsichtigen Körper bin ich in den beiden Jahren, in denen ich die Akademie besuchte, verfolgt worden, und ich weiß beim besten Willen nicht, welches merkwürdige Signal mich eines Tages dazu brachte, Vittorio nackt zu zeichnen. Aber eigentlich müßte ich sagen, eine Aktzeichnung von Vittorio, denn das ist etwas anderes.

Für mich ist der menschliche Körper ausschließlich eine Oberfläche, eine Schein-Gestalt, glatt oder verrunzelt, doch von seinem Inneren will ich nichts wissen. Auch schon deshalb möchte ich die Erfahrung dieses Kriegs auslöschen, denn er hat mich mit dem Blut, dem Fleisch, den Knochen, den Wunden, den Verstümmelungen, den zerfetzten Körpern meiner Kameraden in Berührung gebracht. Ich kann auch nicht für einen Augenblick den Gedanken verweilen lassen bei dem, was ich an der Front gesehen habe, einschließlich meiner Wunde an der Wade, ohne daß ein unerträgliches Übelkeitsgefühl in mir hochsteigt. Ich habe mir geschworen, nie wieder ein menschliches Auge zu malen, wie ich es am Beginn meines Malerlebens getan habe. Allerdings habe ich später, als ich eines dieser Bilder wiedersah, entdeckt, daß es sich bei den Augen, die mit absichtsvollem, unendlich viel Geduld erforderndem Realismus gemalt wurden, um Glasaugen handelte, hart, fest und glänzend wie Glas.

Als ich in Rom ankam, im Militärkrankenhaus am Celio, in einer Gegend der Stadt, die ich nicht kannte, luftig und voller Gärten mit Bäumen, an denen dicht die Orangen hingen, auf halbem Weg zwischen dem Kolosseum und der Lateransbasilika, fernab vom Lärm der Explosionen und vom afrikanischen Sand, war mir, als sei ich im Paradies gelandet. Ich mochte sogar die grün lackierten Flure und den Geruch von Chloroform. Die Ärzte und Krankenpfleger in weißen Kitteln kamen mir vor wie Engel im Himmel. Freudig nahm ich die Nachricht auf, daß die Verwundung schwerer war, als ich mir vorgestellt hatte. Höchst unwahrscheinlich, daß sie mich wieder an die Front schicken würden, erklärten mir die Kameraden im Krankenhaus und hielten mit ihrem Neid über die kleine und inzwischen vernarbte Schnittwunde nicht zurück, die so große Vorteile einbrachte.

Die ziemlich kindische Vulgarität meiner Kameraden im Krankenhaus faszinierte mich auf der Stelle. Gesten und Wörter, die mir bereits an der Front begegnet waren, bekamen hier etwas Alltägliches und Vertrautes: Wenn ich etwas sagte, ließ auch ich Wörter wie »Möse«, »Brunzbusch«, »Pflaume«, »Schwanz«, »Rammelstock« und einige andere einfließen, die längst Teil des Soldatenjargons geworden waren. Ich kam mit einem Sprachuniversum in Berührung, das für mich neu war, und ich versuchte, mich anzupassen, doch meist rief mein täppischer Gebrauch der Wörter nur den freundlichen Spott meiner Kameraden hervor. Meine einzige Sorge im Krankenhaus war es, den Anblick blutiger Verbände zu vermeiden, und ich übte mich darin, die dunkelrote Farbe des Blutes in ein schönes, wohltuendes Blau zu verwandeln, blau wie der strahlende Himmel oder wie der Mantel der Muttergottes.

Nach ein paar Tagen im Krankenhaus wurde mir klar, daß ich nicht im Paradies gelandet war und daß die Verwundeten in der Abteilung, in die man mich gelegt hatte, schlechter behandelt wurden. Desinteresse bei den Ärzten, die eine oder andere schlechte Behandlung der Krankenpfleger, Verspätungen beim Austeilen des Essens, das offenbar aus Küchenabfällen zusammengerührt wurde, der Wasserkrug immer leer. Mein Schlafanzug hatte lauter Löcher, aber es war unmöglich, einen anderen zu bekommen, und die Bettücher wurden eher zufällig und nach viel zu langer Zeit gewechselt. Auf den anderen Korridoren waren die Dinge sichtbar besser als auf unserem. Warum? Auf meine Fragen erhielt ich zweideutige oder zurückhaltende Antworten, die nichts erklärten und meine Gereiztheit nur verstärkten. Schließlich hatte ein am Schulterblatt verwundeter Junge auf meinem Korridor sich dazu durchgerungen, den Mund aufzumachen. Er erklärte mir, daß die Militärärzte in die »Abteilung der Miesbehandelten«, also in unsere, die »hinten« am Körper Verwundeten eingewiesen hätten. Ich begriff immer noch nichts.

»Das ist doch ganz einfach«, sagte er, »wir sind die, die verwundet wurden, als sie dem Feind den Rücken zukehrten, um abzuhauen. Mit einem Wort, die Feiglinge, ganz nach der Soldatenmentalität des Krankenhausdirektors und der Militärärzte.«

»Ach ja, die Wade ist am hinteren Teil des Beins.«

Ich befand mich also auf dem Flur der Memmen, derer, die vor dem Feind abgehauen waren. Ich könnte nicht sagen, ob ich in der Hölle von Tel Aqqaqir, wo ich verwundet wurde, abgehauen bin. Ich weiß nur, daß alle Überlebenden der Division Littorio mitten in diesem Feuer- und Sandsturm verzweifelt in alle Richtungen gerannt sind. Und so wie die anderen auch ich, entsetzt und ziellos.

Ich mußte es hinnehmen, über zwei Monate lang dem Desinteresse der Ärzte und der gelegentlichen schlechten Behandlung der Krankenpfleger ausgesetzt zu sein, meinen löchrigen Schlafanzug zu behalten und mich von Küchenabfällen zu ernähren. Als ich sagte, daß ich lieber den kleinen, auf den Röntgenaufnahmen sichtbaren Splitter behalten wolle, als mich einer schmerzhaften Operation zu unterziehen, wurde ich mit einem Achselzucken des Chirurgen sofort zufriedengestellt.

Nach zweimonatigem Aufenthalt auf dem Flur der Miesbehandelten im Militärkrankenhaus steckte man mich in das Büro einer großen Kaserne im Viale Giulio Cesare, wo die Kartei der Gefallenen für das Kriegsministerium auf den neuesten Stand gebracht wurde. Man hatte mich damit auf einer Art Papierfriedhof abgestellt, auf dem sich die ganze Trauer und die ganze Verzweiflung des kriegführenden Italien konzentrierte. Ich legte die Karteikarten in zweifacher Ausfertigung an, die eine für das Ministerium und die andere für den Karteischrank, wo ich sie alphabetisch einordnete. Eine Arbeit, die keine geistigen Anforderungen stellte und mich eben deshalb immer wieder erschütterte, wenn ich innehielt, um all diesen Vor- und Nachnamen ein Gesicht zu geben. Diese Bilder bewahre ich zugleich mit den im Karteischrank registrierten Namen andächtig in einem der unzähligen Zimmer meines Palasts der Erinnerung auf, wo sie Tag für Tag eingingen, während ich meiner traurigen Notarsarbeit nachging. Diese vom Krieg ausgelöschten Menschen überlebten als Gestalten in jenen Vor- und Nachnamen, die für mich eine ihnen eigene Fähigkeit der Beschwörung und beinahe ihre eigene Substanz hatten, trotz der Leere des Todes, für die sie standen. Sie waren Gesichter, Stimmen, Ausdrucksformen, aber auch Landschaften und Wohnstätten, die sich ganz unterschiedslos in meiner geistigen Geographie zusammenfügten.

Dieser Kontakt mit den Namen einfacher, an verschiedenen Fronten gefallener Soldaten war eine entscheidende Erfahrung für meinen Übergang von einer langen Jugend zur schwierigen Reife der Gewalt, der Zerstörung, des allgemeinen Unbehagens und des Schmerzes – mehr noch als die unmittelbare Erfahrung des Krieges.

Trotz ihrer symbolischen Kälte erlangten diese Vor- und Nachnamen von Mal zu Mal auf der Woge meiner Vorstellungen eine entschiedenere Autorität über die armseligen Gespenster, die hinter ihnen standen. Ich dachte an die ägyptischen Hieroglyphen, die zugleich Zeichen und Bild, Wort und Objekt, Erfindung und Substanz sind. Diesen schmächtigen, erschütternden Gespenstern konnte ich alles geben, was an Mitleid, Intelligenz und Freundschaft in mir war: Dort im Karteischrank hatte ich unendlich viele Brüder für meine kümmerlichen Gefühle gefunden.

Eines Tages geschah etwas, das die Gefühle, die jeder von uns sich selbst gegenüber hat, gründlich durcheinanderbrachte. Ich war dabei, aus einem der üblichen Berichte der Kampfverbände meinen Vor- und Nachnamen zu übertragen. Nordafrika, Front von Bardia, Division Folgore. Ovidio Romer gehörte nicht zu meiner Division, war aber, wie ich, im Zeichen des Skorpions geboren, Größe ein Meter zweiundachtzig, wenige Zentimeter mehr als meine eigene. Eine Namensgleichheit, gewiß. Ovidio ist kein verbreiteter Name, und mein Nachname auch nicht. Meine Familie stammt aus Venetien, aus Lendinara in der Provinz von Rovigo, um genau zu sein, und ausgerechnet aus Rovigo stammte der an der Front von Bardia gefallene Ovidio Romer. Was hatte ich denn zu befürchten? Ich lebe doch, sagte ich mir, ich bin in Rom, im Viale Giulio Cesare, zuständig für die Kartei der Gefallenen, und ich lege die Karteikarte eines gewissen Ovidio Romer an, der an der Front von Bardia gefallen ist. Ich bin nicht gefallen, ich lebe und lege die Karteikarte eines Namensvetters an, der nicht wie ich das Glück hatte, mit einer Wadenverwundung nach Italien zurückzukehren. So ist eben der Krieg, Glück und Unglück haben verbundene Augen, heißt es, und das stimmt auch. Ich hatte Glück, während mein Namensvetter keins hatte, es tut mir leid für ihn. Es tat mir wirklich leid, wie es mir für all die tausend anderen Gefallenen leid tat, deren Karteikarten ich anlegte und mir dabei die Schmerzen und die Verzweiflung ihrer über ganz Italien verstreut lebenden Familien aufbürdete.
Aber ich konnte mich von dieser Karteikarte nicht losreißen. Laß dich nicht erschüttern, sagte ich mir, doch andererseits mußte ich nun auch diesem Vor- und diesem Nachnamen ein Gesicht geben. Ich schloß die Augen, und langsam nahm das durch die beiden Worte hervorgerufene Gespenst Gestalt an, Worte, die auf die Identität der Person hindeuteten. Da endlich trat aus dem Dunkel ein Gesicht hervor, zuerst in groben Umrissen wie ein Phantombild der Polizei, dann immer deutlicher in seinen Zügen, in der Farbe seiner Haare und seiner Augen.

Bestürzt, aber auch entsetzt wurde mir immer klarer, daß mein Namensvetter die gleichen Gesichtszüge hatte wie ich. Nein, er sah mir nicht ähnlich, er war ich. Als hätte ich mich vor dem Spiegel betrachtet.

Ich wischte dieses Gesicht weg und fügte es wieder zusammen, wieder wischte ich es weg, und immer wieder sah ich mich. Dieser unbekannte Soldat, an der Front von Bardia gefallen, war mein Spiegelbild, und sein Ausdruck oder mein Ausdruck war Angst und Verzweiflung, fast kam es mir vor, als wollte er sprechen, um mich um irgend etwas zu bitten: um Trost oder um ein Gebet oder einfach nur um Mitleid. Aber was konnte ich schon für ihn tun? Ich weiß, daß die Toten um die Tränen der Lebenden bitten. Hätte ich seine Ruhelosigkeit besänftigen können, wenn ich in der Lage gewesen wäre, um ihn zu weinen? Aber das entsprach nicht meinem inneren Zustand. Ich war ruhelos, erschreckt, und die gleiche Ruhelosigkeit, die ich in seinem verlorenen Gesichtsausdruck, in seinem unschuldigen, verängstigten Blick las, fand ich wieder, als ich mich im Spiegel der Toilette betrachtete, in die ich mich, von Übelkeit erfaßt, geflüchtet hatte.

Daten habe ich noch nie besonders beachtet, auch habe ich nie ein Gedächtnis für sie gehabt. Doch eine schnelle Nachforschung ergab, daß Ovidio Romer am selben Tag gestorben war, an dem ich an der Wade verletzt wurde. Sicher war er bei dem Luftangriff gefallen, denn an diesem Tag war die Front noch nicht nach Bardia vorgerückt. Hier hörten die zufälligen Übereinstimmungen auf, die ausgereicht hatten, um Unruhe in mir hervorzurufen.

Vielleicht hatte das Schicksal um unser Los gewürfelt, und wäre ich gestorben, wäre er nicht gestorben. Meine Rettung hatte also das Leben dieses unbekannten Unglückseligen gekostet. Aber welche Schuld sollte ich daran haben? Mußte ich deshalb trauern? Durfte ich nicht zufrieden sein?

Sinnlose Fragen, auf die ich damals keine Antworten fand und auch heute noch keine finde, die mir aber wieder einmal bestätigen, daß sich die Welt mit unendlicher Monotonie wiederholt und daß ich, während ich mir einbilde, mein eigenes Leben zu leben, in Wahrheit nur das von anderen gelebte Leben oder zufällige Bruchstücke aus dem Leben anderer durchlaufe. Was ist meine eingebildete Freiheit, der vermutete freie Wille denn wert, wenn ich nichts weiter bin als eine genaue Kopie von Menschen, die lange vor mir gelebt haben oder auch zu meiner Zeit, wie Ovidio Romer, gefallen in Bardia, Nordafrika? Wie kann ich meinen Handlungen, meinen Entscheidungen, meinen Worten denn Bedeutung beimessen, wenn es dabei um Worte, um Entscheidungen und um Handlungen geht, die andere schon vor mir getroffen und vollzogen haben? Oder ist vielleicht das Gegenteil geschehen? Ein unbekannter Soldat der italienischen Armee hat sich meines Namens und meines Schicksals, vielleicht sogar meines Todes bemächtigt, so wie ich mich tausendmal des Schicksals anderer bemächtigt habe? Und beide sind wir, ich und der andere Ovidio Romer, in ein widerlich höhnisches Spiel verwickelt worden, von der linken Hand Gottes gelenkt.

Die Schlacht von Tel Aqqaqir

Noch ein paar Worte zu Afrika. Zum ersten Mal hatte ich von Luxor als einem realen geographischen Ort von dem schüchternen Hauptmann aus Parma sprechen hören. Gewisse Wörter haben von sich aus etwas Magisches und wirken auf mich derart faszinierend, daß ich mich ihnen nur schwer entziehen kann. Am Vorabend des englischen Angriffs hatte ich einen weiteren Ortsnamen nennen hören, der mich auf der Stelle tief beunruhigte: Tel Aqqaqir. Dort in der Marmarischen Wüste standen nirgends Namen geschrieben, es war nicht wichtig, ob die Soldaten wußten, wo sie sich befanden, ich wußte gerade so viel, daß ich zur Division Littorio gehörte, und dieser bloße Name war für mich eine Beleidigung, doch der schüchterne Hauptmann von Parma hatte mir eines Tages Tel Aqqaqir auf ein Stück Papier geschrieben, das ich immer noch in irgendeinem Regal meiner Bibliothek als Lesezeichen aufbewahre.

In Tel Aqqaqir fand auf freiem Feld die Schlacht um den Durchbruch der italienisch-deutschen Front durch das Zehnte Armeekorps der Briten unter dem Kommando General Montgomerys statt. Diese Nachrichten las ich Jahre später in Büchern, damals wußte ich nur, daß ich Teil der Infanterie war, die auf der einen Seite von den Panzereinheiten der Engländer und auf der anderen Seite von den Panzereinheiten der Italiener und der Deutschen aufgerieben wurde, zudem Zielscheibe der beiden gegnerischen Luftkampf- und Artillerieverbände. Das Gefechtsfeuer, das Opfer in den eigenen Reihen verursachte, wurde als »Freundfeuer« bezeichnet. Irrtümlich von unseren Kampfbombern auf unsere Truppen abgeworfene Bomben, italienische oder deutsche Kanonen, die sich in der Zielrichtung geirrt und auf unsere vorgerückten Stellungen gefeuert hatten.

Aber was soll das »Freund«? Hinter diesem Euphemismus verbargen sich -zig Tote. Euphemismen sind immer gefährlich für das Überleben des Menschen. Und wer weiß denn, sagte ich mir, ob einige der Soldaten in der »Abteilung der Miesbehandelten« im Militärkrankenhaus am Celio nicht vom »Freundfeuer« unserer eigenen Soldaten hinterrücks getroffen worden waren.

Von der Schlacht in Tel Aqqaqir erinnere ich mich nur noch an den Höllenlärm der Explosionen und an den der Panzer, der von schwarzem Dieselqualm begleitet wurde und unsere Nasenlöcher schwarz färbte. Ich versuchte, mich hinter diesen Stahlmonstern in Schutz zu bringen, wobei ich jedesmal Gefahr lief, in die Panzerketten zu geraten, ohne auch nur ein einziges Mal zu begreifen, welche Richtung ich nehmen sollte. Benommen und verwirrt von all diesem Lärm, wurde mir plötzlich bewußt, daß ein Bein nicht mehr das Gewicht meines Körpers aushielt und ich mit Hilfe der Hände über den Sand robben mußte. Jetzt wußte ich, daß ich verwundet war. Keinerlei Schmerz, weder als ich von dem Bombensplitter an der Wade getroffen wurde noch nachher; doch als ich mich berührte und das Blut an meiner Hand sah, hätte ich am liebsten eine dunkle Stelle suchen und dieses ekelerregende Bild vor mir selbst verbergen wollen. Und doch war es keine blutige Mörderhand, sondern es war meine Hand und mein Blut. Unser Blut ist es, vor dem wir uns fürchten, nicht das der anderen.

Im Höllenlärm und im schwarzen Qualm flogen weiße Blätter wie große Schmetterlinge um mich herum, von den Druckwellen der Explosionen herangetragen. Flugs fing ich eines dieser mit unsicherer Hand beschriebenen und von der Explosion angekohlten Kästchenpapierblätter auf und steckte es in die Brusttasche des Wüstenkampfanzugs. Es war der Brief eines italienischen Soldaten an seine Mutter. Eine Bombe mußte den abgehenden Feldpostsack getroffen haben, und jetzt schwebten diese Briefe auf den Sand nieder und beendeten hier ihren kurzen, sinnlosen Postweg.

Erschöpft und fast verblutet, wurde ich von zwei Sanitätern aufgelesen und auf einer Krankenbahre zu einem Lastwagen transportiert, der ein paar Kilometer hinter der Front stand. Ich weiß nicht, wie lange ich mit anderen Verwundeten unter glühender Sonne auf dem Lastwagen lag, ehe man mich durch die Reihen der Nachhut in ein Feldlazarett brachte, wo ich recht und schlecht verarztet wurde; anschließend kam ich auf ein Lazarettschiff, das im Hafen von Bardia nach Italien ablegte.

Bevor ich von Poggio Arrigo abgereist bin, um mich in dieses Luxusgefängnis wenige Kilometer außerhalb von Basel zu flüchten, habe ich ein Buch eingesteckt, das ich im Flugzeug von Rom nach Zürich lesen wollte: eine alte Ausgabe von ›Salammbô‹, ein scheußlicher Roman, der mich aber immer in einer Weise fasziniert hat, für die ich nie eine Erklärung gefunden habe. Zwischen den letzten Seiten von Flaubert habe ich jenen Brief gefunden, den ich in der Wüste von Tel Aqqaqir aufgefangen und in die Brusttasche des Wüstenkampfanzugs gesteckt hatte. Die Kniffe des Papiers und die Rußspuren waren noch sichtbar, obwohl der Brief so viele Jahre zwischen den Seiten dieses Buchs gesteckt hatte. Ich hatte ihn aus Diskretion nicht gelesen, als ich ihn inmitten meines Bibliotheksfriedhofs versteckte. Doch jetzt war er wiederaufgetaucht, und das autorisierte mich zu einem späten Lesen: Liebe, liebste Mutter, die Beruhigungspillen, die Du mir geschickt hast, sind nie angekommen, und so bin ich von morgens bis abends immer ein bißchen nervös. Genau wie damals, als ich in der Gießerei arbeitete und noch nachts, wenn ich schlief, träumte, ich würde mitten im Funkenregen stehen. Erinnerst Du Dich noch an die Petroleumfunzel, wenn wir auf dem Land waren? Erinnerst Du Dich noch, daß wir uns, bevor wir zu Bett gingen, die Nasenlöcher auswaschen mußten, die vom Qualm der Funzel ganz schwarz waren? Hier ist es genauso, wegen des Dieselqualms, wenn die Panzer brennen. So ist es nun mal im Krieg, da kann man nichts machen. Versuch, mir noch mal Pillen zu schicken, vielleicht kommen sie ja irgendwann an. Grüß mir meine Schwester, meine Tante, und schreib mir immer, Dein Gianni.»
Ich erinnere mich, daß ich ihn damals weiterschicken wollte, ohne ihn gelesen zu haben, aber es stand keine Adresse dabei, und der Briefumschlag war fortgeweht. Warum habe ich ihn

aufgehoben? Der Krieg ist für mich ein Ereignis, das vergessen werden muß, und so nehme ich jetzt ein Streichholz und verbrenne diesen Brief, über ein halbes Jahrhundert später, diesen Brief, der wie ein totes Blatt zwischen den Seiten von ›Salammbô‹ gelegen hat.

Ich will mir keine Fragen über diesen Brief stellen, weder über die Mutter, an die er gerichtet war, noch über den nervösen Sohn an der Front. Inzwischen habe ich den Zettel verbrannt und die leichte Asche, die im Aschenbecher übriggeblieben war, fortgepustet. Ein rhetorisches und auch sinnloses Feuer, weil ich den Brief Wort für Wort in meine Kladde abgeschrieben habe. Aber wer wird je sagen können, ob meine Abschrift das wortgetreue Doppel dieses Briefes ist oder nicht viel eher eine Fälschung, ein Versuch, in das Leben eines unbekannten Menschen einzudringen? Reicht mir also mein eigenes Leben nicht? Mir reicht ja nicht einmal die Fiktion meiner Malerei, wenn ich den Verdacht gegen mich hege, immer noch nach neuen Fiktionen zu suchen. Mein Pinsel hat Täuschungen gesponnen, und jetzt fällt der Verdacht auch auf meine Feder. Wenn ich alle Fiktionen zusammentrüge, die ich in meinem Leben gemalt habe, entstünde eine Welt gigantischer Formen, riesiger Bauwerke, in denen ich wie eine Ameise oder eine Fliege aussehen würde. Sollte das meine Bestimmung sein? Nein, nein, ich bin keine Ameise, ich bin ein senkrechtes, intelligentes Wesen, ich bin ein Mensch im wahrsten und strahlendsten Sinne des Wortes.

Die Reihe von Gemälden, die ich in den siebziger Jahren Tel Aqqaqir gewidmet habe, ist aus dem Namen dieses Orts hervorgegangen, doch in meinen Gefühlen bezogen sich diese Bilder auf die Tragödie, die dort stattgefunden hat. Sie zeigten Bruchstücke von Statuen, die aus dem Wüstensand auftauchten, verstreute Körperteile, Arme, Beine und Büsten aus Stein, vom Wind und von der Witterung zerfressen. Eine in ferne Zukunft gerichtete Projektion jener Schlacht, die eine Narbe in der Erinnerung zurückgelassen hat, trotz all meines Bemühens, sie auszulöschen.

Auf diese versteinerten Körperteile hatte ich, wie eingraviert, Buchstaben des Alphabets gemalt, zufällig ausgewählt und ohne Reihenfolge. Ich habe den Kritikern die Deutung dieser Zeichen überlassen, und einem von ihnen war es zu meiner großen Überraschung gelungen, einen neuen Titel für meine Bilder über Tel Aqqaqir zusammenzufügen: HUMANA TRAGOEDIA. Banal, aber erstaunlich. Allerdings hatte er ein H übrigbehalten, das er nicht unterbringen konnte. Ich wußte das geduldige Talent dieses Kunstkritikers zu schätzen, aber ich bin ihm nicht zu Hilfe gekommen, den übriggebliebenen Buchstaben unterzubringen, ein harmloses, stummes Schriftsymbol, und habe das Rätsel für die analytischen Weisen offengehalten, die sich einbilden, die Welt zu erklären oder zu beschreiben. Meiner Meinung nach ist es leichter, sie zu erfinden. Ohne dem Schöpfer des Himmels und der Erde nahetreten zu wollen, für den ich grenzenlose Hochachtung empfinde.

Zwei italienische Lire

Die Luft in der Schweiz (Helvetia) ist die durchsichtigste der Welt. Blicke ich von diesem Hügel in der Nähe von Basel nach Norden, habe ich den Eindruck, jenseits des Schwarzwalds ganz Deutschland zu sehen. Blicke ich nach Westen über das Rheintal, meine ich, ganz Frankreich zu sehen. Im Süden breitet sich die Schweiz aus, das Land mit dem löchrigen Käse, den Banken und den Luxushotels. Mit einem Wort, es kommt mir vor, als wohnte ich auf einer Landkarte. Das gibt mir Sicherheit und bestätigt mir, daß die auf Papier beschriebene oder gezeichnete oder auf Leinwand gemalte Welt unendlich viel reichhaltiger und interessanter, auch viel bequemer ist als die andere, die irdische Wirklichkeit, die mir weiterhin monotone Wiederholungen bietet, und die Wiederholungen zerstreuen meine Einheit, sogar in der Erinnerung.

Ich will mich dem Konkreten nicht entziehen: Mein Blick erfaßt einen zuverlässigen Horizont von Bergen, die das blaue Licht des Himmels reflektieren, und wenn ich das Fernglas nehme, kann ich die Dörfer und die Häuser auf dem Land aus der Nähe betrachten, ich kann mit dem Blick über die Pfade laufen, die sich durch den großen Wald auf der anderen Seite des Rheins ziehen. Mit Hilfe dieses Geräts kann ich lange Spaziergänge unternehmen, ohne dabei meine ans Sitzen gewöhnten Beine zu ermüden, und mit ein bißchen Glück kann ich die eine oder andere unerwartete Begegnung machen.

Ich habe auf dem Vorsprung einer Felsenspitze einen großen Falken gesichtet, der dort hockt und Ausschau hält, vielleicht auf der Suche nach Beute. Ich habe ihn an seinem starken, gebogenen Schnabel, an seiner würdevoll strengen Haltung und an

seinem schieferfarbenen, schwarzgestreiften Gefieder sofort erkannt. Er blickt sich um, mit diesen scharfen Augen, die jede
Entfernung aufheben, aber da plötzlich heftet er seinen Blick
auf mich, dreht seinen Kopf noch einmal um und sieht mich
dann wieder starr an. Ich betrachte ihn mit Hilfe des Fernglases,
während er mich mit bloßem Auge anblickt. Er hat gemerkt,
daß er beobachtet wird, und diese Tatsache macht ihn neugierig, auch wenn er nichts zu befürchten hat. Ich bin lediglich zu
seinem Zielobjekt geworden, so wie er zu meinem.
Ich werde noch lange hier bleiben, um meine Blicke mit denen
des Falken zu tauschen, um ein stummes Gespräch mit diesem
Raubvogel zu führen, der, nach jenem ersten Mal in der Kunstakademie, noch mehrmals in meinen Zeichnungen und Bildern
aufgetaucht ist. Es gelingt mir nicht, mich von diesem Bild zu
lösen, das längst zu einem festen Bestandteil meines Repertoires
geworden ist, doch langsam tritt in meinem Kopf der »zweite
Horizont« hervor, der die ferne Vergangenheit und die Stätten
meiner Ruhelosigkeiten umfaßt, die ich stückweise wiederer-
stehen lasse, um sie nun nicht mehr mit Tusche oder mit Farben
auf Leinwand umzuformen, sondern mit den holprigen Hieroglyphen meiner Schreibfeder. Dies ist die einzige mir verblei-
bende Möglichkeit, selbst Aufschluß über mich zu erlangen,
doch im Unterschied zur Schweiz ist die römische Landschaft,
die ich mit diesem Heft zufälliger und, offen gestanden, ein bißchen abschweifender Anmerkungen durchwandere, mit einem
Dunstschleier verhangen, die Luft ist schwer von Feuchtigkeit
und der Himmel grau und beklemmend.

Dieser römische November war so feucht und grau wie sonst
nirgends in Italien, und abends verschwand die Stadt in der
Finsternis der Verdunkelung. Am Tag füllte ich zwischen einer
Karteikarte des Registers der Gefallenen und der nächsten
ganze Zeichenhefte, fast immer prähistorische Insekten, die
aus meinen Ausflügen in die fernste Vergangenheit auftauchten. Aber auch gewöhnliche, wirkliche Insekten, an denen ich
meine handwerkliche Technik verfeinerte, die seitdem die
Vollkommenheit von Miniaturen erreicht hat. Ich konnte eine
Schmeißfliege in natürlicher Größe zeichnen, mit allen Ände-

rungen in den kleinen Flügeln, mit den Facettenaugen, mit dem mikroskopisch kleinen Rüssel. Ich habe diese Hefte aufbewahrt, die ich, wenn ich von diesem Planeten verschwinde, der Akademie von San Luca hinterlasse, deren Ehrenmitglied ich seit Jahren bin.

Abends, wenn ich freien Ausgang hatte, machte ich einen schönen Spaziergang bis zu meiner Wohnung in der Via Sicilia, wo ich weiter zeichnete und malte. Manchmal begleitete mich ein zerstreuter Freund, dessen Gesundheit schwach war und der im gleichen Büro wie ich arbeitete, auch er ein Opfer der Karteikarten. Er trat auf Zehenspitzen in meine Wohnung ein, legte ›Die vier Jahreszeiten‹ von Vivaldi auf, immer wieder Vivaldi, setzte sich in einen Sessel und schloß die Augen, um sich auf die Musik zu konzentrieren, während ich malte. Immer wieder Vivaldi, und wenn er die Augen öffnete, betrachtete er meine Bilder, ohne ein Wort zu verlieren. Einmal versuchte ich ihn dazu zu bringen, mir freimütig seine Eindrücke wiederzugeben.

»Ich kann natürlich reden, wenn du unbedingt willst«, sagte er, »aber wenn ich wirklich etwas zu sagen habe, bin ich still.«

Ich wußte nicht, was ich mit dieser Äußerung anfangen sollte. Sollte ich beleidigt sein? Ich beließ es bei diesem kleinen Rätsel, und wir sprachen über andere Dinge. Unter unseren Gesprächen lagen unterschwellig immer andere, wie von einem Schleier fremdartiger Worte überzogen. So entstand unsere brüchige, kurze Freundschaft, und so ging sie zu Ende, ohne eine Spur zu hinterlassen, außer diesen wenigen Zeilen in meiner Kladde.

Die Straßen im Viertel von Prati waren voller Schlaglöcher, hinterhältige Fußgängerfallen in der verdunkelten Stadt. Ich entschloß mich, eine dieser Taschenlampen mit eingebautem Dynamo zu kaufen, eine Art summendes Glühwürmchen, das in kurzen Zeitabständen einen schwachen Lichtschein aussandte. Ich hatte der jungen Kassiererin in dem Elektrogeschäft an der Piazza Cavour geistesabwesend den Betrag bezahlt und war, glücklich über den Kauf, mit meinem Taschenglühwürmchen aus dem Geschäft gegangen. Draußen hatte ich bemerkt, daß ich zwei Lire weniger bezahlt hatte, als auf der Kartonschachtel angegeben war. Zwei Lire im Jahr 1944. Mit Sicherheit würde man

nach Feierabend die Differenz von der unachtsamen Kassiererin einfordern. Aus Gewohnheit messe ich dem Geld der
Armen viel, vielleicht zu viel Bedeutung bei. So kehrte ich also
schnell um und kam an, als ein Gehilfe bereits die Rolläden für
den abendlichen Geschäftsschluß herunterließ.
Ich zeigte der Kassiererin die Schachtel mit dem Preis und
sagte, daß ich zwei Lire zu wenig bezahlt hätte. Ich wolle den
Irrtum wiedergutmachen und die Differenz zahlen. Unerwartet
zeigte sich so etwas wie Verlegenheit im Gesicht des Mädchens, das mich besorgt ansah und mir zu verstehen gab, daß
ich nichts weiter sagen solle.
»Wir schließen gerade, wenn Sie draußen auf mich warten,
können wir darüber reden.«
Ich wartete auf der Straße auf sie, im Dunkeln. Nach ein paar
Minuten kam sie, aber bevor sie sprach, wollte sie weiter vom
Geschäft weggehen. Sie erklärte mir, daß sie lieber selbst die
zwei Lire Differenz zahlen würde, als dem Chef ihren Irrtum
einzugestehen. Eigentlich sagte sie »Geschäftsinhaber«.
Auf der Straße, in der Dunkelheit, die nur vom Schein meines
Taschenglühwürmchens unterbrochen wurde, duzte sie mich.
Die Dunkelheit, die Uniform, die Komplizenschaft, die Jugend
hatten sie vollkommen natürlich zu dieser Vertraulichkeit ver-
leitet.
»Dann hab' ich dich ganz schön in Schwierigkeiten gebracht«,
duzte ich sie jetzt auch.
»Du weißt ja nicht, wie schlimm der ist.«
»Nein, weiß ich nicht.«
Mir schien der Augenblick gekommen, ihr die zwei Lire zu-
rückzugeben.
»Der Kassenabschluß wird am Wochenende gemacht«, sagte
sie, »wenn ihm die Differenz auffällt, gibst du mir die zwei Lire,
aber jetzt nicht.«
Sie rechnete also mit einem neuen Treffen. Es ist unglaublich,
wie zwei armselige italienische Lire zu einem kostbaren Vorwand für künftige Treffen werden und für Gesprächsstoff sorgen können. Wir zogen sie gut eine Viertelstunde in die Länge,
und sie, diese zwei armseligen italienischen Lire, begleiteten
uns bis zum Treppenabsatz im dritten Stock eines Hauses in

der Via Lucullo. Dort hatte das Mädchen ein Zimmer in der Pension einer stocktauben alten Frau, einer Jungfer, die den Heiligen Geist verehrte. Nach so vielen Jahren, aber die Jahre sind keine Rechtfertigung, habe ich den Namen des Mädchens vergessen. Ich schäme mich und bitte es um Entschuldigung.

»Der Heilige Geist kommt sofort, wenn einer Hilfe braucht«, erklärte mir die alte Frau, »er ist viel sportlicher und schneller als die anderen beiden. Der Vater und der Sohn sind andauernd mit großen Problemen beschäftigt, dagegen ist der Heilige Geist flinker und immer bei der Hand.«

Weiter sage ich nichts über diese alte Frau. Zu sehr ist mir die Unterordnung unter meinen steten Wunsch nach Einsamkeit, Unbeweglichkeit und Alter vertraut. Schließlich aber zog sich die alte Frau zurück, um zu beten, und ließ uns allein im Wohnzimmer.

»Sie ist nicht nur stocktaub, sie ist auch ein bißchen verrückt und geschwätzig«, sagte das Mädchen, »aber sie ist sympathisch. Anfangs hab' ich gebrüllt, damit sie mich hören konnte, dann hab' ich gelernt, die Lippen zu bewegen. Ich tu' so, als würd' ich sprechen, sonst fühlt sich die arme alte Frau beleidigt.«

Sie hatte mich in ihr Zimmer geführt, mich dabei an der Hand genommen und weitergeredet. Dann setzte sie sich aufs Bett und schlug die Beine so übereinander wie die Modelle in der Kunstakademie. Sie sah mich wortlos an und lächelte, ein einziges Feld von Sommersprossen. Ich stand unbeweglich da, verzaubert und ein bißchen verlegen, und wußte nicht, wie ich diese Stille unterbrechen könnte. Das Mädchen hatte verstanden, daß sie den Anfang machen mußte, sie mußte meine Verteidigungsfront durchbrechen, die Stellen mit geringerem Widerstand herausfinden, die Sperren, die Fluchtversuche, die Taktiken und Strategien meiner Unerfahrenheit. Sie ging ganz einfach vor, sie hatte mich langsam, aber entschlossen ausgezogen, bis ich völlig nackt und verzweifelt vor ihr stand. Im Nu hatte auch sie sich ausgezogen, hatte sich aufs Bett gelegt und, immer noch lächelnd und mit der Gewißheit, natürlich und richtig zu handeln, mich über sich gezogen und dann das Licht ausgeschaltet. Es war ein spätes Einweihungsritual, ich war immerhin schon vierundzwanzig, aber dieses Mädchen vollzog es intelligent und einfühlsam.

Ich habe dieses Kapitel mit ›Zwei italienische Lire‹ überschrieben, weil sich die Begegnung mit dem namenlosen römischen Mädchen, trotz des Ausgangs, den ich damals für einen Triumph hielt, als armselige, ungleiche Episode erwies. Noch heute weiß ich nicht, wie ich sie in der richtigen Weise in meiner irdischen Geschichte unterbringen und ihr eine abschließende Bedeutung geben kann. Ich kann lediglich sagen, daß sie Teil meiner passiven Erfahrungen ist, genauso wie der Lauf durch Feuer und Qualm des Kriegs in Nordafrika. Ich weiß nicht, ob ich das Pathos oder die Ironie wählen soll, wenn ich eine Ergänzung zu dieser Geschichte anfüge, die den Worten harten Widerstand entgegensetzt, während ich versuche, sie auf den Seiten meiner Kladde zu ordnen. Sollte das Ergebnis banal sein, werde ich meine Berufung als Maler vorschieben, die es mir nicht erlaubt, die unscharfen Bilder des zweiten Horizonts in Worte zu kleiden. Und die Ironie ist eine viel zu flüchtige Muse, als daß ich auf ihre Zusammenarbeit zählen könnte.

Die Begegnung mit dem Mädchen aus dem Elektrogeschäft, das freundlich und liebevoll war, eine weiche sommersprossige Haut und die perfekten Formen einer griechischen Statue hatte, weckte in meinem Inneren wieder die Obsession vor dem menschlichen Körper. Wenn die Schönheit den Weg zur Wahrheit erschließt, dann kann ich mich nicht dagegen wehren, diesen Weg zu gehen. Viele Jahre lang habe ich mich nicht von der quälenden Vorstellung frei machen können, wie ein Mörder in den Körper eines anderen menschlichen Wesens eingedrungen zu sein, und das für ein paar Augenblicke der Lust und für eine Qual und eine Reue, die nun schon so viele Jahre anhalten.

Meine Gedanken über dieses Ereignis gingen in mehrere Richtungen, sie schwankten furchterregend, wenn, um das Trauma der Penetration geistig zu überwinden, meine Passivität ein Ausmaß erreichte, dessen Gefahren ich klar erkannte. Aber ich hatte niemand, dem ich meine Unsicherheiten anvertrauen und den ich um Hilfe und Verständnis bitten konnte.

Ich kam zu der Überzeugung, daß die Natur schwere Fehler begeht und wir die Pflicht haben, sie zu korrigieren. Ich sah das Mädchen noch einige Male, und jedesmal empfand ich die Lust weniger Augenblicke und entsetzliches Unbehagen an den darauffolgenden Tagen.

Von da an entwickelten sich alle meine Liebesgeschichten, wenn ich sie überhaupt so nennen kann, jahrelang nach dem Muster dieser ersten, mit belanglosen Unterschieden. Ich habe sie deshalb unter Tonnen von archäologischen Fundstücken begraben, unter unzusammenhängenden Körperteilen antiker Statuen, die in meinen Heften oder auf meinen Leinwänden wieder ans Licht befördert wurden. Meine Erfahrungen, meine Gefühle, meine Lüste und meine Schmerzen sind in meine Bilder und in meine Zeichenhefte eingegangen. Auch mein anmaßender Wunsch, die Natur zu korrigieren.

»Seit vorgeschichtlicher Zeit malt der Mensch Jagdszenen, Herden wilder Tiere, Hirsche und Bisons. Er verdoppelte seine Erfahrungen in groben Graffiti, die er mit einem scharf behauenen Kiesel in den Felsblock ritzte. Der Mensch ist von Natur aus ein malendes Tier«, sagte ich eines Tages zu einem Karteikartengefährten.

Er brach in Gelächter aus.

»Hast du Tier gesagt? Aber die Menschen sind doch nicht alle Tiere.«

Er kam auf mich zu und sagte flüsternd:

»Der da, das ist ein Tier«, und er deutete auf den Oberleutnant, der unser Büro leitete.

Verzweifelt betrachtete ich durchs Fenster das rote Licht des römischen Nachmittags. Am liebsten hätte ich mir für jedes Wort, das ich gesagt hatte, die Zunge abgebissen.

»Du mußt versuchen, mich zu verstehen«, sagte ich, »jeder will doch malen. Aber für mich ist es eine Notwendigkeit wie Essen und Trinken.«

»Und Vögeln«, sagte der andere.

»Selbstredend«, antwortete ich und wurde rot.

Dieses Rot hält bis heute an.

Kains Hass

Auf den Staub folgen in Rom die Überschwemmungen. In jenem November standen die Piazza del Popolo, die Magliana und ganze Vororte unter Wasser, die Feuerwehrleute rannten hierhin und dorthin, unter Sirenengeheul, das die Luft zerschnitt, und der Tiber hatte den Gefahrenpegel erreicht. Es regnete ununterbrochen, und mir machte es nichts aus, einen Grund mehr zu haben, zu Hause zu bleiben und zu malen. Ich stellte mir vor, wie die Bevölkerung einer ganzen Stadt hinter Fenstern gebannt auf den Regen und auf vereinzelte Fußgänger starrte, die über Straßenpfützen und über Sturzbäche an den Bordsteinen sprangen. Auch mein Bruder verbrachte viele Stunden am Fenster, um dem Regen zuzusehen. Regen übte auf ihn die gleiche hypnotische Anziehungskraft aus wie auf mich ein Feuer im Kamin. Er hatte sich, eher aus Versehen, in Volks- und Betriebswirtschaft immatrikuliert, und von Zeit zu Zeit verkündete er, daß er zur Universität müsse, aber ich sah ihn nie lernen, und ich glaube auch nicht, daß er jemals eine Prüfung abgelegt hat. Er ging oft in die Villa Borghese, um zu atmen, wie er sagte, und wenn er nach Hause kam, wollte er mir unbedingt vom Duft der Blumen in den städtischen Anlagen erzählen. Ich habe immer schon an Allergien gelitten, und für viele Monate im Jahr habe ich einen praktisch auf Null reduzierten Geruchssinn. Oscar ging mir mit seinen eifrigen Duftvergleichen auf die Nerven, er gab sich größte Mühe, mich in eine mir unzugängliche Welt einzuführen, für die ich im übrigen auch nicht das geringste Interesse hatte. Er zeigte mir Fotos von Blumen, so als könnten diese Bilder irgendein Geruchsempfinden in mir erzeugen. Ich verlor die Geduld, sagte ihm, hör endlich mit dieser Zwangsvorstellung von den Düften auf, aber Oscar bildete sich wohl ein, Gesprächsstoff für unsere einsamen, stillen Mittagessen gefunden zu haben.

»Ich kann mich nicht so einfach von den Themen meiner Malerei losreißen«, sagte ich zu Oscar, als er anfing, mir einen neuen Duft zu beschreiben.

»Ich will dich gar nicht von deinen Themen losreißen. Schließlich weiß auch ich, daß man Blumendüfte nicht malen kann.«

»Man kann sie auch nicht mit Worten beschreiben, und die Allergien machen mir eine direkte Erfahrung unmöglich. Für mich ist das ein völlig unzugängliches Gesprächsthema.«

»Es war ja auch nur ein vielleicht etwas ungeschickter Versuch, deine Obsessionen zu mildern.«

Eigentlich hätte ich beleidigt sein sollen, aber statt dessen antworte ich ganz ruhig.

»Meine Obsessionen sind nicht so, wie du denkst. Fixe Ideen, die hab' ich, das stimmt, aber die Erweiterung und die Form dieser Ideen kann ich auf meine Bilder übertragen, während sich Düfte aus der Erinnerung verflüchtigen und sich auf keine Art vermitteln lassen. Nicht durch Malerei, nicht durch Musik, nicht durch Literatur.«

»Wenn du immer nur diese Steine malst, immer nur an diese Steine denkst, versteinerst du am Ende noch selbst. Ich weiß nicht, ob ich einen versteinerten Bruder mag.«

Ich lächelte, aber Oscar hatte das ganz ernst gemeint: Er wollte mich vor der Versteinerung retten.

»Hast du eigentlich gemerkt, daß sich auch deine Stimme verändert hat? Sie ist, als käme sie von weit her, aus den archäologischen Tiefen und Fernen, die du malst.«

»Willst du sagen, aus einem Grab?«

»Aus einem Brunnen, einer Höhle, einem Grab, was weiß ich.«

Oscar begriff schließlich, daß Blumen und Düfte kein guter Weg der Kommunikation waren. Genausowenig konnten die Antihistamine, die ich tagtäglich zum Schutz vor Allergien schluckte, unsere Gespräche retten.

Im Winter fuhr ich wegen einer Ausstellung nach Kopenhagen und besuchte, von einem Kunsthändler begleitet, das Museum Wornianum, eine Sammlung von Kunst und Wunderdingen. Mitten unter mittelmäßigen Gemälden und mehr als mittelmäßigen Gegenständen nordischen Kunsthandwerks fiel mein Blick auf eine Sammlung von Straußeneiern, die teilweise natürlich belassen, teilweise mit Landszenen in der Manier der feinsten flämischen Meister bemalt waren. Außer diesen Straußeneiern zeigte die Sammlung hinter verstaubten Vitrinen auch große und kleine Eier aus Marmor, Glas, Elfenbein, Bronze, Holz, Bergkristall und anderen Materialien.

Eine Zeitlang gab ich meine phantastischen Archäologien auf, um mich den Eiern zu widmen, die ich in geschlossenen Räumen, in unterirdischen Kammern antiker Kultstätten malte.

Oscar schien über diese plötzliche Aufnahme neuer Gegenstände erstaunt und besuchte mich oft in meinem Atelier. Er rührte sich nicht von der Stelle, war wie hypnotisiert und betrachtete meine Bilder mit den Eiern, ich weiß nicht, ob bewundernd oder entrüstet, denn er sagte kein Wort, und ich bat ihn auch nicht darum. Eine Aufmerksamkeit, die weder Zustimmung noch Ablehnung verriet, aber sicher eine geheime Sorge verbarg. Seine intensive Hingabe an meine Gemälde bezog indirekt auch mich ein. Oder seine Hingabe an mich bezog indirekt auch meine Malerei ein. Ich wußte es nicht.

Es war eine ruhelose Periode, die mich zu immer neuen Variationen meiner Objekte brachte. Ich malte ein großes Ei aus Stein, vom Wüstensand halb begraben. Dann ein anderes Riesenei, das aus einem Mondkrater aufstieg. Ich hatte die geschlossenen Räume zugunsten der Eier *en plein air* aufgegeben. Ganz allmählich war ich wieder zu meinen Steinen zurückgekehrt, Formen, die kosmische Katastrophen ankündigten, Steine der Zukunft.

Eines Tages, als ich unerwartet nach Hause kam, überraschte ich Oscar, der, auf meinem Stuhl sitzend, ein unfertiges Bild auf der Staffelei betrachtete: eine schroff abfallende Landschaft, aus der sich eine große, in der Luft schwebende Krone aus Steinen herausgelöst hat, bedrohlich, gegen einen strahlend hellen Himmel. Fliegende Steine. Die Krone wird gleich auseinanderfallen, Ankündigung einer bevorstehenden Katastrophe. Vielleicht das beunruhigendste Bild, das ich je gemalt habe. Oscar war ganz vertieft und konzentriert, so als wollte er in dem entstehenden Werk die Symptome einer Krankheit entdecken. Denn, davon war ich inzwischen überzeugt, meine Malerei war für ihn der Ausdruck einer Krankheit. Oscar verzog damals keine Miene, und er hielt es auch nicht für nötig, sich zu rechtfertigen.

Das Merkwürdigste vom Merkwürdigen aber war, daß er inzwischen den Klang meiner Stimme nachzuahmen begann, einen harten, metallischen Klang – Oscar hatte ihn als steinern bezeichnet – und daher unverwechselbar, aber auch bestimmte Pausen und plötzliche Ausbrüche, die etwas Gesuchtes an sich hatten, in Wirklichkeit aber nichts als Stottereien waren. Er imitierte mich perfekt, als wäre es ihm gelungen, die ursprünglichen Unsicherheiten im Ausdruck nachzugestalten, die mir jahrelang wirklichen Kummer bereitet hatten. Oscar machte mich ganz natürlich nach, ohne jede Ironie, so als wäre dies immer schon seine Sprechweise gewesen. Ich wußte nicht, wie ich reagieren sollte. Nachdem ich ohne Protest den Beginn dieses Spiels akzeptiert hatte, wurde es für mich immer peinlicher, mich mit dieser Frage auseinanderzusetzen.

Durch mein Schweigen ermutigt, begann Oscar, bestimmte Sätze von mir auswendig zu wiederholen oder gar, als stammten sie von ihm, Begriffe und Vorstellungen zu benutzen, die er mich hatte aussprechen hören oder die er, schlimmer noch, heimlich in meinem Merkheft gelesen hatte, das ich immer im Atelier aufbewahrte, um Notizen über Malerei oder anderes darin einzutragen. »Die Archäologie ist eine Wissenschaft, die Vergangenes und Zukünftiges umfaßt.« Oder: »Die Reproduktion ist keine Repetition, und die Repetition ist keine Reproduktion.« Oder: »Man vergißt die Dinge, die es nicht wert sind, daß man sich an sie erinnert.« Und so weiter. Hier könnte ich zweierlei sagen. Einmal, daß Oscar meine Ideen und meine Verhaltensweisen plagiierte. Zweitens, daß ich, ohne jede Absicht, Oscar in meinen Bann geschlagen hatte.

Auf einer Reise nach Spanien hatte ich mich mit dem »Betazismus« infiziert, und das nicht nur beim Sprechen, sondern auch beim Schreiben. Ich schrieb »Pedro Veltran« statt Beltran, »Vert« statt Bert, »Vaske« statt Baske, »Vetazismus« statt Betazismus und so weiter. Diese Unannehmlichkeit dauerte ungefähr einen Monat, und ich bewahre noch immer die Seiten mit den durch den Betazismus korrumpierten Notizen für einen Essay auf, den ich über »Probleme der Veobachtung (Beobachtung) von Engelsflügen vom Mittelalter vis (bis) zur Renaissance« im Kopf hatte. Vor der Renaissance wurden die Engel fast immer ohne Flügel gemalt. Wie konnten sie sich in der Luft halten? Wie war es ihnen möglich zu fliegen? Erst die Maler der Renaissance stellten Engel mit Flügeln dar, und in der Bildhauerkunst und der Malerei des Barocks wurden die Flügel geradezu riesenhaft. Ich habe diesen Essay nie zu Ende geschrieben, er war nur skizzenhaft in meinem Merkheft angedeutet, und Oscar hatte ihn mit Sicherheit heimlich gelesen. Damals war es, daß er jedes Maß überschritt: Er vertat sich in der Aussprache der »Bs« und der »Vs«, er setzte das eine an die Stelle des anderen wie ein Spanier, er verwechselte sie so, wie ich sie verwechselte.

Die Sache wurde mir immer peinlicher, und immer noch konnte ich mich nicht entscheiden, ob ich offen darüber sprechen oder still sein sollte. Ich entschied mich fürs Stillsein, auch weil ich sehen wollte, wie weit mein Bruder dieses Spiel treiben würde, wenn man es so nennen kann. Immer, wenn wir zusammen waren, war es, als hätte ich einen Spiegel vor mir, in dem sich meine Worte, meine Stimme, meine Gedanken reflektierten. Es handelte sich nicht mehr um Imitation, sondern um eine verwickelte und unangemessene Identifikation. Manchmal gelang es Oscar sogar, meine Gedanken vor mir auszusprechen, und es sah daher so aus, als imitierte ich ihn. Die erste Auswirkung dieser abstrusen Monopolsituation war, daß ich nicht mehr mit ihm reden konnte. Jedesmal hatte ich das Gefühl, daß er vor mir wußte, was ich sagen wollte.

Ich war immer der Meinung, daß die Leere oder das Gefühl von Leere ein großartiger Einfall der Natur sei, um den menschlichen Geist auf die Suche nach Erkenntnis zu treiben. Doch Oscar ging es nicht um Erkenntnis, er versuchte einfach nur, die eigenen Lücken wie auch immer auszufüllen, und dazu benutzte er sogar meine Lücken. Bei einer derartigen Verbindung konnte ich nicht sagen, ob Oscar mich liebte oder ob er mich haßte. Der Zweifel, daß sich hinter seinem Drang zur Identifizierung Kains Haß verbergen könne, ließ mich nicht zur Ruhe kommen. Oder war ich etwa Kain?

Unnötige Fragen, denn nach und nach entfernte sich Oscar wieder von mir. Er blieb den ganzen Tag weg und kam nur zum Schlafen nach Hause, manchmal so spät, daß ich bereits im Bett war und nichts von seiner Rückkehr merkte.

Eines Tages teilte er mir mit, daß er sich mit einem deutschen Mädchen verlobt habe, der Tochter des Wirtschaftsattachés der deutschen Botschaft in Rom. Er wiederholte meine Sätze nicht mehr, er erzählte mir nichts mehr von Blumendüften, zwischen uns senkte sich wieder die Stille von früher, eine große Leere.

Es war also nicht Kains Haß, sondern eine wilde Bruderliebe, die Oscar dazu gebracht hatte, sich mit mir zu identifizieren. Und jetzt hatte die Liebe zu dem Mädchen der Botschaft die unbewußte Liebe ersetzt, die er mir hatte zukommen lassen. Die Vorstellung, alles begriffen zu haben, gefiel mir.

Das Wasser des Nils

Ich öffnete die Fenster der Wohnung in der Via Sicilia jeden Morgen in der Frühe, auch im Winter, um die schwarze Luft der Nacht hinauszulassen. Danach hielt ich sie fest verschlossen. Ich wußte, daß von der Straße zwar keine Schmetterlinge und Goldkäfer, dafür aber Auspuffgase, Asphaltstaub, Autolärm und Stadttrubel hereinkommen würden. In dieser Eingeschlossenheit konnte ich mir ausmalen, in der ägyptischen Wüste, auf den Wellen des Roten Meers oder im Haus meiner Träume zu sein, das auf einem Hügel hinter Bäumen versteckt lag. Aber dann zerrissen die Sirenen der Polizei den Zauber, brachten die Fensterscheiben zum Erzittern und traten gewaltsam in die Wohnung ein, um meine kostbare Einsamkeit durcheinanderzubringen.

Die Veränderungen in Italien nach dem Krieg habe ich durch zwei Signale wahrgenommen: durch die Sirenen der Polizei und durch die Schlagzeilen der Zeitungen. Dies waren zwei Signale ohne eigentliche Grundlage, denn ich habe nie Polizeifahrzeuge über Bürgersteige fahren sehen, um Demonstranten auseinanderzutreiben, und die Schlagzeilen waren lediglich Worte, betonte Abstraktionen, die sich auf Tatsachen bezogen, die mit mir nichts zu tun hatten. Die Volksabstimmung, der Neorealismus, die Streiks, die Inflation, das Attentat auf Togliatti, die Wahlen, das Antikorruptionsgesetz, der Wiederaufbau, die Skandale, der Bandit Giuliano, die Überschwemmungen des Po, die Umweltverschmutzung, die Tragödie von Vajont, die Erdbeben, die Bauspekulation, der Erdölskandal, die Machenschaften der Faschisten, das Aufkommen des Fernsehens, das Aufkommen der Mafia. Italien verwandelte sich vor meinen Augen, und ich saß da und malte versunkene Welten, Archäotrophäen. Über lange Jahre empfand ich ein Schuldbewußtsein, außerhalb der Welt zu leben. Ich habe auch Bühnenbilder und Kostüme für zwei Opern der Scala entworfen, doch ohne je ein menschliches Gesicht zu skizzieren: nur Masken und Geister. Nie habe ich ein Auto, eine Straße am Stadtrand, eine Eisenbrücke, einen Hund, ein Fahrrad oder einen Strand mit Sonnenschirmen gemalt.

Alle lasen Comics, alle diskutierten über Comics, alle sahen im Fernsehen ›Wer wagt gewinnt‹; dann kam der Existentialismus auf, es ging um Jeans, Entfremdung, die Beatles, die Neue Avantgarde, die Achtundsechziger, die Götter des Films: begleitet von einem unerträglichen Geschwätz. Rom war zur Stadt des schauderhaften Vergnügens und der täglichen Verzweiflung geworden, die Stadt der Spaghetti, ein Hollywood am Tiber. Ich wollte und ich konnte nicht an diesem lärmenden Jahrmarkt der Eitelkeiten teilnehmen, ich hielt die Fenster immer geschlossen. Ich wußte, daß es in der Welt noch andere Dinge neben meiner Malerei gab, ich hatte sie zwar vergessen, aber ich wußte, daß es sie gab, wie ich zu meinem Vater gesagt hatte.

Heute habe ich die Beziehung zur Natur wieder aufgenommen, zu den Bergen, den Bäumen, den Blumen, den Falken der Schweiz, dem Kometen, dem Mond und dem Regenbogen, die in meinen Träumen auftauchen. Ich fühle die langen Jahre der Abwesenheit wie eine schwere Last auf meinem Gewissen, ich mache mir viel zu spät Sorgen um die Atomkraftwerke, den Treibhauseffekt und das Ozonloch. Ich bin von Natur aus, im innersten Wesen, aus Berufung Apokalyptiker. Besser ist es, wenn ich keine Zeitungen lese und weiterhin nur die Schlagzeilen ansehe, einfach nur ansehe, ohne zu denken, wie ich es immer getan habe. Es tröstet mich ganz im geheimen, daß sich mein Blick in diesem Land mehr zur Erde als zum Himmel richtet. Leider muß auch ich die Schwerkraft berücksichtigen.

Es war ein kalter und windiger Februar, und ich bereitete die Bilder für eine Ausstellung in Amsterdam vor. Ich arbeitete auch nachts, wenn die Stadt schlief, und in der Stille hörte ich besorgt die Botschaften, die aus unbekannten Regionen meines Körpers zu mir gelangten, das Herzklopfen, das Pulsieren in den Adern, merkwürdige Summgeräusche in den dunklen Labyrinthen meines Ohrs, die diese nächtliche Leere erfüllten: ein verwickeltes physiologisches Drama, dessen Hauptdarsteller ich war, gegen meinen Willen. Die Fiktion hatte mich unerwartet verraten: Während ich versuchte, mit meiner Malerei der unerreichbaren Vollkommenheit nahezukommen, wurde ich auf brutale Weise von einer hinterhältigen, finsteren organischen Realität verwundet. Meine Archäologien begannen Blut und Lymphflüssigkeit auszuströmen und Geräusche und Pulsschläge der lebenden Materie auszusenden. Wie entsetzlich.

Um Mitternacht hatte ich aufgehört zu malen und mich entschlossen, hinaus auf die von einem Gewitter reingewaschene Straße zu gehen, um wieder Kontakt mit der Wirklichkeit der Stadt aufzunehmen und dadurch die ungelegenen organischen Botschaften auszulöschen. Als ich zur Wohnungstür kam, sah ich, daß jemand einen Briefumschlag mit meinem Namen unten durchgeschoben hatte. Es war ein Billett von Hödler, der mich bat, in seine Wohnung im obersten Stockwerk des Hauses zu kommen, weil er mir etwas zu sagen habe. Eine allzu lakonische Nachricht, als daß ich bei dem Wort »etwas«, das mir der frühere Verwaltungsleiter meines Vaters mitteilen wollte, nicht argwöhnisch wurde.

Eine schlimme Nachricht, das las ich am nächsten Morgen sofort von dem glanzlosen Gesichtsausdruck Hödlers ab, als er mir die Tür öffnete. Er führte mich ins Wohnzimmer und zeigte mir einen Zeitungsausschnitt aus der ägyptischen Tageszeitung ›Al-Akhbar‹, eine Nachricht, die auf einem beiliegenden Blatt übersetzt worden war. Ein Mailänder Ingenieur, hieß es dort, ein gewisser Onofrio Romer, hatte ein kleines Motorboot für einen kurzen Ausflug auf dem Nil gemietet, in Gesellschaft einer jungen Ägypterin, einer gewissen Reda Hammad. Sie waren gemeinsam von Luxor abgefahren und nicht mehr zurückgekehrt. Irgend jemand berichtete, er habe gesehen, wie das kleine Boot umkippte und die beiden im Wasser des Flusses versanken. Das Boot habe man gefunden, doch vom italienischen Ingenieur und der jungen Ägypterin keine Spur, nichts.

Aus der Zeitung konnte man entnehmen, daß keine Suchaktionen durchgeführt worden waren und daß die Polizei das Verschwinden der beiden unvorsichtigen Touristen tatenlos hingenommen hatte. Sonst keine Erklärung für den Unfall, außer der wahrscheinlichsten Hypothese eines Strudels in der Flußströmung, der das kleine Boot angezogen hatte, so daß die beiden Touristen das Gleichgewicht verloren. Oder ein falsches Manöver. Oder eine Windbö. Wir sahen uns an, Hödler und ich. Ich war sicher, daß er, genau wie ich, an Krokodile dachte.

Hödler zeigte sich über den Aufenthalt meines Vaters in Ägypten sehr überrascht, einem Land, für das er niemals Interesse geäußert und wo er, wie Hödler meinte, keine Freunde oder Bekannte hatte. Merkwürdig sei auch die Bootsfahrt mit dieser Ägypterin. Mein Vater mache sich nichts aus Rundreisen für Touristen und interessiere sich auch nicht für Naturschönheiten und Archäologie. Sein Aufenthalt in Ägypten, sagte Hödler abschließend, erscheine ihm um so überraschender, als er nach dem Bankrott in Mailand eigentlich immer vermutet habe, daß sich mein Vater nach Brasilien abgesetzt hätte.

»Warum nach Brasilien?«

Hödler sah mich überrascht an.

»Irgend jemand hat von der Schweiz gesprochen, nicht von Brasilien«, sagte ich wie zu meiner Rechtfertigung.

»Schon merkwürdig, daß du davon nichts weißt. Ich habe mit deinem Bruder Ottavio in Mailand darüber gesprochen, schon wenige Monate nach dem Verschwinden. Nichts, was sicher wäre, versteht sich, aber ich hatte das Verschwinden deines Vaters im Zusammenhang mit der Abreise der Signora Gomez und ihres Sohns Vittorio nach Brasilien gesehen.«

Meine Überraschung wurde immer größer.

»Was hat denn Signora Gomez damit zu tun?«

Hödler fuhr sich mit einer Hand über die Stirn und war wirklich bestürzt über diese Situation, in der er auf die Todesnachricht aus Ägypten noch eine Indiskretion setzte. Er entschloß sich für Klarheit, und das war ein kluger Entschluß.

»Es tut mir leid, wenn ich ausgerechnet in diesem Augenblick darauf zu sprechen komme, da die Umstände die Vermutung mit Brasilien scheinbar widerlegen, aber die Sache ist, daß zwischen deinem Vater und Signora Gomez seit langem eine intime Beziehung bestand. Eine Beziehung, die so alt ist wie Vittorio«, fügte er betont hinzu.

Die Absicht war nicht schwer zu erraten.

»Vittorio wäre demnach ein Sohn meines Vaters.«

»Es sieht ganz so aus.«

»Mein Bruder von Vaters Seite. Ein Halbbruder, nennt man das nicht so?«

»Gewiß. Doch ich bin erstaunt, daß Ottavio dir nichts gesagt hat.«

»Nichts. Aber nun setzt die Nachricht aus Ägypten ja einen Schlußpunkt unter das Ganze. Diese Geschichte hat angefangen und aufgehört, ohne daß ich etwas davon wußte.«

Ich war wirklich wütend auf alle. Auf Hödler, der schließlich auch mit mir hätte reden können, nicht nur mit meinem Bruder. Aber vor allem auf Ottavio, der Tatsachen vor mir verborgen hatte, die das Bild von vertrauten, inzwischen fernen oder mit Sicherheit gestorbenen Menschen völlig veränderten. Hätte ich auch ohne die Informationen Hödlers und Ottavios begreifen müssen? Aber wie soll man die Verschlüsselungen eines Romans erahnen, wenn irgend jemand die Seiten herausgerissen hat, die die Erklärung dafür geben? Und hätte ich jetzt, da ich die Geheimnisse kannte, etwa die letzten Jahrzehnte meines Lebens im Licht dieser Enthüllungen zurückverfolgen sollen? Was würde es nützen? Ich konnte die Vergangenheit nicht korrigieren, schon gar nicht in einem Augenblick, in dem die Nachricht aus Ägypten jede andere Möglichkeit auszuschließen schien. Die einzige Gewißheit war, daß ich jahrelang in einer irrealen Situation gelebt hatte und nichts von den Tatsachen wußte, die meine Gefühle und meine Beziehung zu meiner Familie tiefgreifend verändert hätten. Ich fühlte mich plötzlich über einem Abgrund schweben, den ich, nach der Mitteilung über den Tod meines Vaters, mit keinerlei vernünftigen Gedanken mehr würde auffüllen können. Gezwungenermaßen mußte ich eine Vergangenheit akzeptieren, die ich im Irrtum durchlebt hatte: Meine Mutter war nicht mehr da, Signora Gomez und Vittorio waren in Brasilien, mit meinem Bruder Ottavio sprach ich inzwischen nur noch zweimal im Jahr telefonisch, zu Weihnachten und zu Ostern, und ich hatte in diesem Augenblick auch nicht den Wunsch, die Verbindung wieder aufzunehmen. Und Oscar? Ich beschloß, mich ihm gegenüber so zu verhalten, wie Ottavio es mir gegenüber getan hatte: Ich würde ihm nichts sagen.

Unversehens hatten sich neue Perspektiven für das geheimnisvolle Verhalten meines Vaters eröffnet: die Ankündigungen, er käme aus Mailand, die dann nicht wahr wurden, das rasche Kommen und Gehen in unserer römischen Wohnung, das abrupte Schweigen zuweilen, wenn ich ihn in Gesellschaft meiner Mutter fand. Also waren auch die Andeutungen des Portiers nicht aus der Luft gegriffen; ich erinnerte mich, daß Vittorio einmal die Bemerkung entschlüpft war, er habe meinen Vater gesehen, während wir ihn in Mailand glaubten. Er hatte dann hartnäckig geleugnet, doch war es ihm nicht gelungen, einen Verdacht in mir zu vertreiben, dem ich aber keinen Sinn beimessen konnte. Vielleicht wußte er damals schon alles, hatte aber beschlossen, Stillschweigen zu bewahren. Oder war es ihm aufgezwungen worden? Ich dürfe mich von der Vergangenheit nicht vereinnahmen lassen, sagte ich mir, ich dürfe der Versuchung der Erinnerung, dem Impuls der Indizien und Verdächtigungen nicht nachgeben.

»Auf diesem Ausschnitt steht kein Datum«, sagte ich zu Hödler, der so etwas wie eine Bestätigung für seine Verwunderung und seine Unsicherheit über diese schreckliche Nachricht zu erwarten schien.

»Ich habe diesen Ausschnitt mit der Post von einem Freund erhalten, der in Kairo auf der Durchreise war. Ich habe keine Ahnung, wie ich ihn aufspüren könnte. Ich glaube, er macht Geschäfte mit Somalia, Erdölderivate oder so, mehr weiß ich nicht.«

Es kam mir vor, als erwarte Hödler von mir irgendeine Initiative. »Ich werde nach Ägypten fahren, sowie ich das Visum bekomme«, sagte ich.

»Ich weiß nicht, welche Bedeutung diese Nachricht haben kann, aber es scheint mir richtig, daß du hinfährst, und ich werde dich begleiten.«

Hödler schien immer noch bestürzt, so als hätte ich ihm die Nachricht gegeben und nicht er mir.

»Nein, nein, ich fahre allein«, sagte ich entschieden, »ich hoffe, daß ich an Ort und Stelle etwas mehr herausbekomme, in Luxor.« Erst in dem Augenblick, als ich den Namen dieses Orts aussprach, erinnerte ich mich, daß auch der Vater meines Hauptmanns in Nordafrika im Wasser des Nils in der Nähe des antiken Theben gegenüber von Luxor verschwunden war. Negative Schicksale kreuzten sich an diesen Orten, die ich bevorzugt als Landschaften für meine Malerei auswählte. Friedhofsmalerei, hatte meine Mutter gesagt. Fast schon eine Prophezeiung.

Die tausend Wasservögel

Während ich zu Fuß zur italienischen Botschaft in Kairo ging, betrachtete ich voller Beklommenheit die tausend Wasservögel, die niedrig über das schlammige Wasser des Nils flogen, und sagte mir, daß sie, selbst wenn ich die Fähigkeit besäße, ihren Flug auf der Leinwand festzuhalten, nie einen Platz in meiner Malerei einnehmen würden. Äußerst hoffnungslos war die Nachricht, die mich zu dieser ersten Begegnung mit dem Land meiner Archäologien geführt hatte: Die Götter hatten mich dafür bestraft, daß ich mir Ägypten allzu wollüstig als die ausgedehnteste und feierlichste Nekropolis der Welt vorgestellt hatte. Nichts Feierliches dort in Kairo. Nicht einmal die Vögel hatten irgend etwas Würdevolles, sie streiften das Wasser, um sich vor den Hitzewellen zu schützen, und krächzten lärmend. In diesen Tagen habe ich gelernt, daß auch die Stimme von Vögeln ordinär sein kann.

Mehr als einmal hatte ich mich wie ein Held mit eiskaltem, leichtem Herzen aufgeführt, doch jetzt wurde mir klar, daß die Gedanken um den Tod meines Vaters mir dieses entsetzlich lebhafte, kreischende Menschengewimmel, dieses hohe, von hauchdünnem Staub durchzogene Gedröhn, dieses ordinäre Krächzen der Wasservögel an einem Ort, den ich seit Jahren schon der Stille von Steinen zugeordnet hatte, unerträglich machten. An diesem Tag in Kairo waren die Stimmen der Menschenmenge und der Verkäufer hinter den Ständen am Straßenrand eine Beleidigung für die Gefühle und die Würde des Menschen, und ich beschloß, aus dieser leibhaftigen, dieser lärmenden und aggressiven Hölle so schnell wie möglich zu fliehen. Es gelang mir, ein vorbeifahrendes Taxi anzuhalten, und nach einer Viertelstunde stieg ich die Stufen eines häßlichen, aus dem zwanzigsten Jahrhundert stammenden Gebäudes hinauf, in dem sich die Botschaft Italiens befand.

Der italienische Botschafter in Kairo sagte mir, er lese nur englischsprachige Zeitungen. Er sei vor weniger als einem Jahr in Ägypten angekommen und habe sich mit der arabischen Sprache noch nicht vertraut gemacht. Er könne mir nichts über den Tod eines italienischen Ingenieurs im Nil bei Luxor sagen. Er führte mich in das Büro des Handelsattachés, eines geistesabwesenden, schläfrigen, aber freundlichen Herrn, dem die Hitze zu schaffen machte. Der Botschafter überantwortet mich seinem Untergebenen, als könne er mich nicht schnell genug loswerden.

Der Handelsattaché legte ein Päckchen alter Turmac auf den Tisch, die schon seit Jahren vom Markt verschwunden waren. Normalerweise rauche ich nicht, aber ich war nervös und zündete eine Zigarette an, die im Nu aufgeraucht war. Ich fand sie so fad wie trockenes Stroh.

»Das sind Antiquitäten von Zigaretten«, sagte der Handelsattaché, »ich habe davon eine Kiste hier in der Botschaft gefunden, irgend jemand hat sie irgendwann dagelassen.«

Ich zeigte ihm den ägyptischen Zeitungsausschnitt. Er las ihn, ohne aus der Fassung zu geraten, und fragte mich, womit er mir dienen könne.

»Es handelt sich um meinen Vater«, sagte ich, »ich verfüge über keine weitere Nachricht, nur diese wenigen Zeilen in der Zeitung.«

»Tut mir leid. Aber unglücklicherweise leben wir hier in der Isolation, zwischen uns und den Arabern besteht eine unsichtbare Schranke, die jede Kommunikation erschwert. Sie haben ihre Probleme und wissen, daß wir uns nur dann an sie wenden, wenn auch wir Probleme haben. Daher kommt ihr Mißtrauen. Aber Sie wollen mehr erfahren, wenn ich richtig verstanden habe.«

»Deshalb bin ich aus Italien gekommen.«

»Hier in der Botschaft haben wir weder das Personal noch die Mittel, um eine Untersuchung zu veranlassen, leider.« Er starrte mich an und sagte noch einmal: leider.

»Was kann man unternehmen?«

»Das beste ist, Sie wenden sich an die ägyptische Polizei.« Ich fragte ihn, ob er für mich anrufen könne.

Er sprach ungefähr zehn Minuten am Telefon, in einem heftigen Arabisch, und keuchte wegen der Hitze. Dann legte er auf.

»Die ägyptische Polizei ist über das Verschwinden eines italienischen Ingenieurs und einer jungen Ägypterin informiert, aber sonst nichts. Vor zwei Wochen im Nil verschwunden. Der Nil verschluckt die Toten, gibt sie aber nicht wieder zurück wie das Meer. Er fordert zwei bis drei Opfer im Monat, aber darum kümmert sich niemand. Es ist ein Tribut, den Ägypten seinem Fluß zahlt.«

Der Handelsattaché wiederholte für mich seine Unterhaltung mit dem Polizeikommandanten. Ich war hilflos und enttäuscht, denn ich begriff, daß ich von ihnen keine Hilfe erwarten konnte. Der Nil, den alle den heiligen Fluß nennen, war für die ägyptische Polizei ein Mörderfluß, der durch völlige Straffreiheit geschützt war.

»Aber woher kommt dann die Nachricht?« fragte ich. »Wer hat der Zeitung die Nachricht gegeben?«

Der Handelsattaché erbot sich, die Redaktion der Tageszeitung ›Al-Akhbar‹ anzurufen.

Ein weiteres Telefongespräch auf arabisch, kürzer als das vorhergehende, gestört von einer Fliege, die das Gesicht des Handelsattachés als Zielscheibe ausgesucht hatte.

»Die Zeitung hat die Information von ihrer Korrespondentin in Luxor, aber jedesmal, wenn man versucht, mehr herauszubekommen und sich der Wirklichkeit zu nähern, verliert sich alles in Vermutungen, Widersprüchen, Hirngespinsten. Und die Zeugen, sofern es welche gibt, wollen nicht reden. Sie haben Angst vor den Zeitungen, so wie sie Angst vor der Polizei haben. Oft sind es ungebildete Leute, halbe Analphabeten, aus denen man nichts herauskriegt. Und dann muß man sich eben mit der schroffen Nachricht zufrieden geben, die von der Zeitung veröffentlicht worden ist, wie Sie ja schon sagten.«

Ich stand vor einer Mauer.

»Auch der Direktor der Zeitung sagte, der Nil sei ein verfluch-

ter Fluß«, fing der Handelsattaché wieder an, »er ist wie das Grab des Tutanchamun, auf dem viel Aberglaube lastet, oder vielleicht auch giftige Gase oder diese Skorpione, die so gelb sind wie der Stein, daher schwer zu erkennen; und die in Sekundenschnelle töten.« Der Handelsattaché zündete sich eine neue Zigarette an. »Im Nil gibt es viele gefräßige Tiere, die, verzeihen Sie mir, besonders gern Menschenfleisch mögen.«
Er hatte Menschenfleisch erwähnt, das heißt meinen Vater, aber als guter Diplomat wollte er die Krokodile nicht nennen.
»Krokodile«, sagte ich.
»Mördertiere, die perfekte Verbrechen begehen, weil sie jede Spur des Opfers auslöschen.«
Gleichgültigkeit und Unfähigkeit seitens der Polizei, Interesselosigkeit und Zynismus seitens der Zeitung, möglicherweise ein Schatten von Sadismus seitens des Handelsattachés.
Der Unfall, bei dem mein Vater zusammen mit einer jungen, nur dem Namen nach bekannten Ägypterin den Tod gefunden hatte, war ein Ereignis ohne reale Dimension, ein Ereignis, das nur durch die wenigen Zeilen in einer Zeitung heraufbeschworen wurde, die ich zudem nur durch den Filter einer Übersetzung kannte. Außerhalb dieser mageren Nachricht gab es nichts. Der Tod meines Vaters in Luxor stellte sich, um es kurz zu sagen, mit allen Attributen der Lückenhaftigkeit und des Mysteriösen dar, genauso wie sein Verschwinden von zu Hause viele Jahre zuvor. Wie viele? Ich wollte sie nicht zählen, ich habe immer die knappe Endgültigkeit und die unerbittliche Härte von Zahlen gefürchtet. Mein Vater hatte sich ein erstes Mal in Nichts aufgelöst, hatte sich ein zweites Mal in Nichts aufgelöst, und jetzt leider unwiderruflich.

Meine Reise nach Ägypten, oder zumindest mein Aufenthalt in Kairo, erwies sich immer mehr als Fehlschlag, gemessen an dem Ziel, das Bild meines Vaters während seiner langen Abwesenheit wenigstens nach seinem Tod zusammenzufügen. Es hätte mir genügt, seinen Paß wiederzufinden, irgendein Stück Papier oder eine Photographie, zu wissen, wie er in den letzten Tagen seines Lebens gekleidet war, ich hätte seine Schuhe, seine Krawatte berühren mögen, seine Uhr, die winzig kleinen Dinge, die jeder Mann bei sich trägt, in die Hand nehmen, sein kaltes, unbewegliches Gesicht sehen wollen, um mir ein Bild über seinen physischen Zustand in den letzten Jahren zu verschaffen, die er fern von zu Hause gelebt hatte. Ich hätte ihm gern ein Bündel Banknoten zugesteckt, damit er den gestrengen Göttern des Jenseits großzügige Trinkgelder geben könne, wenn er vor dem Tribunal der Gerechtigkeit erscheinen würde: Wenn er zum Sterben nach Ägypten gekommen war, würde er vor den antiken Gottheiten des Landes Rechenschaft über sein Leben ablegen müssen. Mein Vater, dessen bin ich noch heute sicher, war keine erschöpfte, gebrochene Seele, sondern ein echter Held mit eiskaltem, leichtem Herzen, und er hätte gewußt, wie man sich durch die abscheulichen Hierarchien hindurchschlängelt, die das Totenreich bevölkern.

Der Name Onofrio könnte ein zuverlässiger Paß sein: Das ägyptische Wn-nfrw, das im Koptischen zu Uenofre und in der griechischen Transkription zu Honnòphris wurde, war ein Epitheton des Gottes Osiris und bedeutete »immer glücklich«, ein Euphemismus, der im vorliegenden Fall durch die Umstände widerlegt wurde. Dort unten würde mein Vater von Horus und Anubis vor die Zweiundvierzig Richter geführt, denen Osiris vorsaß, um sein negatives Geständnis abzulegen und ihre Gunst zu erflehen: »Daß die göttlichen Richter mich nicht zurückstoßen, daß falsches Zeugnis nicht wider mich abgelegt werde.« Anubis würde das Herz meines Vater vor den Augen der Göttin Maat und des Schreibers Thoth auf einer Waage wiegen. Verdiente er die Bestrafung, würden sie ihn in das Reich Duats hinabstoßen. Sräche man ihn aber frei, würde ein zweites Leben in absoluter Freiheit beginnen, er würde ganz nach seiner Lust den Himmel und die Erde, die Unteren Regionen und die Fluren des Friedens durcheilen, er würde über den himmlischen Ozean segeln und sich mit den Göttern Tum, Ptah, Thoth und Horus unterhalten. Aber was würde mein Vater den Göttern über den Himmel erzählen, wenn er nicht einmal mit seinen Söhnen sprach? Vielleicht wäre ihm das Bündel Banknoten auf seinen Reisen durch die Gefilde des Jenseits ganz nützlich. Dollars, ich hatte daran gedacht, ihm Dollars zu-

zustecken, damit er diese furchtbaren Gottheiten besänftigen könne. Besser Dollars als wertlose italienische Lire. Ich weiß, daß mein Vater diese nun nicht mehr mögliche Geste sehr geschätzt haben würde.

Es war nicht nur die Neugier, etwas über seinen physischen Zustand zu erfahren, über sein Altern in den Jahren seiner Abwesenheit, in denen ich zum vermeintlichen Waisen wurde, sondern die Illusion, auf seinem Gesicht den einen oder anderen Schimmer jener Gedanken lesen zu können, die seinen Geist beschäftigten, Gefühle, die sein flüchtiges Herz berührt hatten. Es war ein starker, schmerzhafter Wunsch, der mich bis nach Kairo geführt und mich jetzt, trotz der Enttäuschung über die ersten Untersuchungen, zu der Überzeugung gebracht hatte, bis nach Luxor vordringen zu müssen.

Die Welt wiederholt sich

Als ich mit dem Flugzeug in Luxor angekommen war, suchte ich sofort die junge Frau auf, die die Nachrichten an die Tageszeitung in Kairo weitergab. Ich traf sie im Hotel Jolie Ville, ihrer Anlaufstelle. Sie sprach nur wenige Worte Italienisch, aber verhältnismäßig fließend Englisch, das ich wiederum nur unzureichend beherrschte. Ich sagte ihr sofort, daß ich der Sohn Onofrio Romers sei, des italienischen Touristen, der vor zwei Wochen mit einem kleinen Motorboot auf dem Nil verschwunden war. »Bitte, wie haben Sie den Namen meines Vaters herausgefunden?« fragte ich.

»Ich bin zur Egypt Air gegangen und habe die Namenliste der Angekommenen durchgesehen. Unter ihnen befand sich nur ein Italiener, und das konnte nur er sein. Ich habe hier im Jolie Ville ein für ihn und für eine gewisse Reda Hammad reserviertes Zimmer gefunden. Keiner von beiden hat sich vor dem Unfall hier sehen lassen, und natürlich auch nachher nicht.«

»Sie haben sie nicht gesehen?«

»Nein. Als der Unfall geschah, war ich mit einer amerikanischen Reisegruppe in Theben. Ich bin Reiseführerin und Dolmetscherin für Touristen, die hier im Jolie Ville oder Sheraton wohnen.«

»Können wir mit dem Mann sprechen, der ihm das Motorboot vermietet hat?«

»Ja, aber er ist alt und fast blind. Ich habe ihn schon befragt, aber er hat nichts zu sagen. Außerdem ist er erschrocken, weil er befürchtet, er könnte vom Bootseigentümer entlassen werden.«

Wir gingen dennoch zu dem alten Mann, um mit ihm zu sprechen, und sofort fragte er, ob wir von der Polizei wären. Die junge Frau beruhigte ihn und übersetzte dann meine Fragen ins

Arabische, aber nichts kam dabei heraus, er erinnerte sich an nichts, oder er wollte sich an nichts erinnern. Er sagte, er habe die beiden Touristen nicht beobachtet, er habe den Mietbetrag in ägyptischen Pfund bekommen, habe ihnen beim Einsteigen ins Boot geholfen und nach einer Weile die Stimmen derer gehört, die am Strand vorbeigingen, als das Boot gekentert war. Sonst nichts.

»Das da ist das Boot«, er zeigte auf ein Motorbötchen, das an der kleinen Mole vertäut war, »aber seit dem Unfall will es keiner mehr mieten.«

»Wir können es mieten«, sagte ich.

Der alte Mann machte eine Verbeugung, um mir seinen Dank auszudrücken. Die junge Frau sah mich überrascht, vielleicht ein bißchen entsetzt an.

»Haben Sie Angst?«

»Nein.«

Ich zahlte den Mietbetrag und stieg ins Boot. Die junge Frau folgte mir bereitwillig und still. Ich hatte sie als Dolmetscherin für den Tag engagiert, ohne über den Preis zu diskutieren, und ich begriff, daß sie mir überallhin gefolgt wäre.

Auf dem Fluß waren vor allem Feluken, die von Ägyptern gesteuerten Boote mit viereckigem Segel, für Touristen.

Ich war dabei, die Erfahrung meines Vaters zu wiederholen, ohne ersichtlichen Grund, vielleicht nur, um zu verstehen, wie die Katastrophe geschah, vielleicht, um mich dem Geheimnis seines Todes zu nähern. Ich war im Land der Sphinx, Wächterin der verbotenen Schwellen und Hüterin hoher Geheimnisse: Möglicherweise hätte ich das Rätsel als eine Erpressung des Schicksals hinnehmen sollen, aber ich wollte mich noch nicht ergeben, auch wenn sich die Niederlage bereits abzeichnete.

Die Stabilität des kleinen und viel zu schmalen Boots war wirklich unzureichend, es schaukelte bei der geringsten Bewegung. Ich mußte aufpassen und vorsichtig manövrieren. Eine etwas zu heftige Bewegung mit dem Steuer ließ es herumwirbeln. Voller Entsetzen blickte mich die junge Frau an, ohne einen Ton zu sagen. Sie hatte den Sinn meiner Unternehmung nicht begriffen, und im übrigen hätte ich ihn ihr auch nicht erklären können.

Nach einer kurzen Fahrt auf dem verfluchten Fluß kehrten wir ans Ufer zurück. Wir gingen zu Fuß über die Corniche El Nil mit ihren schwarzen, von Touristen gemieteten Kaleschen. Arme Ägypter schaukelten auf klapprigen Eseln, die mit Waren hochbepackt waren. Die junge Frau machte mich auf die Bratgerüche in einer Weise aufmerksam, als wolle sie sich im Namen Ägyptens dafür entschuldigen, doch dann kamen wir zu den Verkaufsständen mit Holzdosen voller Gewürze, und ich sagte ihr, daß mir die Bratgerüche nichts ausmachten und daß ich die Düfte der Gewürze wegen meiner Allergien nicht schätzen könne.

Immer wieder frage ich mich, warum mein Vater mit der jungen Ägypterin an diesen Ort gekommen war. Doch jetzt befand auch ich mich an diesem Ort, in Begleitung einer jungen Ägypterin, und wenn mich jemand erkannt hätte, könnte er sich die gleiche Frage stellen.

Ich mietete eine Kalesche, die uns ins Tempelgebiet fahren sollte. Staub in Augen und Nase, Schwärme von Fliegen, der Lärm von Hupen und die Stimmen der Verkäufer an den Verkaufsständen, wie in Kairo.

Die junge Frau saß neben mir auf dem Sitz mit blumengemustertem Stoff und sah mich an, ihre Augen waren voller Traurigkeit. Alle jungen Ägypter hoffen, einen Weg zu finden, der sie aus ihrem Land herausbringt. Diese junge Frau sah mich beharrlich an, vielleicht mit einer fernen Hoffnung. Ich hätte ihr gern gesagt, daß sie mich duzen könne, aber im Englischen macht man ja keinen Unterschied zwischen Du und Sie.

»Wann fährst du nach Rom zurück?«

»Ich weiß nicht, vielleicht morgen. Mir ist klargeworden, daß es mir nicht gelingen wird, etwas über meinen Vater herauszufinden.«

»Willst du nicht weitersuchen?«

»Wo denn? Und wie?«

Sie blickte mich verlegen an.

»Vielleicht braucht man Zeit und auch Geduld.«

»Wenn ich auch nur die geringste Hoffnung hätte, aber keiner weiß etwas. Niemand, an den ich mich noch wenden könnte. Es ist besser, ich kehre nach Rom zurück und bleibe mit meiner

Botschaft in Verbindung. Es gibt noch ein paar dunkle Punkte, die geklärt werden müssen.«

»Zum Beispiel?«

»Das Gepäck. Wohin ist das Gepäck meines Vaters und der jungen Frau gekommen?«

»Vielleicht sind sie nur übers Wochenende gekommen und haben nichts mitgebracht. Der Unfall geschah an einem Samstag.«

»Zumindest werden sie eine Tasche mit Schlafanzug und Zahnbürste bei sich gehabt haben.«

»Eine Tasche können sie mit ins Boot genommen haben.«

Wir waren dabei, uns in die Nebel der Vermutungen zu wagen. Innerlich hatte ich bereits den Entschluß gefaßt, dieses viel zu schwierige Unternehmen aufzugeben. An diesem Punkt zog ich es vor, zu leiden und aufzugeben.

»Warum hast du die Fahrt im Boot machen wollen?«

»Ich weiß es nicht.«

Die junge Frau sah mich noch immer an, vielleicht machte sie den Versuch, meine Gedanken zu verstehen. Doch ich dachte an nichts, ich litt ohne Gedanken.

»Ich möchte dir gerne helfen, aber ich weiß nicht, wie.«

»Ein merkwürdiges Land ist das, da verschwinden ein Italiener und eine Ägypterin, und keiner macht sich Gedanken, keiner sucht sie.«

»Das ist nicht merkwürdig. Ein Menschenleben kostet wenig hier. Wir sind viele, vielleicht zu viele, und wenn jemand verschwindet, wen sollte es kümmern? Niemand.«

»Vor allem, wenn das Opfer ein Ausländer ist.«

»Bei ihm war eine Ägypterin.«

»Die Vorstellung vom Tod schleppen die Ägypter in jedem Augenblick des Tages mit sich herum, sie ist hier bei euch immer gegenwärtig. Im übrigen ist Ägypten ein Land der Gräber, auch die Pyramiden sind Gräber. Luxor ist eine tote Stadt. Saqqara, Gizeh, Alexandria sind nichts anderes als unendliche Nekropolen.«

»Dort gibt es auch Menschen, die leben«, sagte die junge Frau leicht gereizt.

»Die Lebenden sind mir keine Hilfe gewesen.«

Die Kalesche fuhr ruckelnd über die Straßenlöcher, wirbelte neuen Staub auf, durchquerte andere Fliegenschwärme. Die junge Frau ergriff meinen Arm, um fest auf der Bank zu sitzen, aber ihre Bewegung konnte auch auf größere Vertraulichkeit deuten. Ich wandte mich ihr zu, um ihr antikes, elegantes Profil zu betrachten. Eine schöne Figur, glasklare Gedanken.

»Welchen Beruf übst du in Italien aus?«

»Ich bin Maler.«

»Und dein Vater?«

»Er war Ingenieur, er baute Industrieanlagen, Fabrikhallen. Aber ich hatte ihn schon lange nicht mehr gesehen.«

»Ach ja, das habe ich auch in dem Artikel geschrieben, daß er Ingenieur war. Dann seid ihr also reich.«

»Wir waren reich, vor vielen Jahren. Dann hat mein Vater sein Unternehmen aufgegeben, und wir sind von einem Tag auf den anderen arm geworden.«

»Verdient man Geld mit der Malerei?«

»Nicht viel.«

Eine Pause der Ungewißheit.

»Willst du, daß ich dich nach Kairo begleite? Ich könnte für dich dolmetschen, wenn du weitere Untersuchungen anstellen willst.«

»Wenn ich mich zum Bleiben entschließe, werde ich mich melden. Gib mir deine Adresse und Telefonnummer.«

»Vor neun triffst du mich im Hotel Ville, sonst kannst du eine Nachricht beim Portier hinterlassen.«

Sie zögerte, dann stellte sie mir eine vertraulichere Frage.

»Was malst du?«

»Ich male die Vergangenheit und die Zukunft, ohne Fenster.«

Ich hatte arrogant geantwortet und schämte mich sofort meiner Worte. Die junge Frau sah mich erstaunt an, stellte aber keine weiteren Fragen. Wir erreichten die beiden monumentalen, dem Gott Amon geweihten Tempel und fuhren an den Häusern der Bauern vorüber, die, wenige Schritte von den antiken Denkmälern entfernt, Zuckerrohr und Dattelpalmen anpflanzten. Häuser in Erdfarben und ohne Fenster, wie meine Bilder.

Die riesigen Tempel spiegelten sich in meiner Erinnerung wie längst bekannte Bilder, Formen und Farben, vor Zeiten schon aufgenommen, die hier feierlich und genau bestätigt wurden. Doch die junge Frau wollte, daß ich mir den Amon-Tempel in der Perspektive ansah, oder vielleicht wollte sie mich auch nur dem Geschwätz der Touristen entziehen, die zwischen den Säulen aus Goldquarzit umhergingen und ihren Blick auf die mächtigen, gegen den Himmel ausgeschnittenen Architrave richteten.

Dort, mitten im staubigen Gras, wo die Abgeschiedenheit eine liebevolle Geste begünstigt hätte, die von der jungen Frau sicher auch vorgesehen und erwünscht war, blieb ich wie angewurzelt beim Anblick eines großen, teilweise von Gras bedeckten Steins stehen. Ein großer, runder Stein mit einem Loch in der Mitte, mindestens dreimal so groß wie ein Mühlstein, in zwei Teile zerbrochen und von Rissen durchzogen. Auf der rechten Seite, halb vom Unkraut versteckt, ein viereckiger Stein, vom Sandwind der nahen Wüste gezeichnet. Ungläubig betrachtete ich den großen, runden Stein, die Risse, den viereckigen Stein, das Unkraut: Alles entsprach haargenau einem Bild, das ich fünf Jahre zuvor gemalt hatte. Ein Unterschied bestand einzig darin, daß der Stein auf meinem Bild im Schatten einer Säule lag, und auf der sonnenbeschienenen Seite hatte ich einen schwarzen Skorpion gemalt. Dieser Anblick nahm mir die Fassung: Dieses Bild hatte ich vor fünf Jahren zunächst im Kopf zusammengefügt, und jetzt fand ich es in der Wirklichkeit wieder.

Ich war starr vor Staunen, unbeweglich wie der Stein, den ich vor Augen hatte.

Die junge Frau sah mich überrascht und enttäuscht an.

»Was ist mit dir los?«

»Diesen Stein«, sagte ich, »habe ich mir vor fünf Jahren vorgestellt und ihn sogar gemalt, genau so, haargenau so: gleiche Form, gleiche Größe, gleiche Farbe. Auch der Hintergrund mit dem Unkraut stimmt überein. Ich finde keine Erklärung dafür, wie so etwas Absurdes geschehen kann.«

»Wirklich sonderbar.«

»Ja, wirklich sonderbar.«

»Vielleicht auch ein bißchen magisch, eine Art Fata Morgana. Ich meine die vor fünf Jahren.«

»Eine Fata Morgana zeigt etwas, was es nicht gibt. Heute müßte ich sagen, daß es keine Fata Morgana war, weil der Stein, den ich mir vorgestellt habe, wirklich existiert.«

»Habe ich etwas Unsinniges gesagt?«

»Nein, vor fünf Jahren war es eine Fata Morgana. Von jetzt an ist es keine mehr.«

»Dieser Stein existierte aber auch damals schon, also war er auch vor fünf Jahren keine Fata Morgana.«

Mir wurde bewußt, daß die Worte der jungen Frau einen Verdacht enthalten konnten.

»Ich komme zum ersten Mal nach Ägypten. Und diesen Stein sehe ich heute zum ersten Mal.«

»Und er ist genau wie auf deinem Bild.«

»Haargenau. Das Bild hängt in einer Galerie in Amsterdam, ich werde dir ein Foto schicken.«

»Sieh, ich glaube dir ja. Wenn du mir das Foto schickst, werde ich sehr froh darüber sein, aber ich glaube dir auch so. Diese Bauwerke, all diese Steine stehen unter magischem Einfluß.«

Ich konnte meinen Blick nicht von dem Stein losreißen. Die junge Frau verharrte still. Sie hatte bemerkt, wie verwirrt ich war, sie versuchte, irgend etwas zu sagen, fand aber keine Worte. Die Welt wiederholt sich, wiederholt sich, wiederholt sich, sagte ich mir. Aber hier hatte sich die Situation umgekehrt, die antike Welt wiederholte eins meiner Bilder, das fünf Jahre vor dem Anblick dieses Steins gemalt wurde. Nicht ich bin es also, der ein Déjà vu malt, sondern dieser Stein ist es, der mir eine Verdoppelung eines frei in meiner Vorstellung entstandenen Bilds vorschlägt. Was für ein Spiel verbarg sich dahinter? Wer hatte die Hand des ägyptischen Steinhauers in der Antike geführt? Wer hatte die Hand des ahnungslosen Malers geführt? Wer herrscht über diese sinnlosen Symmetrien? So beunruhigend schien mir alles, daß ich diesen Stein, Zeuge eines furchtbaren Spotts, am liebsten zertrümmert hätte. Oder müßte ich nicht eher mein Bild zerstören? Zur Verwirrung, zum Schmerz über den Tod meines Vaters kam nun das Mysterium dieses zwischen Unkraut vergessenen Steins und schloß meine Reise nach Ägypten würdevoll ab.

Auf dem Weg ins Hotel sprachen wir nur wenig miteinander. Dann wollte mich die junge Frau zum Flughafen begleiten, wo ich das Flugzeug nach Rom nahm. Wir umarmten uns zärtlich, und ich versprach ihr, mich auch dann zu melden, wenn ich keine weiteren Nachrichten über meinen Vater erhalten sollte.

»Daran glaube ich nicht, du hast anderes im Kopf.«
Ich hatte anderes im Kopf, aber ich log weiter.
»Ich werde dir einen Brief schreiben, auf italienisch, und dir ein Foto des Bildes schicken.«
»Bitte, schreib mir.«
Sie hatte glänzende Augen. Wir haben uns verabschiedet wie zwei Verliebte. Warum nur.

Das Bild des Glücks

Ich habe nie sagen können, ob ich sehr oder kaum oder überhaupt nicht abergläubisch bin. Aber ganz sicher ist, daß einige meiner Trägheiten den Aberglauben, sofern es ihn gibt, noch übertreffen. Den Schlafwagen habe ich immer im letzten Augenblick reserviert, und so bekomme ich regelmäßig das Abteil über den Rädern oder das mit der Nummer dreizehn, die einzigen, die noch frei sind, mit beträchtlichen Schlafschwierigkeiten im ersten Fall und einem leichten psychologischen Unbehagen im zweiten.

Der Zug war gerade angefahren, und schon ging ich im Schlafwagenkorridor auf und ab. Zuvor hatte ich für meine Weckzeit in Mailand einen kochendheißen Kaffee bestellt, um mich wenigstens teilweise für den lombardischen Nebel zu entschädigen, dem der Zug entgegenrollte. Mein Haß auf Mailand mit seinen Herbstnebeln, seiner Winterkälte, seinem Staub und seiner kontinentalen Hitze im Sommer hinderte meine Gedanken nicht, sich auf die Ausstellung zu konzentrieren. Eine vornehme Kunstgalerie in der Via Manzoni hatte sie mit meinen Werken der letzten Jahre organisiert und unter den Titel ›Vergangene Orte‹ gestellt, ein Titel, den ich vorgeschlagen hatte, da er mit einer glasklaren Metapher meine Geschichte und meinen Standort als Maler zusammenfaßte. Innerlich bereitete ich mich auf Antworten für die Journalisten vor, die mich interviewen würden, wie mir der Galeriedirektor angekündigt hatte, als eine junge Frau mir auf dem Schlafwagenkorridor entgegenkam.

Ich erkannte sie auf der Stelle, und sie erkannte mich. Sie lächelte mich an, und ich lächelte sie ebenfalls an.

»Sind wir auch sicher, daß jeder Irrtum ausgeschlossen ist?«

»Kein Irrtum«, sagte ich, »wir sind es wirklich.«

Nach so vielen Jahren war das Mädchen aus dem Elektrogeschäft im Stadtviertel Prati eine elegante, unbefangene Frau geworden, die im Schlafwagen reiste und sich in einen fuchsienfarbenen Chinchillamantel hüllte, wie eine Figur von Dekobra. Und jetzt befand ich mich durch ein Spiel des Zufalls in derselben Nacht im selben Zug. Sofort wurde mir klar, daß das namenlose Mädchen, jetzt die junge Frau aus dem Schlafwagen, ein Zeichen der Komplizenschaft von mir erwartete.

»Ich heiße Marina«, sagte sie, als habe sie gewußt, daß ich ihren Namen vergessen hatte, »und du heißt Ovidio. Siehst du, ich erinnere mich gut, auch nach vielen Jahren noch.«

»Ich muß dir noch die beiden Lire geben.«

»Richtig. Ich bin deine Gläubigerin, mit Zinsen. Lieber Gott, wie viele Jahre sind inzwischen vergangen«, sagte sie mit einem Lächeln, dessen verborgene Wehmut sie mit Unbefangenheit überdecken wollte.

»Nein, bitte nicht zählen.«

»Du hast recht, wir müssen nicht ausrechnen, wie viele Jahre vergangen und verbraucht sind.«

»Wir leben, und auf den ersten Blick haben wir noch keinen Staub auf den Schultern.«

»Ich habe zwar ›viele Jahre‹ gesagt, aber ich habe dich noch vor wenigen Tagen gesehen, schön wie ein Stern, auf einem Foto in einer Illustrierten. Zwei volle Seiten über den großen Maler Ovidio Romer. Doch unter den Fotos in dieser Zeitschrift war eins, das ich nicht mehr vergessen kann, du warst sehr jung, vielleicht hast du's zur Zeit unserer Bekanntschaft machen lassen. Weißt du, was ich zu mir sagte, als ich dieses Foto sah? Da, bitte, so sieht das Bild des Glücks aus. Ich weiß nicht, ob das der Wahrheit entsprach, aber ganz sicher entsprach es dem Foto. Weißt du, welches Foto ich meine?«

»Selbstverständlich, es kommt ja nicht jeden Tag vor, daß Zeitungen mein Bild bringen. Aber warum hast du schön wie ein Stern gesagt? Meintest du damit einen Stern am Filmhimmel?«

»Vielleicht hat mich dieses Foto an einen Filmstar denken lassen, vielleicht auch an einen Stern am Firmament. Ich wollte damit sagen, daß es ein schönes Bild war, schön im Sinn des Ausdrucks, des Lichts, das in deinen Augen lag.«

»Der Artikel beschäftigte sich mit dem Glück über den Erfolg, aber um diese billige Illustriertenideologie zu bestätigen, mußte ich auf ein Foto zurückgreifen, das viele Jahre alt ist. Die neueren Fotos zeigen eine andere Haltung, das wirst du gesehen haben.«

Marina forschte mit amüsiertem Kennerblick in meinem Gesicht. Sie drehte sich ein bißchen zur Seite, um mich im Profil zu betrachten.

»Du bist immer noch sehr schön, die Jahre haben dich sogar noch verbessert.« Marina lächelte mir hinterhältig zu.

»Sag schon die Wahrheit, du wolltest mir gerade ein Kompliment machen, und da bin ich dir zuvorgekommen.«

Ich war an solche Wortplänkeleien nicht gewöhnt, ich schämte mich über jedes meiner Worte. Aber ich mußte das Spiel mitspielen, auch wenn ich in der Banalität versank.

»Du brauchst doch keine Komplimente.«

»Du bist immer noch so schüchtern wie damals. Ich werde geduldig warten.«

Das war die Ankündigung einer Erwartung, aber auch das Angebot einer Perspektive. Ich erinnerte mich an die Entschlossenheit, mit der mich die Kassiererin des Elektrogeschäfts vor vielen Jahren bis in ihr Bett geführt hatte. Aber jetzt bemerkte ich unter den Ringen an ihren Fingern auch einen Trauring. Bereit zum Ehebruch, dachte ich.

»Da war etwas Merkwürdiges, etwas Geheimnisvolles auf diesem Foto«, fuhr Marina fort. »Der Blick hatte mich in seinen Bann geschlagen, es war, als wäre er auf einen Lichtquell gerichtet, vielleicht auf eine Frau. Hast du damals eine Frau angesehen?«

»Nein, der Lichtquell war nichts weiter als das Blitzlicht des Fotoapparats.«

»Ich fragte mich, ob dieses Foto ein Geheimnis verberge. Du hast etwas oder jemanden angesehen, der oder das deinen Ausdruck erleuchtete. Aber das war nicht das Blitzlicht. Verrate mir das Geheimnis dieses Fotos! Wer hat da vor dir gestanden?«

Die Frage brachte mich in Verlegenheit. Ich wollte Marina nicht enttäuschen, deren Intuition richtig war, aber die Wahrheit konnte ein Mißverständnis heraufbeschwören. Auch ich wußte, daß dies ein schönes Bild war, und ich hatte es unter vielen anderen Fotos für den Artikel ausgesucht. Ich bin für die Fotografen kein leichtes Sujet, in Wirklichkeit sehe ich besser aus. Oder vielleicht ist es auch die Eitelkeit, die mich angesichts eines Fotos von mir immer unzufrieden sein läßt. Dieses Foto hatte, um die Wahrheit zu sagen, Vittorio von mir gemacht, und ihn betrachtete ich in dem Augenblick, als das Blitzlicht der alten Rolleiflex aufleuchtete, die meine Mutter mir geschenkt hatte.

»Wenn du's denn unbedingt wissen willst, es war ein Freund, keine Frau. Ich will noch genauer sein: Damals glaubte ich, er sei lediglich ein Freund, dann habe ich entdeckt, daß er mein Halbbruder war, ein Sohn, den mein Vater mit seiner Geliebten hatte.«

»Also stimmt es mit dem Geheimnis?«

»Aber anders, als du es dir vorgestellt hast.«

Wir setzten uns auf das kleine Bett in meinem Abteil und versuchten, die Verlegenheit dieses Tête-à-tête mit Lächeln und ein paar Sätzen zu überwinden, Sätzen, die so unbeholfen waren wie unser Lächeln. Ich war bereits in den Fängen der Wiederholung. Der Zufall oder eine verborgene Anziehung hatten mich mehr als einmal gezwungen, die kleinen oder weniger kleinen Ereignisse in meinem Leben mit ihren Wiederholungen zu vervollständigen und zu versuchen, das bereits Erlebte mit einem zweiten Durchlauf oder einer Abkürzung zu korrigieren oder zu perfektionieren. Die Natur wiederholt sich und bringt unendlich viele Symmetrien hervor, deren Opfer und Hauptdarsteller ich gleichzeitig war. In diesem Fall der verlegene Hauptdarsteller, der auf dem kleinen Bett seines Schlafwagenabteils saß, ohne Worte, ohne Gedanken, ohne die Autorität und die Sicherheit, die die Situation von mir verlangte. Vor allem befürchtete ich, daß sich das Unbehagen von damals wiederholen könnte. Aber natürlich, es war genau die Unbeholfenheit von damals, die ich jetzt monoton wiederholte, ohne die Gefühle der Jugend allerdings, die seinerzeit die erste Begegnung in der Via Lucullo angefeuert hatte.

»Man hat dir ein Abteil ausgerechnet über den Rädern gegeben«, bemerkte Marina.

»Ich lasse immer erst im letzten Augenblick reservieren, und dafür werde ich bestraft.«

Draußen flogen die Lichter unbekannter Wohnhäuser vorbei, man sah melancholische Gestalten, die sich in schlecht beleuchteten Räumen bewegten und sofort wieder im Dunkel der Landschaft verschwanden. Das Ron-Ron des Zugs verursachte – wie Dekobra meint, der längst zu meinem Führer in allen Fragen der Galanterie geworden ist – eine sinnliche Erregung, ein Gemisch aus billiger Romantik und erotischen Aufwallungen, verstärkt durch den trommelnden Rhythmus eines Servierwagens.

Ich hatte in der Wohnung meiner Großmutter mütterlicherseits ein Regal mit rosa und golden eingebundenen kleinen Büchern gefunden, alles Dekobra: ›Die Gondel der Chimären‹, ›Die Sphinx hat gesprochen‹, ›Tiger und Parfum‹, ›Abenteuer im Schlafwagen‹ und so weiter. Ich hatte hier und dort ein paar Seiten gelesen und konnte nicht begreifen, warum dieser mit Erotik und Exotik angereicherte romantische Schund so gern gelesen wurde. Es war mir nicht gelungen, in diese Welt perverser, großzügiger, leidender, romantischer Frauen einzudringen, aber ihre schlanken Figuren, ihre geschminkten Gesichter, ihre dem sündigen Kuß immer bereitwillig dargebotenen Lippen hatten sich in meiner Erinnerung so eingegraben wie die phantastischen Tiere volkstümlicher Mythensammlungen. Aber nein, Marina gehörte nicht zu diesem Genre, und ich hatte keine Ähnlichkeit mit den Helden dieser Romane, doch die Situation schien sich in diese Richtung zu entwickeln und die alte Begegnung in Rom in einer Luxusversion zu wiederholen. Zehn, zwanzig, dreißig Jahre später: Waren diese Verirrungen der Zeit etwa nicht die hochtrabenden, leuchtenden Archetypen dieser Art von Literatur? Aber die Biologie forderte ihren Tribut: Ich fragte mich, ob wir noch immer die beiden von damals waren, oder ob die Zeit unsere Zellen so vollständig erneuert hatte, daß diese beiden Körper, die einander mit soviel

Unsicherheit im Zimmer in der Via Lucullo begegneten, andere waren. Die Sommersprossen in ihrem Gesicht, waren es die von damals? Und was ist mit den Zellen unserer Seelen?

Ich fuhr mit einer Hand über Marinas Haar, ein schüchtern liebevolles Streicheln, das sich noch im Bereich unschuldiger Freundschaft bewegte, doch unversehens trat ein Zauber in ihre Augen. Sie lehnte ihren Kopf an meine Schulter.

»Du kannst dir nicht vorstellen, wie sehr ich möchte, aber so vieles ist anders geworden, und ich bin nicht mehr die, die du vor so vielen Jahren kennengelernt hast. Deshalb bitte ich dich, keine Küsse.«

Ich war bestürzt. Marina hatte einen Satz gesagt, der unmittelbar aus einem dieser golden eingebundenen Romane zu stammen schien, die meine Großmutter und viele junge Mädchen und Frauen ihrer Generation so betört hatten. Keine Küsse, was für eine Ausdrucksweise. Wer hatte ihr nur beigebracht, so zu reden? Ich hatte keinen Satz bereit, der es mit ihren Worten aufnehmen konnte.

»Was ist los mit dir? Auch ich habe mich verändert, aber mein Inneres ist gleich geblieben.«

Ich hätte über das Herz so reden sollen wie ein Held von Dekobra, aber es wäre mir nie und nimmer gelungen, dieses Wort auszusprechen. Ich kenne Menschen, die problemlos über das Herz reden können, und ich bin über ihre ungezwungene Schamlosigkeit jedesmal erstaunt. Über das Innere kann ich ohne Schwierigkeit sprechen, aber ohne die tosende Wirkung, die das Wort Herz erregt. Schüchtern lehnte ich meine Wange an ihre, dann fuhr ich mit den Lippen über ihre weiche Haut, Dekobra hätte samtig gesagt.

»Bitte, küß mich nicht.«

Es wäre ein Eingeständnis von Schwäche gewesen, wenn sie dachte, ein Kuß könne sie aufwühlen. Ihre Bitte hatte ja auch etwas Provozierendes, und das mußte sie wissen. Jetzt begann ich wirklich, sie zu begehren.

Ich berührte den Trauring mit einem Finger.

»Ist es seinetwegen?«

»Nein, nein, es ist meinetwegen.«

»Ich verstehe nicht. Was ist schwierig?«

Marina verharrte einige Augenblicke lang still.

»Eine Narbe. Mein Körper ist durch eine Narbe verunstaltet, und ich schäme mich unendlich. Nein, es ist wirklich nicht möglich.« Die Vorstellung der Narbe befreite mich augenblicklich von jeder noch vorhandenen Schwierigkeit. Ich habe nie ganz meinen Widerstand angesichts eines nackten menschlichen Körpers überwunden, immer habe ich eine Bruchstelle, eine Verformung oder eine Verletzung der Norm in meinem Umgang mit anderen Menschen gesucht. Die Narbe stellte in diesem Fall die Verletzung der Regelmäßigkeit des Körpers dar, die Verletzung seiner klaren Linien, die mich so erschüttern wie alle Formen, die die schreckliche Vitalität des Organischen voraussetzen. Das Abweichen von der Norm, hätte mein Vater gesagt. Aber da, mitten in der größten Erregung, stellte sich plötzlich die Verweigerung ein. Dies war kein Vorwand, um mich zu rechtfertigen, nein, es war wirklich eine Verweigerung.

»Für eine Narbe könnte ich den Verstand verlieren«, sagte ich voller Überzeugung und verknüpfte dabei Ungaretti mit Dekobra. »Du machst Witze über eine Sache, die mir sehr ernst ist. Ich muß mindestens noch zwei Operationen machen lassen, bis die Narbe nicht mehr sichtbar ist. Es sind demütigende Operationen, sie haben mich dazu gebracht, meinen Körper zu hassen, dessen Begierden ich nicht mehr befriedigen kann.«

Wie sie redete! Doch inzwischen hatte sie mir klargemacht, daß es sinnlos wäre, weiter zu beharren.

Marina stand auf, und auch ich mußte aufstehen. Sie sah mich traurig an.

»Tut mir leid.« Ich begleitete sie in ihr Abteil und verabschiedete mich von ihr mit einem Kuß auf die Wange. Ich glaube, Dekobras Geschichten gehen nicht so zu Ende.

Lesen hilft mir beim Einschlafen, ganz gleich, ob es ein Buch oder eine Zeitung ist, auch das Thema ist nicht wichtig. Ich begann, in einer am Bahnhof gekauften Illustrierten einen Artikel über die Mochica zu lesen, einen uralten Volksstamm in Peru, von dem Archäologen Spuren am Fuß der Anden gefunden haben. Der König der Mochica, der vor zweitausend Jahren gelebt hatte, war mit seiner Kriegerrüstung begraben worden: ein auf den Rücken gebundener Kettenpanzer aus reinem Gold. Die gleiche Kriegerrüstung, wiederum auf den Rücken gebunden, jedoch aus Kupfer, war auch in den Gräbern der gewöhnlichen Soldaten gefunden worden. War das Heer der Mochica möglicherweise besonders für die Flucht gerüstet? Ich erinnerte mich an die Ärzte im Militärkrankenhaus am Celio, die die an rückwärtigen Körperpartien verletzten Soldaten voller Verachtung behandelten. Noch eine Symmetrie, die über große Zeiträume hinweg aus fernen Ländern herüberkam. Über dem Gedanken, daß sich auch die Geschichte bis zum Erbrechen wiederholt, schlief ich ein.

PORZELLANGESICHT

Ich glaube, jeder Mensch hütet ein Geheimnis, das er nicht eingestehen kann. Ich denke daran, wie viele Verbrechen auf unserem Planeten unbestraft bleiben. Die Erdkruste ist mit Menschenblut durchtränkt: Der unbestraften Mörder ist Legion, wie die Bibel sagt, und sie leben mitten unter uns. Wenn ich heute, in meinem Schweizer Versteck, ein Geheimnis gestehe, das ich eben noch als nicht einzugestehen bezeichnet habe, so liegt das nicht nur an der verstrichenen Zeit, die alles in einen barmherzigen Nebel hüllt, sondern auch an dem Verlangen nach innerer Leichtigkeit: Ohne Beschämung wird es mir möglich sein, das reine Licht des Tages und das Dunkel der Nacht zu betrachten und über das Durcheinander der Geschlechter in diesem Land hinwegzukommen, in dem, anders als im Italienischen, die Sonne weiblich, der Tod männlich und Herz sächlich ist. Meine Kladde wird also neben so vielen ekstatischen Sprachlosigkeiten das Behältnis für die eine oder andere blitzartig aufleuchtende Niederträchtigkeit sein. Auf der Fensterbank hat sich in diesem Augenblick ein Goldkäfer niedergelassen, der heilige Skarabäus der alten Ägypter. Diesem verschwiegenen, weisen Insekt widme ich mein Geständnis.

Nach einem Jahr der Geheimniskrämerei hatte Oscar seine Verlobte, die Tochter des Wirtschaftsattachés, in die Wohnung in der Via Sicilia mitgebracht. Ein voreheliches Zusammenleben, gegen das der Vater des Mädchens nur der Form halber Einwände erhob: Er lebte nun endlich allein und fühlte sich frei, seine Geliebte zu empfangen. Ich fand sie auf der Stelle hassenswert und ärgerlich. Hochmütig und verächtlich vom ersten Augenblick an, ohne Grund. Nach wenigen Tagen schon fühlte sich Friederike wie die Herrin im Haus und verlangte, jede Entscheidung über die Haushaltsführung allein zu treffen. Doch vor allem ging mir ihre scharfe, schneidende Stimme auf die Nerven, die mir, in Verbindung mit ihrem deutschen Akzent, Gänsehaut verursachte, so wie ein Stück über die Tafel gezogene Kreide, eine meiner schlimmsten Erinnerungen an die Schulzeit.

Eines Tages erschienen die Maler und begannen, die Diele, das Wohnzimmer, die Küche und den Flur zu streichen, alles in blendendem Schwefelgelb, einer kalten, vulgären Farbe, wie in einer Kaserne. Ich mußte stets die Hälfte der Ausgaben bezahlen, ohne aber bei Entscheidungen mitreden zu dürfen. Ich hatte angefangen, meine Bilder zu verkaufen, und war deshalb, nach Friederikes und Oscars Meinung, reich, nicht nur verglichen mit ihnen, sondern überhaupt, und durfte mich deshalb nicht beklagen, wenn mir die Ausgaben für das Streichen der Wohnung oder für die Restaurierung eines Möbelstücks oder für die Neueinrichtung der Küche übertrieben vorkamen. Aber mehr noch als der Preis waren es Friederikes Anordnungen, die ich unerträglich fand. Tag für Tag zermürbten ihre Veränderungen in der Wohnung meine Geduld. Ich hätte eine andere Wohnung mieten oder kaufen können, aber das hätte wie eine Kriegserklärung ausgesehen und zu einem endgültigen Bruch auch mit Oscar geführt. Ich hätte ihm so gern meine Eindrücke über Friederike mitgeteilt, aber dazu fehlte es mir immer an Mut, und das um so mehr, als unsere Beziehung nach der Zeit der Identifizierung in einem luftleeren Raum zu schweben schien: In der Erwartung, daß sie sich klären würde, gab es keinen Raum für Vertraulichkeiten.

Weder verstand ich, noch wollte ich verstehen, was Oscar und Friederike verband, aber ich glaube, sie beherrschte ihn völlig und zerstörte seine innere Gestalt. Ich sah ihn in einem Zustand geradezu hypnotischer Unterwürfigkeit agieren, jeglicher eigenen Willensäußerung durch die vulgäre Verlobte beraubt.

Unmöglich für mich, ein Urteil über die Schönheit Friederikes abzugeben. Ihr Gesicht war rein und durchsichtig wie Porzellan, die Augen von einer Eiseskälte und die Lippen blaß und gespannt. Friederike war in ihrer nordischen Einmaligkeit für mich unentzifferbar, die Negation jeglicher Weiblichkeit. Ihre körperliche Attraktivität gleich null, zumindest in meinen Augen. Wie dieses Monster Oscar gefallen konnte, war mir ein Rätsel.

Das gleiche Desinteresse, das ich Friederike gegenüber empfand, zeigte und bekundete sie offen für meine Bilder. Sie verhielt sich so, als gebe es sie nicht. Meine Malerei ist von einer Art, die den Betrachter nicht gleichgültig lassen kann. Sie mag nicht gefallen, aber für jeden, der seinen Blick auf eines meiner Bilder richtet, ist es, als würde er an ein offenes Fenster treten und auf eine Landschaft und die Figuren einer sehr fern liegenden Märchenwelt blicken, die mit einem mächtigen, kunstvollen Zauber heraufbeschworen wurde. Ich erwartete nicht, daß Friederike Kommentare dazu geben sollte, das wäre mit Sicherheit peinlich gewesen. Daß sie ihr nicht gefielen, machte mir wenig aus. Aber die Art und Weise, wie sie ihr Desinteresse zur Schau stellte, ihr Ausdruck leichten Angewidertseins, der Langeweile, das war es, was mich beleidigte.

Eines Tages hatte ich den schlechten Einfall, mit Oscar darüber zu sprechen.

»Kurz gesagt, man könnte glauben, daß Friederike meine Bilder ausgesprochen scheußlich findet.«

Ich redete zerstreut und leicht vor mich hin, als ob es mir dann doch nicht viel ausmachte. Ich wollte ihn nicht in Alarmzustand versetzen.

»Aber woher, ich versichere dir, daß es nicht so ist, wie du glaubst.«

»Wie ist es dann?«

»Die Sache ist, daß Friederike deine Bilder fürchtet.«

Oscar stand unbeweglich da, mit starrem Blick, als erwarte er eine heftige Reaktion auf seine Worte.

»Das ist etwas, worüber ich mich auch geschmeichelt fühlen könnte, aber eigentlich verstehe ich nicht, was du meinst.«

»Du mußt zugeben, daß die Darstellungen in deiner Malerei nicht besonders lustig sind. Gräber, Ruinen, zerbrochene Statuen, unentzifferbare Schriftzeichen, Raubvogelköpfe. Unsere Mutter sagte, deine Malerei sei Friedhofsmalerei, wenn du dich erinnerst.«

»Na und?«

»Wenn man keinen Sinn für Makabres hat, ist es schwer, deinen Bildern etwas abzugewinnen. Und Friederike ist leider abergläubisch.«

»Das bedeutet, Friederike betrachtet meine Bilder als etwas, das Unheil verheißt.«

»Das kann ich nicht ausschließen.«

»Und wie denkst du darüber?«

»Es ist schwer, ihrem völlig subjektiven Eindruck etwas entgegenzusetzen.«

»Jetzt will ich aber wissen, was für eine Katastrophe eure Existenz erschüttert hat. Seid ihr die Treppe runtergestürzt, habt ihr einen Arm oder ein Bein bei einem Autounfall verloren, habt ihr Lepra bekommen, oder habt ihr einen finanziellen Zusammenbruch aufgrund meiner Bilder erlitten?«

Oscar ärgerte sich über die zugegebenermaßen etwas dick aufgetragene Ironie, die ich in meine Frage gepackt hatte.

»In unserer Familie ist ein bißchen viel passiert, auch Unglück. Der Bankrott, Papas Verschwinden, dann Mamas Tod. Ist das nicht genug?«

»Und der Grund für all das sind natürlich meine Bilder.«

»Das hab' ich nicht gesagt, und das hat auch Friederike nicht gesagt.«

»Aber ihr habt es gedacht.«

»Wenn es darum geht, dann denken wir nicht alleine so.«

Oscar hatte diesen Worten das Gewicht und die Intonation einer Herausforderung gegeben. Plötzlich spürte ich, nachdem ich an übertriebene Bewunderung geglaubt hatte, alle Zeichen eines Grolls, der sich endlich äußern konnte, den ich aber insgeheim von dem Tag an geargwöhnt hatte, an dem Oscar sich, nachdem er meine Stimme und meine Worte nachgemacht hatte, in ein unbegründetes, mir nicht erklärliches Schweigen hüllte.

»Wenn meine Malerei Unheil bringt«, sagte ich, »dann bin ich der Unheilbringer.«

Oscar lächelte amüsiert und möglicherweise auch befriedigt, weil mir endlich ein Zusammenhang klargeworden war, den man nicht nur Friederike zuschreiben durfte, was noch ironisch hätte kommentiert werden können, sondern der nun nicht mehr zu leugnen war.

»Arme Friederike«, sagte ich, »jetzt weiß ich, weshalb sie in dieser Wohnung immer so deprimiert ist.«

»Aber Friederike ist gar nicht deprimiert. Sie ist vielleicht besorgt, verängstigt, was weiß ich.«

»Darf ich vielleicht nicht beleidigt sein?«

»Ach, du bist doch wie ein Känguruh, du springst über alles hinweg. Du denkst nicht daran, daß auch Friederike ein Recht auf friedliches Überleben in diesem Haus hat. Schließlich ist sie meine Verlobte.«

»Soll ich etwa das Malen aufgeben, damit sie ihren Frieden findet?«

»Jetzt verdreh die Sache nicht. Ich habe dir gesagt, daß Friederike wegen eines subjektiven Eindrucks leidet, dem man nur schwer etwas entgegensetzen kann.«

»Zumal dies ja einer objektiven Meinung entspricht, die über die Stadt und den Erdkreis verbreitet ist.«

»Jetzt bist du es«, sagte Oscar mit offensichtlicher Heuchelei, »der diesen schlechten Ruf bestätigt, weshalb du dich dann nicht wundern mußt, wenn andere ihn verbreiten. Diese ganze Geschichte hat mit einem kleinen persönlichen Problem Friederikes zu tun, die lieber die Blumen von De Pisis in der Wohnung haben würde als Grabsteine und ägyptische Gräber. Du muß dich nur ein bißchen anstrengen, um sie zu verstehen und um ihr zu verzeihen, wenn sie für deine Malerei keine Begeisterung gezeigt hat.«

»Ich habe noch nie und von niemandem Begeisterung gefordert, und meine Knie schlottern nicht angesichts übler Nachrede. Ich bin ein Känguruh, das stimmt, und ich springe über das hinweg, was mich stört. Aber ich sage dir eins, der schärfste Kritiker meiner Bilder bin ich selbst. Wenn ich mit einem Bild zufrieden bin, weiß ich, daß es viele andere Menschen gibt, die es schätzen. Daß sich Friederike nicht unter ihnen befindet, überrascht mich nicht, noch macht es mir Sorge. Daß du aber auch nicht unter ihnen bist, tut mir leid, aber noch einmal, es überrascht mich nicht, noch macht es mir Sorge.«

»Mit einem Wort, es kümmert dich nicht im geringsten.«

»Nein, ich sage ganz einfach nur Geduld, Geduld, Geduld.«
Ich sagte dieses Geduld mit aller mir möglichen Unbeschwert-
heit, um meinem Bruder zu zeigen, daß ich ruhig war und ruhig
weitermalen würde. Der biblische Haß, der während dieses Gesprächs maßlos in mir angewachsen war, ging vor allem auf das
siegreiche Resultat zurück, das Oscar erreicht hatte: die Vorstellung des Unheils von meinen Bildern auf mich zu übertragen. Jeder von uns kennt die unselige Wirkung, die der Ruf
eines Unheilbringers heraufzubeschwören vermag, es sei denn,
man erträgt ihn mit Unbefangenheit und Ironie, wie jener berühmte römische Anglist. Wer würde denn noch das Bild eines
Unheilbringers im Haus behalten wollen? Wie viele Beschwö-
rungsformeln müßte ein Kritiker aussprechen, bevor er einen
Artikel über eine Ausstellung von mir schreibt? Oder würde er
es nicht lieber lassen? Trotz allem war es mir gelungen, das
Heraufstürmen der Furien zurückzuhalten, es war mir gelungen, meine Hände und meine Instinkte im Zaum zu halten,
doch ich hatte während dieses Gesprächs die unglückselige
Droge des Bruderhasses gespeichert. Bruderliebe ist ein unbe-
schwertes, unantastbares Gefühl, aber der Haß zwischen Brüdern ist schwer wie siedendes Blei. Der Ursprung dieses Un-
glücks war Friederike. Sie war es, die Oscars Verstand umne-
belt hatte, sie war schuld an dem Zauberwerk, und deshalb
mußte das Feuer meiner Rache auf sie niederfallen.

Meine Idee war, den Zufall mit einzubeziehen: Friederikes Tod
mußte nicht nur ganz zufällig aussehen, er mußte auch zufällig
eintreten. Dies war eine List, mit der ich meine Verantwortung
auch mir selbst gegenüber kleiner machen wollte. Einverstanden, ich gebe zu, daß die Heuchelei immer eine bedeutende
Rolle in meinem Verhalten, ja sogar in meiner Malerei gespielt
hat. Aber die künstlerische Fiktion hat noch nie jemand umge-
bracht.
Friederike wusch sich mit teutonischer Pünktlichkeit jeden
Dienstag und Freitag die Haare und besetzte jedesmal für eine
knappe Stunde das einzige Bad in unserer Wohnung.
»Du bekommst noch eine Glatze bei deiner dauernden Haarwa-
scherei«, sagte ich eines Tages zu ihr.

Friederike sah mich feindselig an, antwortete aber nicht. Wahrscheinlich dachte sie, ich hätte dies nur gesagt, weil sie das Badezimmer zu lange besetzte. Sie trocknete ihre Haare mit dem Fön so lange, bis ihr Schädel zu brutzeln begann, und sie duschte sich nie, wie es jeder normale Mensch tut, sondern badete immer, und das mit so viel Schaum, daß er jedesmal über die Badewanne auf den Boden schwappte. Eine Bemerkung in Klammern: Es fehlte auch nicht an Gelegenheiten, wo sie sich nackt, splitterfasernackt zeigte, was ich so langweilig fand wie sie meine Bilder.

Ich unternahm einen ersten Versuch, indem ich den Stecker des Föns in der Steckdose und den Fön selbst in einem bedenklichen Gleichgewicht auf einer Ablage über der Badewanne ließ. Eine kleine Unachtsamkeit genügte, und er würde in die gefüllte Wanne fallen und einen tödlichen Kurzschluß auslösen.

Als Friederike am nächsten Tag badete, legte sie den Fön von der Ablage über der Wanne auf die Ablage unter dem Spiegel des Waschbeckens zu Haarwasser und Rasiercreme. War ihr die Gefahr bewußt geworden? Für ein paar Wochen kümmerte ich mich nicht mehr um das Gerät. Aber, sagte ich mir, nun bin ich schon einmal schuldig geworden, und Schuldigsein, ohne die eigene Schuld genießen zu dürfen, kam mir schlichtweg albern vor.

In jenem Herbst wurde ich nach Ferrara für eine retrospektive Ausstellung im Palazzo dei Diamanti eingeladen. Es war die Wiederholung einer bereits in Rom gezeigten Ausstellung, vergrößert um Leihgaben von ausländischen Museen und Privatsammlungen. Die Ausstellung war ein unglaublicher Erfolg, der zum Teil auf die Räumlichkeiten von magischer Eleganz und auf die perfekte Darstellung zurückzuführen war: die Krönung der Arbeit vieler Jahre. Ich nahm den Erfolg als etwas mir Zustehendes und Vorhergesehenes hin, jedoch ohne das zusätzliche Vergnügen, das die Überraschung einer plötzlichen Ausweitung der eigenen Erwartung verschafft, wie ich es bei anderen Gelegenheiten erlebt habe.

Die Nachricht erhielt ich abends, im Hotel. Am Telefon sagte mir Friederike, daß ein furchtbares Unglück geschehen sei. Ich sagte kein Wort und wartete. Oscar sei tot, in der Badewanne vom elektrischen Schlag getroffen, wegen eines Föns, der ins Wasser gefallen sei. Friederike sprach mit eiskalter Stimme, sie reihte die Worte langsam zu einer Todesbotschaft ohne Gefühl, ohne Kommentar, ohne Empfinden aneinander. Ich war über die Nachricht erstaunt, denn ich erinnerte mich nicht, den Fön vor meiner Abreise nach Ferrara auf die Ablage über der Badewanne gelegt zu haben. Friederike redete weiter, aber ich hörte nicht mehr, was sie sagte.

Die Kälte, mit der Friederike mir die Nachricht am Telefon übermittelte, brachte ich mit dem Bild ihres eiskalten Porzellangesichts und, merkwürdigerweise, mit ihrer Nacktheit zusammen. Ich dachte nicht über den Schmerz nach, ich wollte nicht wissen, ob und wie sehr ich litt, auch stellte ich mir keine Fragen über Friederike. Ich sagte mir nur, daß manche Menschen mit offensichtlicher Kälte auf eine Tragödie reagieren, an der sie dann für den Rest ihres Lebens leiden. Am Telefon verhielten wir uns eisig. Ich weiß nicht, ob Friederike später für den Rest ihres Lebens gelitten hat, weil ich sie nach den Tagen dieser Tragödie nie mehr wiedergesehen habe.

Als ich nach Rom zurückkam, wurde ich von den Carabinieri als mutmaßlicher Täter verhört. Das gleiche hatten sie mit Friederike getan, die, wie sie sagte, ein wirklich peinliches Verhör über sich hatte ergehen lassen müssen. Ich fragte sie nicht, was sie als peinlich empfunden habe, ich befürchtete, es könne irgendwie mich betreffen. Sie wollte mir dann noch unbedingt sagen, daß sie nach Ansicht ihres Vaters einen Fehler begangen habe. Statt Oscars Tod gleich anzuzeigen, hätte sie besser einen Krankenwagen kommen, Oscar in irgendein Krankenhaus bringen lassen und so tun sollen, als lebte er noch. Auf diese Weise hätte sie die Untersuchung durch die Carabinieri, durch den Gerichtsmediziner und die Widrigkeiten, die mit einem Unfalltod verbunden sind, umgehen können. Friederike weinte nicht, oder besser: Ich sah sie nicht weinen. Auch nicht eine Träne. Ich war nie der Meinung, daß Tränen etwas über den Schmerz aussagen, aber dies warf ein zusätzliches, unangenehmes Licht auf sie. Trotzdem betrachtete ich Friederike in jenen Tagen erstmals wie ein menschliches Wesen, abstoßend zwar, aber doch menschlich.

Um die Wahrheit zu sagen, auch ich habe nicht geweint, meine Traurigkeit war kalt, aber ich ließ nichts nach außen dringen. Auch mein Bruder Ottavio hat nicht geweint. Er kam nach einem Telefonanruf Friederikes aus Mailand, aber ich hatte nichts mit ihm zu bereden. Ich sagte ihm lediglich, ich hätte Gewissensbisse, weil ich mit Oscar nicht über den Tod unseres Vater in Ägypten gesprochen habe.

»Mir hast du ja auch nichts gesagt«, wandte Ottavio ein.

Ich erzählte ihm, wie ich die Nachricht aus der ägyptischen Zeitung erhalten habe, und berichtete ihm dann von meiner Reise nach Ägypten.

»Ist besser so«, sagte er zu mir, »du hast Oscar sinnloses Leid erspart, wenn man die Resultate der Reise betrachtet.«

Diese Worte klangen wie ein Vorwurf.

»Ich habe getan, was in meinen Kräften stand.«

»Die Araber sind schwierig, und unser Vater war noch schwieriger als sie. Vielleicht hat er deshalb entschieden, da unten zu sterben.«

»Ich weiß nicht, ob das seine Entscheidung war.«

»Möglicherweise unbewußt, jeder entscheidet seinen eigenen Tod.«

Ottavio erweckte in mir den Eindruck, inzwischen weit weg von allem zu sein, was unsere Familie betraf, unseren Vater und Oscars Tod eingeschlossen. Aber ich weiß nicht, ob es sich um Gleichgültigkeit, angeborene Kälte oder Loslösung handelte.

»Glaubst du nicht, daß es Selbstmord war?« sagte er unvermittelt, so als jagte er einem schwer zu fassenden Gedanken nach. Einen Augenblick lang dachte ich, er meinte Oscar, aber nur einen Augenblick lang.

»Eigentlich nicht. Welchen Grund sollte er so viele Jahre nach dem Bankrott dafür gehabt haben?«

»Was wissen wir denn schon über sein heimliches Leben? Er hätte ja Probleme haben können.«

»Alle haben wir Probleme. Trotzdem sind Selbstmorde selten.«

»Dieser Tod auf dem Nil, so wie dir davon erzählt wurde, ist mehr als unwahrscheinlich und wegen seiner Plumpheit auch so verdächtig. Irgend etwas stimmt da nicht. Deshalb hab' ich an Selbstmord gedacht. Und ich sag' dir eins, im Grunde ist mir ein Selbstmord fast lieber als ein derart banaler und, sagen wir es ruhig, blöder Unfall.«

Ich war verwundert, wie distanziert Ottavio über den Tod unseres Vaters sprach.

»Lieber ein blöder Unfall. Ein Selbstmord setzt immer einen Zustand von Unglück voraus. Das einzige, was mir wirklich leid täte, wäre zu wissen, daß er unglücklich war.«

»Du hast recht. Aber nun ist es ja sinnlos, darüber nachzudenken, weil das ein weiteres Fragezeichen ist, das wir nie tilgen werden.« Ottavio schien über die Unbekannte ohne Lösung beruhigt zu sein. Die Vorstellung des Selbstmords löste in mir einen dumpfen, nachhaltigen Schmerz aus, der die Tragödie um Oscar fast verdrängte. Aber ich verstand nicht, in welchem inneren Zustand sich Ottavio befand. Vermochte ich doch kaum, meinen eigenen klar zu definieren. Aber wozu sollte ich mich mit Ottavios Gefühlen abgeben? Wozu hatte ich mich mit Friederikes Gefühlen abgegeben? Warum hob ich nicht einfach meinen psychischen Schild empor, um mich selbst zu schützen?

Mein innerer, im geheimen Merkheft meines Bewußtseins aufgezeichneter Zustand, vorausgesetzt, daß auch ich ein Bewußtsein habe, ließ immer deutlicher den Wunsch nach Flucht erkennen. Ich ahnte, daß ich meinen Vater um seine Flucht beneidete, die ich ohne Zögern als heroisch bezeichnete, auch wenn sie eine Beleidigung der Familie war. Kann eine Flucht etwas Heroisches sein? Mir kamen wieder die Krieger der Mochica-Kultur in den Sinn, die vor zweitausend Jahren die Flucht verherrlicht haben. In Wahrheit befand ich mich vor einem weiteren Fall, bei dem sich die Wiederholung und die genaue Ausführung eines fehlgeschlagenen Plans bewahrheitet hat. Es war mir nicht gelungen, mich von der Verlobten meines Bruders frei zu machen, wie das Programm des Spielplans es vorsah, sondern hatte unfreiwillig das bekommen, was ich unbewußt haben wollte. Als hätte ein hinterhältiger, bösartiger Teufel die Ereignisse über meinen Willen hinaus in die Richtung gelenkt, von der ich glaubte, daß sie meinen eigentlichen Absichten eher entsprach.

Ich weiß nicht, aus welchem Grund oder mit welcher verborgenen Ironie Friederike wollte, daß ich Oscars Grab entwarf. Als mich aber auch Ottavio darum bat, akzeptierte ich. Der Entwurf, den ich ihnen zur Zustimmung vorlegte, wurde von beiden mit offensichtlicher Sprach- und Ratlosigkeit aufgenommen. Ich hatte einen Basaltkubus entworfen, auf dem eine rote Granitkugel saß, beides Formen der mir verhaßten Geometrie. Doch eine Ecke des Kubus sollte aussehen, als sei sie von einem schweren Hammer abgeschlagen worden. Auf der Kugel, in römischen Lettern aus vergoldeter Bronze, der Name meines Bruders und die beiden Daten.
Als der Steinmetz das fertige Grabmal aufgestellt hatte, wurde es fotografiert und in einer Zeitschrift für Architektur veröffentlicht. Es ist die einzige Skulptur meines Lebens.

SCHRECKLICHE GEDANKEN

Ich habe geschworen, auf diesen Seiten meiner Schweizer Kladde die nackte Wahrheit zu sagen, auch auf die Gefahr hin, wie ein steinernes Herz zu erscheinen. Ich hoffe, daß die gestrengen Götter des alten Ägypten Verständnis für meine Schwächen haben und meine Egoismen vergeben. Daß die Niedermetzelnden Götter mich nicht in ihre Gewalt bringen. Daß die Häutenden Dämonen mich nicht verfolgen. Weist mir, ich bitte euch, den Weg, öffnet mir die Tore, und laßt meinen Vater auch im Schattenreich die Nahrung der Friedensfluren genießen. Die Nachricht vom Tod meines Vaters hatte die Last der Ungewißheit von mir genommen, auch wenn nach meiner Reise nach Ägypten viele Zweifel blieben. Mir wurde staunend bewußt – es ist ja durchaus berechtigt, sich über die eigenen Empfindungen zu wundern –, daß ich diese tragische Gewißheit der Sorge vorzog, nicht das geringste über ihn zu wissen.
Eine neue Unruhe stieg jedoch aus den Halbschatten meines Bewußtseins empor und stellte sich mit jähen und nicht unter Kontrolle zu haltenden Vermutungen ein, die die Nachricht in der ägyptischen Zeitung zu widerlegen schienen. Beim Malen, wenn ich auf der Straße ging, während meiner häufigen Reisen, in manchen Augenblicken eines ruhigen Tages konnte das Bild meines Vaters vor mir auftauchen – und jedesmal in fernen, jedenfalls nicht vertrauten Landschaften. Ich sah ihn ständig in anderen und bisweilen unwahrscheinlichen Situationen, so als hätte ich das Bedürfnis, sämtliche Mutmaßungen über sein möglicherweise geheimes Leben auszuloten. Ich sah ihn bequem auf einem mit rotem Samt überzogenen Platz eines Zugabteils sitzen in Gesellschaft einer jungen Frau, oder er befand sich im Menschengewimmel einer ausländischen Großstadt in

Südamerika, Mexico City oder Rio de Janeiro, oder er fuhr auf einem Fahrrad durch die Wüste, oder er lehnte ruhig an der Reling eines Ozeandampfers auf hoher See. Jedesmal erschien er mir so, wie ich ihn vor vielen Jahren im Schlafzimmer meiner Mutter am Tag seines Verschwindens gesehen hatte, nicht mehr voller Sorge, sondern lächelnd und heiter. Als alter Mann, der er damals in meinen Kinderaugen war. Ein gesetzter, eleganter und energischer Fünfzigjähriger, als der er mir jetzt erschien, da ich mich selbst dem Alter näherte, das er hatte, als ich ihn zum letzten Mal in unserer Wohnung sah. Ein konstantes Element dieser jähen, verwirrenden Bilder war die Reise. Das war letzten Endes nicht sehr überraschend, ich mußte auch nicht die Weisheit Freuds bemühen, um zu begreifen, daß der Mittelpunkt dieser obsessiven Gegenwart der Vaterfigur die Vorstellung der Flucht war. Ich fühlte mich verraten, verlassen, verletzt. Nach der Verwirrung, die ich während meiner kurzen Inspektion in Ägypten empfunden hatte, war es mir nicht gelungen, diese immer wiederkehrenden Bilder wegzuwischen, obwohl ich die Nachricht über seinen Tod wie eine Befreiung aufgenommen hatte.

Schreckliche Gedanken auch über Oscars Tod. Als ich in einer schlaflosen Nacht am Entwurf für sein Grabmal arbeitete, sagte ich mir hundertmal, daß sein Tod mich endlich von der unglückseligen Gegenwart Friederikes befreit hatte, die gleich nach dem Begräbnis wieder zu ihrem Vater gezogen war. Das Schuldgefühl, das sich dann im Lauf der Jahre einstellte, konnte ich mit einiger List und ein paar geistigen Verrenkungen auslöschen, und so fühlte ich mich auch in diesem Fall von einer Last befreit. Verantwortungslosigkeit? Egoismus? Selbsterhaltungstrieb? Ich weiß nicht, wie ich meinen inneren Zustand jener Zeit benennen soll, ich weiß nur, daß ich mich in gutem Glauben nicht mehr erinnern konnte, ob ich den Fön, bevor ich nach Ferrara fuhr, auf der Ablage über der Badewanne hatte liegenlassen oder nicht. Ich kann ihn liegengelassen haben, aber genausogut konnten ihn Friederike oder Oscar selbst dort hingelegt haben. Wahrscheinlich hatte der Erfolg meiner Ausstellung in Ferrara dazu beigetragen, einen Schleier bequemen Vergessens über den Ursprung dieser Familientragödie zu breiten. Scheinheilig konnte ich sie in den Katalog der Wirkungen ohne Ursache einreihen und erleichtert an die Aussichten einer unbeschwerten, leeren, inkohärenten Welt denken, an eine Vorwegnahme des glücklichen Chaos, das das nächste Jahrtausend beherrschen wird.

Ich sagte vorhin, daß ich den Erfolg meiner Ausstellung als etwas mir Zustehendes und Vorhersehbares betrachtete. Was ich dagegen nicht vorhersah, war, daß diesmal die Zeitungsartikel und Interviews den Markt, wie man das nennt, in Bewegung brachten. Kunsthändler aus London, Paris, Zürich, aus Berlin kamen angereist. Für Italien hatte ich die Exklusivrechte an eine Galerie in der Via di Propaganda vergeben, doch für Verkäufe ins Ausland – ich hatte persönliche Verbindungen zu einigen Kunsthändlern und Sammlern – hatte ich mir alle Rechte vorbehalten. Ich verkaufte sofort etwa zehn Bilder an deutsche und amerikanische Kunsthändler, was bei dem römischen Galeristen zu hysterischen Protesten führte. Er war der Meinung, daß alle in Italien stattfindenden Verhandlungen und Verkäufe über ihn laufen müßten, auch wenn die Käufer Ausländer seien, weil sie, sagte er, Strohmänner für italienische Kunsthändler oder Sammler sein könnten. Der Streit zog sich über Rechtsanwälte lange hin und endete schließlich mit einem Bruch.

Ein englischer Kunsthändler kaufte sechs Bilder und zahlte mir einen Vorschuß für sechs weitere Bilder in der gleichen Art. Er hatte einen Artikel in ›La Stampa‹ mit dem Titel ›Die fliegenden Steine‹ und einen weiteren im ›Corriere della Sera‹ mit dem Titel ›Die Steine fliegen durch den Himmel der Zukunft‹ gelesen. Beide waren mit einem Foto des Archetyps dieser Serie illustriert, den ich bereits beschrieben habe: eine am Himmel schwebende steinerne Krone über einer unebenen Weite vor dem Hintergrund eines hellen, leuchtenden Himmels. Obwohl die Serie der Fliegenden Steine zur Manier gehörte, in der ich sieben, acht Jahre früher malte und die ich als längst hinter mir liegend betrachtete, hatte sie in Ferrara die konzentrische Aufmerksamkeit derselben Kritiker und Kunsthändler auf sich gezogen, die sie seinerzeit wohlwollend, aber ohne Begeisterung kommentierten. Alles fing nach den übertriebenen Lobeshymnen eines sehr bekannten Kunstkritikers an, der den Spitznamen der Feierliche Narr hatte, weil die Sprache seiner Artikel schwülstig und ausufernd war.

So hatten sich die Umstände in dem seltsamen und unwägbaren Garten Eden der italienischen Malerei zu meinen Gunsten gewendet.

Der englische Kunsthändler machte keinen Hehl aus seiner Erregung, die meine Bilder bei ihm hervorriefen. Er war in Begleitung eines hageren, blassen Jungen nach Rom gekommen, den er mir als seinen Sekretär vorstellte, den ich aber gleich als seinen ihm treu ergebenen jungen Freund erkannte. Ich verabscheue die Tricks von Kunsthändlern, die so tun, als hätten sie kein Interesse, nur damit sie den Preis drücken können, und bei dieser Gelegenheit belohnte ich die Aufrichtigkeit, indem ich sein Preisangebot ohne jede Diskussion akzeptierte. Dieser distinguierte Herr sprach intensiv mit dem Jungen, dann wandte er sich an mich, wobei er den Rhythmus seines Englischs verlangsamte, anschließend sprach er wieder sehr schnell mit dem Jungen. Er nannte andauernd den Namen Böcklin und dessen ›Toteninsel‹, die in Wahrheit nicht sehr viel, genauer gesagt überhaupt nichts mit meiner Malerei zu tun hat, und benutzte das Wort »décadent«, das er als großes Kompliment auf mich bezog. Er hatte ein Bündel italienischer Zeitungen und Zeitschriften gesammelt und wies mich voller Begeisterung auf die dicken Titelüberschriften mit meinem Namen hin. Plötzlich zeigte er mir das Foto des Grabmals für Oscar und fragte, ob ich auch Bildhauer sei. Ich verneinte das und erklärte ihm, daß ich den Entwurf dieser Skulptur für das Grab meines Bruders gezeichnet hätte. »Sorry«, sagte er mit gequältem Gesichtsausdruck und wechselte das Thema.

Der Kunsthändler blieb eine Woche in Rom, und es gelang ihm, mich drei Abende nacheinander ins Restaurant ›Il passetto‹ zu schleifen. Ich interessiere mich nicht sehr fürs Essen, ich habe auch weder ein Gedächtnis noch ein Vorstellungsvermögen dafür, und angesichts eines Menüs werde ich von Platzangst befallen, die meine Tischgenossen und die Kellner in Verlegenheit bringt, bis mir einer zu Hilfe kommt. Und mein bemühtes Englisch verursachte ununterbrochen Schwierigkeiten beim Tischgespräch. Meine Qual fand das volle Verständnis des blassen Jungen, der mir heimlich ermutigende Blicke zuwarf, während der Kunsthändler vor einem Schinken in Madeirasauce genauso in Ekstase zu geraten schien wie vor meinen Fliegenden Steinen. Schließlich bemerkte er meine Schwierigkeiten, als ich meine Zeit noch immer über irgendwelchen Gemüsen vertrödelte. Er warf einen Blick auf das Menü, um mir entgegenzukommen. Dann befiel ihn plötzlich ein Zweifel.

»Sind Sie etwa Vegetarier?«

»Aber nein«, sagte ich, »ich bin ein Allesfresser, wie der Mensch.« – »Dann also Schinken in Madeirasauce.«

Nach der Abreise des Kunsthändlers gab ich den Scheck für die sechs Bilder und den Vorschuß für die noch zu malenden der Bank, was zusammen mit den anderen Verkäufen eine hübsche Summe ergab. Dann rief ich ein Immobilienbüro an, das Landhäuser in Umbrien und in der Toskana verkaufte. Ich war Rom leid, vor allem die Wohnung, in der es inzwischen zu viele Gespenster gab, in der ich nicht mehr schlafen konnte, ohne von Bildern verfolgt zu werden, die ich mit Mühe während der Tagesstunden von mir fernhalten konnte. Im Traum tauchten auch wieder Gestalten auf, die inzwischen weit in meiner Erinnerung zurücklagen, wie Vittorio und seine Mutter, bei der ich zum ersten Mal die Ähnlichkeit mit Alida Valli festgestellt hatte. Eines Nachts hatte ich geträumt, ich wäre in Begleitung Vittorios in einem kleinen Motorboot auf dem Nil. Unversehens reckten sich aus dem schlammigen Wasser des Flusses Arme empor, die die Bootswand packten, das Boot umkippten und uns ins Wasser zogen. Es waren die dünnen Arme eines alten Mannes, die uns jetzt in immer dunklere Tiefen hinabzogen. Ich konnte in dieser Wohnung nicht mehr leben.

Eine freundliche, blonde junge Frau aus dem Immobilienbüro kam in die Via Sicilia und zeigte mir ein Album mit Fotografien. Ich blätterte die Angebote von Landhäusern durch, rustikale, weniger rustikale, einige in Form von Gehöften, von Heuböden, von Villen, von Kastellen. Mein Blick hielt bei einem

Foto inne, das ein merkwürdiges Gebäude in Form eines mittelalterlichen Kastells zeigte, in allen seinen Teilen jedoch zu klein und zu perfekt, als daß ich nicht hätte argwöhnisch werden müssen: Es ähnelte gewissen Illustrationen in Büchern über Feen, so klein, so gut erhalten, so falsch.

»Das ist eine äußerst günstige Gelegenheit«, sagte die junge Frau, die in meinen Augen sofort das besondere Leuchten gelesen hatte, mit dem sich der Kaufwunsch ausdrückt.

»Wo liegt es?«

»In Umbrien, zwischen Bolsena und Orvieto.«

»Liegt Bolsena denn nicht in Latium?«

»Schon, aber das Kastell liegt näher bei Orvieto, also in Umbrien.«

Ich sah mir das Foto noch einmal genau an.

»Es sieht so unecht aus.«

»Es ist ein kleines Kastell vom Anfang des Jahrhunderts. Es ist ganz aus Stein, sehr solide und in einer Lage mit schönem Rundblick.«

»Haben Sie es gesehen?«

»Nein, aber im Büro hat man viel darüber gesprochen.«

»Es ist ein falsches Kastell.«

Die junge Frau sah mich bestürzt an.

»Aber woher, es ist ein richtiges Kastell, ganz aus Stein und sehr solide. Nur daß es nicht alt ist.«

Sie hatte recht, ihm fehlte bloß das Alter, aber es war ein Kastell, ein richtiges Kastell.

»Die Vorstellung hat etwas für sich. Kann man es sich ánsehen?« Die junge Frau war unsicher, sie versuchte zu verstehen, ob ich es ernst meinte.

»Wollen Sie, daß ich den Inhaber unseres Immobilienbüros anrufe?«

»Zuerst will ich etwas über den Preis erfahren.«

»Sie werden schon sehen, daß Sie sich einig werden. Ich weiß, daß es eine ausgezeichnete Gelegenheit ist.«

»Weil ihr es nicht loswerden könnt, nicht wahr?«

Die junge Frau schien nun beunruhigt, so als hätte ich ein Geheimnis entdeckt. Sie sah mich sprachlos an, ohne zu antworten, und ich begriff, daß ich richtig getippt hatte.

»Morgen komme ich in Ihr Büro, und wenn der Preis vernünftig ist, sehe ich es mir an. Vielleicht kann ja jemand mit mir kommen.«

»Ich denke schon«, sagte die junge Frau.

Sie stand auf und wollte gehen.

»Gibt es dort Gespenster?«

Die junge Frau lächelte.

»Das glaube ich nicht, Gespenster gibt es normalerweise nur in alten Schlössern, in denen viele Menschen gestorben sind.«

»Besser so. Ich habe bereits meine eigenen Gespenster, die mich überallhin verfolgen.«

»Ihre Gespenster oder Ihre Toten?«

»Ist das nicht das gleiche?«

»Nein, nicht alle Toten werden Gespenster, sonst gäbe es ja keinen Platz mehr für uns.«

Diese junge, blonde freundliche Frau hatte etwas Richtiges gesagt. Man muß die Toten daran hindern, Gespenster zu werden, sonst gibt es keinen Platz mehr für uns.

Das Kastell war noch kleiner, als es auf der Fotografie aussah, und auf sublime Weise unecht. Es war mit ungeheurer Sorgfalt ganz aus behauenem Basaltstein gebaut worden, hatte schmiedeeiserne Tore, Balken- und Kassettendecken, steinerne Treppen, Fußböden aus handgefertigten und im Holzofen gebrannten Ziegeln von Castel Viscardo. Es gab auch das eine oder andere Möbelstück aus Eiche, das die alten Besitzer dortgelassen hatten, ein paar große astronomische Drucke an den Wänden, schmiedeeiserne Kronleuchter, Kupfertöpfe in der Küche. Unter dem Staub und den überall herumliegenden Papierfetzen war zu erkennen, daß das Kastell ausgezeichnet erhalten war. Mit Stein und Holz eingefaßte Kamine in jedem Zimmer und eine ganz offenbar heruntergekommene, aber teilweise wohl erneuerbare Heizungsanlage, wenigstens was die Rohre und die gußeisernen Heizkörper betraf, die hinter Eisengittern verborgen waren. Es war, sagte mir der Vertreter des Immobilienbüros, der mich begleitete, von einem reichen Landbesitzer erbaut worden, in der Hoffnung, es mit einer jungen Geliebten zu bewohnen. Sie aber habe die Flucht ergriffen, bevor der Bau fertig war. Um seinen Liebeskummer zu vergessen, habe der Eigentümer ein Riesenvermögen für Feste und aufwendige Essen ausgegeben, bis er schließlich das Land und das Kastell verkaufen mußte, um seine Schulden zu bezahlen.

»Eine Geschichte, die etwas von D'Annunzio hat, wie das Kastell.«

Ich hätte eher Sem Benelli statt D'Annunzio gesagt, aber ich wollte diesen Immobilienengel nicht in Verlegenheit bringen, der mir alles geduldig zeigte. Man konnte sehen, daß der Architekt seine Freude hatte, da ihm sowohl eine Menge Geld als auch außerordentlich erfahrene Handwerker zur Verfügung gestanden hatten. In die Mauer mit nachgemachten mittelalterlichen Zinnen, die den Garten umgab, hatte man unechte römische Fundstücke und Säulenfragmente, Marmorbruchstücke wie auch verwitterte Kapitelle und sogar Teile römischer Statuen, Beine und Arme, ins Mauerwerk eingelassen. Und dies alles war wunderbar unecht.

Der neue Besitzer war ein melancholischer Bürokrat des Ministeriums für Öffentliche Bauarbeiten, unwürdig, dieses Juwel zu besitzen und glücklicherweise entschlossen, es loszuwerden. Er hatte es als Spekulationsobjekt gekauft, aber schon bald erkannt, daß dieses unechte mittelalterliche Kastell, das er für einen lächerlichen Preis erstanden hatte, niemanden interessierte, und so hatte er sich damit abgefunden, es ohne den hohen Gewinn zu verkaufen, mit dem er gerechnet hatte.

Den Kaufvertrag unterschrieb ich im Immobilienbüro. Jeder zufrieden, ich an erster Stelle, denn ich wußte, daß ich einen ausgezeichneten Kauf gemacht hatte. Mit den Verkäufen der Ausstellung in Ferrara und dem Geld aus meinen Fliegenden Steinen konnte ich den Gesamtpreis für Poggio Arrigo bezahlen, so nämlich hieß das Kastell, dessen schwere Basaltsteine zum Fliegen nicht geeignet waren.

Wie ich vorausgesehen hatte, bereitete es keine große Mühe, das Kastell wieder bewohnbar zu machen. Alles ging schnell und entspannt voran. Ich mußte ein paar Fenster erneuern, die durch Witterungseinflüsse beschädigt waren, den Heizkessel auswechseln, ein paar Stellen neu verputzen, die Holzfußböden abziehen lassen und ansonsten vergipsen, säubern, anstreichen, bohnern.

Als erstes ließ ich ein Bad herausreißen und erneuern und ein Schlafzimmer restaurieren. Danach richtete ich ein Wohnzimmer mit zwei großen, nach Süden gelegenen Glasfenstern als Atelier ein. Eigentlich waren die Räume nicht verwohnt, sondern nur deshalb so heruntergekommen, weil man sie den Mäusen und Siebenschläfern überlassen hatte, die auch noch nach meiner Ankunft ruhig herumliefen und lediglich ein wenig erstaunt, nicht aber erschrocken über die Anwesenheit der Arbeiter waren. Und die Spinnen webten überall weiter ihre Netze.

Es war September, und deshalb beschleunigte ich die Arbeiten an der Heizung und an den Fenstern, ich kaufte vierzig Zentner Kaminholz und war ganz darauf eingerichtet, den Winter auf dem Land in Umbrien zu verbringen. Ich war nicht sicher, ob ich ein Telefon legen lassen sollte, aber dann entschloß ich mich doch dafür und ließ auch, gut versteckt, eine Fernsehantenne auf dem Dach anbringen. Ich transportierte von Rom alle Möbel aus der Wohnung in der Via Sicilia hierher; die Wohnung überließ ich, mit Ottavios Einverständnis, Hödler zur Verwaltung.

Ende Oktober, als die Tischler, Anstreicher, Polsterer, Elektriker und Klempner noch alle an der Arbeit waren, zog ich endgültig nach Poggio Arrigo und begann, die anderen sechs Fliegenden Steine zu malen. Abgesehen von den Mahlzeiten, die ich in einem kleinen Restaurant an der Straße nach San Lorenzo Nuovo zu mir nahm, arbeitete ich den ganzen Tag lang an meinen Bildern. Ich malte Fälschungen, denn sie gehörten zu einer Periode und zu einer Manier, die ich inzwischen aufgegeben hatte. Kurz gesagt, nachdem ich ein falsches mittelalterliches Kastell gekauft hatte, war ich nun dabei, auch meine Malerei zu fälschen. Ich lebte in der totalen Fiktion und fühlte mich unendlich wohl.

Im Dezember waren noch ein paar unwesentliche Kleinigkeiten im Haus zu machen, das Übermalen einiger Rombenmuster, von Feuchtigkeitsflecken beschädigt, die Säuberung der Kaminschornsteine, in denen Vogel- und Hornissennester steckten, das Anbringen einiger Vorhänge und ein paar Umstellungen bei der Einrichtung, die ich auf gut Glück mit den aus Rom hergebrachten Möbeln vorgenommen hatte. Sonst glänzte alles und war neu. Ich hatte auch eine Zugehfrau gefunden, eine stille Dreißigjährige, die nur hin und wieder ein Lied pfiff. Solide, energisch und ohne Worte. Jetzt hätte ich sogar meine Freunde zu einem Einweihungsessen einladen können, mit Hilfe eines Restaurants in Orvieto, das für derartige Dienste außerhalb der Stadtmauern ausgerüstet war. Warum nicht?

So kam es, daß ich die Personen durchging, die ich hätte einladen können, die Freunde, die ich gerne um mich hätte, um meine neue Residenz, mein Kastell einzuweihen. Mir wurde sofort bewußt, daß ich zwar viele Leute kannte, viele Kritiker, viele Journalisten, viele Kunsthändler, viele Maler, aber Freunde, wo waren sie? Wer waren meine Freunde? Freundschaft ist eine Ansammlung starker und widersprüchlicher Gefühle, ist Vertraulichkeit und Argwohn, ist Großzügigkeit und Egoismus, ist Wohlwollen und Abneigung. Wie viele Menschen, die ich kennengelernt und über viele Jahre hinweg immer wieder gesehen hatte, konnte ich meine Freunde nennen? Wieder ging ich all meine Bekannten durch, größtenteils wunderbare und aufrichtige Menschen, aber die Liste zeigte nicht einen echten, zuverlässigen Freund. Bitter mußte ich mir eingestehen, daß ich keine Freunde hatte, auch nicht einen einzigen. So war die Lage.

Ich verschloß mich in meinem Atelier und arbeitete den ganzen Winter hindurch. Nach den sechs Bildern der Fliegenden Steine malte ich alle nur möglichen Variationen des Versteinerten Waldes, ein neues Thema über phantastische Versteinerungen, über natürliche Archäologien. Ocker als vorherrschende Farbe, mit einigen Tupfern Weiß und Smaragdgrün und viel Vordergrund, kaum Himmel. Ich hatte völlig das Gefühl für Zeit verloren, arbeitete bis tief in die Nacht, schlief am Tag, aß, wenn ich Hunger hatte. Hin und wieder ging ich hinaus, um mir die Beine zu vertreten, dann machte ich mich wieder an die Arbeit.

Manchmal ruhte ich mich bei entspannender Lektüre aus, Bücher, die ich von Rom mitgebracht hatte, vor allem Romane. Ich vergnügte mich damit, Landschaftsbeschreibungen zu lesen und sie mir gemalt vorzustellen. Viele davon, wären sie auf Leinwand übertragen worden, hätten den Ruf eines jeden Malers zerstört.

Eines Tages hielt ich bei der Beschreibung eines Mädchens inne, die den Rauch durch die Nase ausblies, eine unsinnige Szene aus einem alten italienischen Roman, sublim in ihrer Albernheit und Seichtheit. Völlig grundlos war ich davon verzaubert, oder vielleicht war es gerade dieses Seichte, das mich verführt hatte. Es war kein Gegenstand für die Malerei, es war keine Literatur, es war nichts. Ich war von diesem Nichts verzaubert und berichte es einfach nur so, ohne Grund und ganz unbesorgt.

Ich wurde mir bewußt, daß ich ganze Tage verbrachte, ohne auch nur ein Wort zu sagen, und deshalb übte ich mich darin, mit den geflügelten Engeln zu sprechen, die am Tag durch mein Atelier schwebten, oder mit den Teufeln der Versuchung, die in der Nacht kamen. Ich fragte sie nach ihrer Meinung über die Ephemeriden, die durch den Äther auf meinem Fernsehbildschirm auftauchten. Ich versuchte, die gerechte Mitte zwischen der Ansicht der Engel und der Ansicht der Teufel zu finden. Manchmal stellte ich ihnen auch Fragen zu meinen Bildern, bat sie um Rat und Kritik. Die Teufel waren wesentlich aufmerksamer und scharfsinniger als die Engel.

Ein Journalist, der mich nach der Ausstellung in Ferrara interviewte, hatte geschrieben, ich hätte das intelligente Gesicht eines Uhus. Vielleicht sollte das ein Kompliment sein, aber im ersten Augenblick gefiel mir dieser Ausdruck nicht. Eine Hakennase, die im übrigen schön ist, reicht nicht aus, um mich mit einem Uhu zu vergleichen. Haben Adler und Falken etwa keinen gebogenen Schnabel wie meine Nase? Warum verglich er mich also nicht mit einem Adler oder einem Falken? Das Bild des Journalisten war zwar vom bildlichen wie vom psychologischen Standpunkt aus falsch, hatte aber eine nächtliche Neigung genau getroffen, die sich hier, im falschen mittelalterlichen Kastell von Poggio Arrigo, wollüstig entfaltete. Dem Tageslicht zog ich das künstliche Licht der Lampen vor. Seit langer Zeit hatte ich die Angst vor dem Dunkel überwunden und machte nächtliche Spaziergänge bis zum Kastanienwald in der Nähe. Dort gab es wirkliche Uhus, Eulen und Schleiereulen, die mich aus weit aufgerissenen Augen von den Ästen her ansahen und dann unversehens mit düsterem Flügelschlag davonflogen. Das anhaltende Schreien der Eulen konnte man nachts aus den Bäumen im Garten hören, und einmal bemerkte ich, wie mich ein Uhu, draußen auf der Fensterbank sitzend, mit seinen großen, verlorenen Augen anblickte. Bruder Uhu, komm in mein Haus, ich gebe dir Brotkrumen und male für dich Fliegen, Spinnen und Tausendfüßler. Doch Bruder Uhu flog davon, als ich mich dem Fenster näherte. Seitdem hat meine Bewunderung für den Heiligen Franziskus zugenommen, der Vögel und Wölfe verzauberte, der Glückliche. Ich ließ den einen oder anderen Uhu zwischen die Stümpfe meines Versteinerten Waldes ein, auf der Suche nach Freundschaft.

Diesen einsamen Winter, den ich im Kastell von Poggio Arrigo mit dem Malen der Bilderserie über den Versteinerten Wald zugebracht habe, kann ich rückblickend als eine glückliche Periode in meinem Leben bezeichnen. Zum Teufel mit der Freundschaft.

Der versteinerte Wald

Das Sujet des Versteinerten Waldes stellte sich nach der ersten Begeisterung als schwierige und risikoreiche Wahl heraus. Ich mußte zugeben, daß ich den ganzen Winter über damit verbracht hatte, immer wieder das gleiche Bild zu malen, mit unendlichen Variationen, doch ohne die traumwandlerische Erfindungskraft, das Flügelschlagen und die Vibrationen, die andere Sujets in mir ausgelöst hatten. Das Repertoire antiker Ruinen ist ein nie versiegender Quell kombinatorischer Einfälle. Türme, Säulen, Statuen, Galerien, Inschriften, Mauern, Sarkophage waren für mich die Buchstaben eines Alphabets, aus denen ich meine malerischen Phantasien zusammensetzte. Und jede Form entstand unter einem anderen Licht und einer anderen Perspektive. Für die Serie des Versteinerten Waldes hatte ich Stümpfe, Stümpfe und nochmals Stümpfe gemalt. Ich konnte die Form, die Anordnung, die Farben variieren, aber es blieben immer versteinerte Stümpfe. Einmal wollte ich das Ensemble der Stümpfe so anordnen, daß sie aussahen wie die Säulenstümpfe einer verfallenen gotischen Kathedrale, doch nach einer Woche Arbeit wurde mir klar, daß dies eine Idee war, die sich leicht aussprechen, aber fast nicht malen läßt. Und ich durfte mich auch nicht der Gefahr aussetzen, in die ultradekadente Romantik Caspar David Friedrichs abzugleiten. Eine Falle.

Es kommt selten vor, daß ich aufgebe und mich entschließe, ein Bild abzubrechen, doch dieses Mal mußte ich die Niederlage hinnehmen. Ein paar Tage lang dachte ich, ich sei in die Sackgasse geraten, die man als Niedergang oder als Hindämmern des Künstlers bezeichnet und die einem Temperaturabfall, einem allmählichen Ausbrennen jenes inneren Fiebers entspricht, das, wenn es sich mit einer soliden Könnerschaft und der einen oder anderen List verbindet, das diabolische Wunder der Kunst hervorzubringen vermag.

Nach der anfänglichen Begeisterung und den nächtlichen Phantastereien, immer schon Bestätigung und Trost für meine Einfälle, war ich dermaßen verunsichert über den Versteinerten Wald, daß ich mich entschloß, einer großen Ausstellung, die ich auf Einladung der Stadt Florenz vorbereiten sollte, eine kleine Ausstellung von zwölf Bildern, dazu zwei noch unfertige, im gerade restaurierten Kloster von San Giovanni in Orvieto vorausgehen zu lassen.

Möglicherweise aufgrund des Erfolgs von Ferrara zog auch diese Ausstellung das Publikum an. Um das Kloster von San Giovanni im Zentrum der mittelalterlichen Altstadt mußte die Stadtverwaltung Polizisten aufstellen, die den Verkehr regelten und die Autos zum Parkplatz an den alten Wehrgängen wiesen. Außer den aus Rom angereisten Besuchern und Kritikern kamen Scharen von Orvietanern, nicht so sehr wegen der ausgestellten Werke, sondern weil sie den verrückten Maler sehen wollten, der das Kastell von Poggio Arrigo gekauft hatte. Ich bin eitel und habe nichts dagegen, im Mittelpunkt der Aufmerksamkeit zu stehen, aber diesmal bereiteten mir die sonst so diskreten und zerstreuten Orvietaner eine peinliche Enttäuschung. Kurze Blicke im Vorübergehen auf die Bilder und niederschmetternde Blicke auf mich. Ich spürte ihre Augen auch im Rücken, von überallher, auf meiner Kleidung, meinen Schuhen, meinen Händen. Ich war verärgert, denn ich möchte ein Objekt der Bewunderung sein, kein Kuriositätenkabinett.

Auch in Orvieto wiederholte sich das Ritual der Interviews, eine Pflichtübung für den Erfolg. Ich konnte die Journalisten nicht enttäuschen, und deshalb machte ich das inzwischen zur Plage gewordene Spiel der Metaphern mit: Der Versteinerte Wald mußte notwendigerweise Zeichen und Symbol für etwas anderes sein, für die künftige Versteinerung unserer Zivilisation, eine apokalyptische Vision des ausgedörrten Planeten oder sogar eine Rückkehr zur Steinzeit, wie meine Gesprächspartner mir unverfroren vorschlugen. Ich hätte sagen können, der Versteinerte Wald symbolisiere gar nichts, sei einfach nur ein Bild unseres Planeten: So und nicht anders sähe ich die Welt – ein tragisches fossiles Bühnenbild. Doch wozu die Klugheit und die Phantasie enttäuschen, die andere auf meine Bilder übertrugen?

Die beiden unfertigen Bilder, die ich als Abschluß der Ausstellung aufgehängt hatte, riefen nicht den Verfremdungseffekt hervor, den ich mir erhofft hatte. Keinerlei Überraschung, der eine oder andere allgemeingehaltene Kommentar, keinerlei Fragen. Irgend jemand dachte sogar, ich zeigte sie wegen der Eile, mit der die Ausstellung zustande gekommen war.

Ich ließ mich nicht mehr als einmal am Tag in den Räumen des Klosters sehen, und die übrige Zeit schloß ich mich in Poggio Arrigo ein, um neue Bilder zu malen, wieder steinerne Stümpfe, und um mich um den Garten zu kümmern, den ich völlig verwahrlost vorgefunden hatte. Entlang der Umfassungsmauer pflanzte ich nach Süden hin eigenhändig sechs Rosensträucher des Typs Bracteata, die in wenigen Jahren, wie mir die junge Gärtnerin in Fabro gesagt hatte, die Mauer vollständig überwuchern würden. Die Bracteata ist eine Jahr für Jahr blühende Wildrose mit weißen Blüten, aus fünf Blütenblättern bestehend, hell leuchtend, mit dunklem immergrünem Laub. Im schattigeren Bereich um die Zeder des Libanon herum ließ ich zwei rote Pfingstrosensträucher pflanzen. Bei diesen Sträuchern braucht man viel Geduld, sagen die Chinesen, und vor allem darf man sie nicht allzuoft ansehen, weil sie sonst scheu werden und nicht mehr wachsen. Es sind empfindliche und trotzige Blumen. Sie blühen nur im Frühjahr, eine herrliche Blüte, aber von kurzer Dauer.

Ich wünschte mir für meinen Garten ein paar Blumen oder Früchte für den Winter, wenn die Vegetation vor Kälte grau und erstarrt ist. Ein hoher Erdbeerbaum mit dunklen, lanzettenförmigen Blättern, der sich genau im Dezember mit kleinen roten Beeren überzieht. Bordüren aus Steinbrech, der den ganzen Winter über blüht und sich im Sommer mit großen, glänzenden Blättern über die Erde ausbreitet. Sechs Kameliensträucher der weißen Sassanque, die von November bis Januar fröhlich vor sich hin blühen, wenn dann endlich die gewöhnlichen Kamelien Knospen zeigen.

Während sich auf der Staffelei die braunen Stümpfe des Versteinerten Waldes vermehrten, machte ich mir Gedanken, wie ich Blumen, Blüten und Farben zu jeder Jahreszeit im Garten haben könnte. Der Gärtner von Chiusi, der gekommen war, um die alten und etwas mitgenommenen Linden und Steineichen zu beschneiden, sagte mir, die Lage des Gartens sei gut, die Erde weich, die Feuchtigkeit ausreichend, und die Máuer diene als Schutz gegen den Wind, der in allen Monaten des Jahres um den genau in der Richtung des Flußtals des Paglia gelegenen Poggio fegte. Ich hatte in einem Buch alter persischer Weisheiten gelesen: »Das Reich dieser Welt ist auf Wind gebaut und muß vergehen.« Diese weisen Alten reden sonderbar, sagte ich mir, zum Teufel mit ihrer idiotischen Weisheit. Für den Augenblick ist die Welt noch nicht vergangen, ich sitze hier in meinem Kastell aus solidem Basaltstein, und willkommen sei mir der Wind, vor allem der Nachtwind, wenn er um die Zinnen des Turms spielt und in den Zweigen der Linden lispelt. Der Wind ist mein Freund, er ist ein lustiger Bote, der mir freundliche Stimmen aus fernen Regionen zuträgt. Wenn das Reich dieser Welt auf Wind gebaut ist, dann bin ich beruhigt, denn der Wind wird mich nicht verraten, mein Reich wird nicht vergehen. Doch wer weiß, was dieser alte persische Weise sagen wollte, die nämlich sagen eines und meinen etwas anderes, sie sind nicht vertrauenswürdig, sie sprechen mit zwei Zungen, in Rätseln, ihre Worte enthalten viel Unterschwelliges. Viele Jahre zuvor hatte ich zu einem Journalisten im Scherz gesagt, man dürfe den Ländern nicht vertrauen, in deren Name das Lateinische »ira«, Zorn, auftauche, wie beim Iran und beim Irak, das alte Persien und das alte Mesopotamien. Nach wenigen Jahren würden sich in diesen Regionen zerstörerische, blutige Kriege entfesseln. Ein dauernd schwelender Herd, ein unversöhnlicher Zorn. Welche Weisheit kann aus diesen Ländern des Zorns schon zu uns kommen?

In einer Ecke des Gartens hatte ich einen Rosenbusch entdeckt, der einsam und vergessen vor sich hin kümmerte. Ich hatte mich selbst um ihn bemüht, ihn geschnitten und die Erde umgegraben, ihn mit Ochsenblutmehl gedüngt und reichlich gewässert. Im September hatte er sich erholt, und in den ersten Oktobertagen schenkte er mir eine einzige, wunderschöne Blüte, eine weißrot-gesprenkelte Rose. Der Gärtner hatte sie als eine Gallica Versicolor erkannt, die älteste unter den gesprenkelten Rosen. Ich nahm diese Blüte und brachte sie in mein Atelier. Sie blieb einige Tag lang auf einem kleinen Tisch, ohne zu verblühen, eine Gegenwart von Farbe und Frische, die meinen Blick auf sich zog. Ich lenkte mich ein bißchen ab, aber dann senkte sich mein Blick erneut auf diese so leuchtende und frische Rose. Sie posierte für mich, sie wollte gemalt werden. Als sie zu welken begann, entschloß ich mich, sie zu malen, um die Erinnerung an sie zu bewahren.

Zum ersten Male eine Blume. Das ist nicht sonderbar, es gibt viele Künstler, die nie eine Blume gemalt haben, ich denke an Kandinsky, Mondrian, Klee, auch an De Chirico und an einige von den alten Malern wie Mantegna und wer weiß, wie viele andere. In wenigen Stunden malte ich eine herrliche Rose, leicht angewelkt, »décadent« hätte der englische Kunsthändler gesagt, der in meine Fliegenden Steine vernarrt war.

Dieses kleine, aus der Hand geschüttelte Porträt der Gallica-Rose hatte mir meine außergewöhnliche Geschicklichkeit für Blumen enthüllt. Aber gerade deshalb durfte ich nicht der Versuchung erliegen, weitere zu malen. Nicht für alles Gold der Welt durfte ich der Verlockung nachgeben. Ich wußte, daß dieses kleine Bild mit der festlichen, unschuldigen Darstellung einer Rose eine Gefahr für mein künstlerisches Ansehen bedeutete, das ich mir in Jahren geduldigen und vom Glück begleiteten Schaffens erarbeitet hatte. Ich war zum Sklaven meines Stils, meiner Sujets, meiner Farben geworden, eine kohärente und kompakte Malerei, wie ein Block roten Granits oder schwarzen Diorits, Steinen, die die alten Ägypter benutzten, um ihre Gottheiten darzustellen. Ich konnte meine Einheit nicht plötzlich zerstören wegen einer Rose mit dem Namen Gallica Versicolor.

Ich ließ das Bild rahmen und hängte es an die Wand eines von wenig Licht erhellten Korridors. Auf die Rückseite der Leinwand setzte ich in die linke untere Ecke den Namen einer Göttin aus dem Pantheon der Ägypter, Nepthys, und natürlich das Datum. Wenn Poggio Arrigo nach meiner Flucht in die Schweiz ausgeraubt wird, hoffe ich, daß die Diebe das kleine Bild so lange aufbewahren, bis meine Kladde veröffentlicht ist. Dann wird man wissen, daß die von mir liebevoll im Garten umhegte und ebenso liebevoll auf Leinwand dargestellte und an einer Wand meines Kastells aufgehängte Gallica-Rose ein einmaliges, geheimes Stück ist. Bewahre dieses Bild auf, du vom Glück begleiteter Dieb, wie einen in einem Grab gefundenen Schatz, doch wenn du dich entschließen solltest, es zu verkaufen, mußt du wissen, daß du ein durch diese Zeilen authentifiziertes Unikat in Händen hältst und für dieses kleine Gemälde eine beachtliche Summe bekommen kannst.

Die Gestaltung des Gartens von Poggio Arrigo war eine große Ablenkung und möglicherweise eine große Freude, auch wenn ich zögere, dieses Wort niederzuschreiben. Ich durchblätterte Gartenkataloge und Ratgeber, die anerkannten Bücher über Rosen, Kamelien, Päonien, aber auch über Bäume und Sträucher. Tag um Tag lernte ich die Geheimnisse der Pflanzenwelt kennen, nicht nur durch Buchillustrationen, sondern auch während meiner Spaziergänge, die die langen Arbeitsstunden vor der Staffelei unterbrachen. Ich hatte gelernt, den Wald zu entziffern und das Unterholz, Blätter und Blüten der Bäume, ich erkannte die Bäume an ihren Blättern, im Winter allerdings auch an der Rinde und an der Verstrebung des Astwerks, ich verglich die Blätter, die ich aus dem Wald mitbrachte, mit den Illustrationen, ich nahm mit Sympathie und Antipathie am Pflanzenleben teil wie an Menschen.

Hinter Poggio Arrigo führte ein kleiner steiniger Weg in eine dichte Waldung, die sich über zehn Hektar erstreckte und die ich zusammen mit dem Haus erworben hatte. Hier fand ich wild wachsende Sträucher von Buchsbaum und Erdbeerbaum, Steineiche und Schneeball. Ich versuchte, dem alten Gärtner, der die Erde um die Rosen und um die Sträucher im Garten auflockerte, die Geheimnisse der Gärtnerei zu entreißen: der Blütenwechsel im Jahresverlauf, Bodenbeschaffenheit und Düngemitteleigenschaften, Zeitpunkt und Art des Zurückschneidens, Möglichkeiten der Schädlingsbekämpfung. Ich traf die Wahl der Jahreszeitenblüte in Verbindung mit Farben, die ich entsprechend einer meiner Malerei völlig unbekannten Malerpalette zusammensetzte, beseelt von einer neuen Macht, die in der Abgeschiedenheit herangewachsen war und Kraft bekommen hatte. Viele Stunden am Tag malte ich eine versteinerte Welt, über Tausende von Jahren verwittert, dürre Abbilder untergegangener Kulturen, das Auslöschen der durch die Zeit eingeäscherten Generationen, dynastische Reliefs, die in wenigen Inschriften ohne Geschichte bruchstückhaft hervortreten, Mysterien und Delirien unentzifferbarer Formen. Ich unterbrach meine Arbeit und empfand die Freude an der Vegetation, die von der Erde ausströmende Lebendigkeit der Pflanzen, die andauernden Überraschungen neuer Blüten, die Abstufungen und Kreuzungen von Farben, das sich erneuernde Wunder des Wachsens. Eine Freude, die auch der Schreckensvorstellung standhält, daß sich in der Natur alles wiederholt, seit die Welt besteht. Nur das Universum der Düfte blieb mir aufgrund meiner Allergie unzugänglich. Der Gärtner zeigte mir eine Blume und sagte, riechen Sie nur, was für ein Duft, und hielt sie mir unter die Nase. Ich atmete tief ein, wobei ich die Augen schloß, als wäre ich berauscht von diesem Duft, ich gab sogar meine Kommentare ab und sagte, sie duftet allzu süß, allzu intensiv, man wird ganz benommen. Ich schämte mich, daß ich keinen Zugang zu den Freuden des Geruchssinns hatte, daß ich Blumen ausschließlich aufgrund einer Freude der Augen lieben konnte. Fremdartige Farben für meine Malerei und Düfte, die meinen schlecht entwickelten Geruchssinn nicht erreichten.

Nur wenigen Leuten hatte ich meine neue Adresse von Poggio Arrigo gegeben, noch wenigeren meine neue Telefonnummer. In Poggio Arrigo verwirklichte ich endlich meinen Hang zur Einsamkeit, ich hatte meine Verbindungen zur Außenwelt auf Null gebracht, außer für Arbeitsmitteilungen. Ich hasse es, Briefe oder Telefonanrufe zu erhalten. Ich fürchte mich vor schlimmen Nachrichten, mir reichen schon die in den Zeitungen, die ich jeden Morgen mit äußerster Vorsicht durchblättere, Seite für Seite, als begäbe ich mich auf vermintes Gelände und schwebte immer in Gefahr, beim nächsten Schritt in die Luft zu fliegen.

Es ist mir immer, fast immer gelungen, aus meiner Erinnerung die schrecklichen öffentlichen Ereignisse zu löschen, durch die ich im Verlauf meines Lebens gehen mußte. Als ich beim Register der Gefallenen arbeitete, glaubte ich, in meiner Person alle Leiden Italiens zu vereinen, doch wenn ich heute mein Unbehagen von damals analysieren sollte, müßte ich einräumen, daß die Ursache dafür nur teilweise im Erbarmen für diese Unglücklichen bestand, die an den Kriegsfronten gestorben waren, für ihre Verwandten und Freunde. Mein Unbehagen war größtenteils auf das Entsetzen angesichts des Schauspiels der Zerstörung, auf eine instinktive Abneigung gegen Gewalt zurückzuführen, so wie mich der Terrorismus und die Drogen in späteren Jahren wegen des Chaos aufgewühlt haben, das sie in die Welt brachten, und nicht wegen der Schmerzen für die Opfer. Zwei frontal zusammenstoßende Autos sind für mich das stete Sinnbild jeder nur möglichen Katastrophe, und ob nun jemand am Steuer sitzt und beim Zusammenstoß stirbt oder ob zwei leere Wracks aufeinanderprallen, ich leide gleichermaßen. Der Knall des Aufpralls verfolgt mich auch nachts, plötzlich schrecke ich hoch wegen des Blechgetöses, doch das menschliche Blut habe ich ausgelöscht.

Über das Rot des Bluts habe ich einen blauen Schleier gebreitet, blau wie der strahlende Himmel oder wie der Mantel der Jungfrau Maria. Zynismus und Feigheit, ich weiß nicht, welche anderen Wörter ich noch gebrauchen könnte, leiten meine Beziehungen zur Welt. Ich glaube, wenn viele Menschen sich ernsthaft erforschten, würden sie sich ungeheuer schämen, aber jetzt spreche ich ja nicht von anderen, ich eile meinen fliehenden Gedanken nach, um sie auf ihre Klarheit festzulegen. Kurz und gut, ich möchte niemals einen so verachtenswerten Menschen kennenlernen oder gar mit ihm Umgang haben, der, gemessen an meinen Gedanken über die Wahrheit, so dasteht wie ich.

Post, die noch an meine römische Adresse gerichtet war, wurde mir vom Portier nach Poggio Arrigo nachgeschickt. Es waren meist Einladungen, eine Lawine von Einladungen jeder Art: Ausstellungen moderner und alter Malerei, Ausstellungen von Möbeln, Teppichen, Porzellanen, Uhren, Schmuck, Modeschauen, Vorstellungen von Büchern, sogar Einladungen für Wein- und Wurstausstellungen. Dazu Einladungen von Botschaften der halben Welt. Meine Adresse war in den Kreislauf römischer Einladungen gelangt, und die Flut der kleinen Billetts war inzwischen unaufhaltsam. Ich habe immer alle Einladungen geöffnet, die mir ein flüchtiges Abbild dieser Welt boten, der ja auch ich, trotz meiner Abgeschiedenheit, angehöre. Doch eines Tages war im Briefkasten, mitten unter den aus der Via Sicilia nachgesandten Einladungen, ein Luftpostumschlag mit einer kanadischen Briefmarke. Eine böse Vorahnung drang durch das Schutznetz, das ich um meine Einsamkeit gewebt hatte. Aus dem Umschlag zog ich ein dünnes, mit blauer Tinte beschriebenes Blatt.

»Lieber Bruder, ich muß Dir mitteilen, daß unser Vater heute morgen, am 11. März um 11 Uhr, in der Gnade Gottes und der Heiligen Kirche im St. Andrew Hospital in Vancouver, von wo aus ich Dir schreibe, friedlich entschlafen ist. Bereits seit über einem Jahr litt er an ›tiefem Herzen‹, wie man hier eine Krankheit bezeichnet, die ich nicht gerne mit ihrem klinischen Namen nennen möchte, und diese Krankheit hat unseren Vater ins Grab gebracht. Ich möchte Dir jetzt zu Deiner Kenntnisnahme sagen, daß wir während der langen Jahre seines Exils in Kanada zusammengelebt haben, im selben Haus, und aus diesem Zusammenleben ist mir seine Gestalt wesentlich komplexer erschienen, als ich es mir vorstellen konnte, wenn ich ihn bei seinen eiligen Besuchen in der Hauptstadt sah. Es fällt schwer zu glauben, daß ein bis dahin völlig in seiner Bauunternehmer- und Finanztätigkeit aufgehender Geschäftsmann in diesem Land zu einem treuen Besucher des Tempels der Familie wurde, dem er sein Ansehen, seine Freiheit und sogar seinen Namen geopfert hat. Das durch den Bankrott notwendig gewordene Leben im Verborgenen war nicht nur ein Opfer für ihn, sondern auch für uns, die wir nicht nur die praktischen Auswirkungen hinnehmen mußten, sondern auch die Ideologie. Ich weiß, daß ich mich ungeschliffen ausdrücke, aber ich versuche nur, Dir kurz den Sinn zu vermitteln, den unser Vater seinem Leben in den Jahren, die er in diesem Land gelebt hat, zu geben versuchte, bis der Keil des Todes in unser Haus eingedrungen ist. Ich bin nicht einmal sicher, ob ich, ich will nicht sagen alles verstanden habe, was an sich unmöglich ist, aber doch das Wesentliche. Um seine Gestalt bleibt etwas Geheimnisvolles, aber das war, so glaube ich fest, sein Wunsch, und deshalb sollten wir dieses Geheimnisvolle hinnehmen und für seinen Frieden beten. Ich wäre Dir dankbar, wenn Du diese Nachricht meinen Brüdern und den Freunden mitteilen würdest. Ich werde Dir wieder schreiben, wenn alle praktischen Angelegenheiten erledigt sind. Entschuldige das lange Schweigen, aber der Ozean, der uns voneinander trennt, hat ein weiteres Hindernis für das Gespräch zwischen uns errichtet, das mit meiner Abreise unterbrochen wurde. Ich weiß nicht, was ich Dir sonst noch sagen könnte. Die Verlegenheit, die Verwirrung und der Schmerz lassen mich nicht die richtigen Worte für dieses traurige Ereignis finden.

Eine Umarmung von Deinem Vittorio.«

Ich las den Brief noch zwei- oder dreimal, ungläubig und erschüttert. So war mein Vater also ein erstes Mal in Ägypten gestorben und jetzt, ein zweites Mal, in Kanada. Und da war er wieder, der Dämon der Wiederholung, der mich bei einer schmerzvollen Gelegenheit verfolgte, und wiederum war etwas geschehen, das ich den Bahnen meiner Erfahrung nicht zuordnen konnte. Und doch verhielt es sich so: Vittorios Mitteilung leugnete plötzlich eine Erfahrung, die ich voller Beklemmung und Schmerz durchlebt hatte. Ägypten, Kanada: Der lange Schatten meines Vaters fiel aus fernen Ländern bis auf mich. Ich hielt das Blatt in der Hand, und meine Hände zitterten. Ich war fassungslos angesichts der Nachricht über diesen zweiten Tod, der mich jetzt zwang, ein gnadenloses und schmerzvolles Drehbuch im Abstand von einiger Zeit und aus geographischer Ferne zu wiederholen, mir allerdings die Möglichkeit verwehrte, den Zusammenprall der Gefühle unter Kontrolle zu halten und abzuschwächen.

Meine in die Zukunft gerichteten Projektionen, in die ich meine ganze Energie gesteckt hatte, und das völlige Aufgehen in meinen fest gefügten, gemalten Fiktionen wurden durch einen kurzen Brief Vittorios durcheinandergebracht, der mich unvermittelt zwang, noch einmal mit einer Vergangenheit voller Irrtümer, Verweigerungen, Zweideutigkeiten, Verstellungen, Heucheleien und Machtlosigkeiten abzurechnen.

Ich ging in den Garten, um nach Luft zu schnappen. Zwei Amseln, die unter den Rosensträuchern an der Umfassungsmauer herumgehüpft waren, stoben davon und versteckten sich weiter drüben zwischen abgeschnittenen Zweigen. Immer wieder hatte ich mir gesagt, daß ich nicht in die Falle der Gefühle tappen dürfe, und immer wieder hatte ich mich meiner Vorsätze geschämt, so daß mich die Rettung vor der Falle mehr gekostet hat als der Sturz in die Falle, der ich auszuweichen vermochte. Ich hatte den Brief kaum gelesen, als ich bereits entschlossen war, nicht nach Kanada zu reisen, so wie ich nach Ägypten gereist war. Vittorio selbst riet mir ja davon ab, indem er mir einen nachfolgenden Brief versprach, von dem ich jede weitere Entscheidung abhängig machen wollte.

Wieder nahm ich den Brief und las ihn noch einmal, so wie man einen Koffer aufmerksam betrachtet, in dem man einen doppelten Boden vermutet. Bei diesem erneuten Lesen kamen einige Bosheiten Vittorios ans Licht, die in diesem Zusammenhang und nach so vielen Jahren des Schweigens erstaunlich waren. Warum hatte er den Tempel der Familie genannt, und also meinen Vater als dessen ausübenden Priester? Das war eine alte Geschichte. Worauf sie zurückging, habe ich nie gewußt, aber jahrelang waren viele der Meinung, ich hätte mit der Freimauerei zu tun. Eine völlig unbegründete Vermutung, vielleicht hervorgerufen durch eine Aura des Geheimnisvollen, die mein Leben immer umgeben hat und mehr von der Einsamkeit kam, in der ich alle meine Entscheidungen getroffen habe, als von geheimnisumwittertem Verhalten. Mit dem Hinweis auf den Tempel und auf das Opfer des Namens wollte Vittorio sicher zu verstehen geben, daß er, trotz der Entfernung, über unsere Familiengeheimnisse auf dem laufenden war. Die Vermutung, daß mein Vater Freimaurer war, konnte ich wirklich nicht überprüfen. Wahrscheinlich war er einer, und das ist vielleicht der einzige Grund, daß man auch mich für einen hielt. Über Freimaurerei habe ich zu Hause nie sprechen hören, doch es ist ja bekannt, daß Freimaurer nie über Freimaurerei sprechen, und wenn sie befragt werden, leugnen sie ihre Zugehörigkeit, so wie es der Schwur verlangt. Auf die gleiche Weise müßte ich es jetzt leugnen, gesetzt den Fall, ich wäre wirklich Freimaurer, was böse Zungen sich seit Jahren zuflüstern.

In seinem Brief schrieb Vittorio einfach »unser Vater«, als wäre das eine ausgemachte, akzeptierte Sache. Was ließ ihn eigentlich vermuten, daß ich über das Verhältnis seiner Mutter mit meinem Vater informiert wäre? Weil er in diesem Brief ein so heikles Thema nicht behandeln konnte, hatte er die intelligenteste Lösung gewählt, die darin bestand, dies ganz einfach und ohne Kommentar anzukündigen. Für den Fall, daß ich nichts darüber wußte, hätte ich es ohne allzu große Schwierigkeiten und, nach so vielen Jahren, ohne besondere Gefühlsaufwallung zur Kenntnis nehmen können.

Aber da war noch etwas anderes, das mich fassungslos machte und den Tod meines Vaters zum zweiten Mal an eine banale, aber doch entscheidende Unbekannte knüpfte: das Fehlen einer Anschrift sowohl im Brief wie auf dem Umschlag. Es stimmt zwar, daß Vittorio versprach, mir wieder zu schreiben, aber wann? Und warum wollte er mir jede Anlaufstelle versagen? Ganz sicher wollte mein Halbbruder keine Beziehungen zu mir haben, aber was hinderte ihn daran, mir zu sagen, wo mein Vater beerdigt wurde?

Nein, ich würde nicht nach Kanada fahren. Ich wollte keine so sinnlose, enttäuschende Erfahrung wie in Ägypten noch mal machen. Ich würde nur dann nach Vancouver fliegen, wenn Vittorio mir erneut schriebe und mir mitteilte, wo unser Vater begraben war.

Ich schrieb einen Brief ans St. Andrew Hospital und erhielt ungefähr zwanzig Tage später die Antwort. Man sagte mir, daß keine Person dieses Namens im Februar dort verstorben sei, auch nicht während des laufenden Jahres. Sicher war mein Vater unter falschem Namen nach Kanada geflohen, dies wurde ja auch aus dem Brief deutlich, aber es kam mir unwahrscheinlich vor, daß es ihm gelungen sein sollte, inkognito zu sterben.

Wieder blieben viele dunkle Punkte über die letzten Lebensjahre meines Vaters nach seiner Flucht aus Italien ungeklärt, außer den spärlichen und allgemeingehaltenen Informationen des Briefs. Letzter Grund für mein Befremden und meinen Verdruß war der Ausdruck »der Keil des Todes«, der sich auf unseren Vater bezog. Wer ermächtigte meinen Halbbruder, derartige Ausdrücke zu gebrauchen?

Wir Moslems

Plötzlich in der Nacht wache ich auf, knipse das Licht neben meinem Bett an und lasse meinen nächtlichen Gedanken freien Lauf wie einer Herde wilder Büffel. Es ist genug, du kannst die Welt nicht nur durch die Bilder deiner Malerei betrachten. Du hast lange genug in den Ruinen Nubiens, in den Nekropolen Ägyptens, unter den transparenten, von fliegenden Steinen durchzogenen Himmeln, zwischen den glatten Stümpfen des versteinerten Walds, in den Schluchten der Vergangenheit oder den beunruhigenden Projektionen der Zukunft gelebt. Unter deinen Füßen und vor deinen Augen gibt es noch eine andere Welt, daran solltest du dich erinnern, denn hier spielt sich dein Leben ab, nicht in deinen Bildern. Ganze Kulturen, aktive, wachsame Länder, Entdeckungen neuer Kontinente, Erforschungen von Tiefen und Abgründen, staunenerregende Metallurgien, Persönlichkeiten, die die Geschichte und die Wissenschaft entscheidend beeinflußt haben, all das fehlt viel zu häufig in deiner Gedankenwelt, deinen Vorstellungen, deinen Gefühlen, als hätte die Hand eines widerspenstigen Gottes die andere Hälfte der Welt aus deinem Horizont gerückt.

Einmal hat man dich einen achtzehnkarätigen Maler genannt, und dieser Ausdruck hat dir, wenn er auch vulgär ist, gefallen, aber du bist immer ein halbierter Mensch geblieben, und nicht einmal alles Gold der Welt könnte die andere Hälfte freikaufen. Gerade durch diese so verunsicherten, so pathetischen Seiten, mit denen du deine Kladde füllst, wird dir doch aufgefallen sein, daß du Dinge erzählst, die um dich herum geschehen sind, aber du würdest einige Schwierigkeiten haben, Dinge zu finden, die deine Gegenwart in dieser Welt außerhalb deiner Bilder bestimmt haben. Ich spreche nicht von großen Unternehmungen, aufsehenerregenden Taten oder außergewöhnlichen Abenteuern. Auch Gefühle, Empfindungen, seien sie gut oder böse, sind in deinem Leben fast nicht vorhanden, abgesehen von einer dauernden Ruhelosigkeit und einem Gefühl der Verunsicherung und der Angst, das über dich kommt, wenn denen etwas zustößt, die dir nahestehen und mit dir durch Verwandtschaftsbeziehungen oder durch Gleichgestimmtheit verbunden sind.

Natürlich übertrieb ich mit diesen immer wiederkehrenden Vorhaltungen, die ich mir vor allem deshalb machte, um selbstkritisch oder selbstbemitleidend das Ausmaß des Interesses festzustellen, das ich meiner Physis entgegenbrachte. Ich war auf der einen Seite, und mein Körper, meine physische Gegenwart, bestand unabhängig von diesem Ich, das ich mir zuweilen als kleine, von jedem Windhauch herumgewirbelte Wolke vorstellte, ähnlich dem Qualm einer Zigarette. Ich muß also, nach der Nachricht über den wirklichen Tod meines Vaters, die Begegnung mit einer Person vermerken, die sowohl meinen Körper als auch meine wölkchenförmige Seele miteinbezog.

Als ich im Kloster von San Giovanni in Orvieto unvermittelt vor einer verführerischen Asiatin um die Dreißig stand, in der ich sofort die junge dunkelhäutige Frau wiedererkannte, die mich in Ägypten zwischen den Säulen von Luxor herumgeführt hatte, und als sie mir in einem etwas steifen, aber klaren Italienisch sagte, sie wolle mich für ›Al-Akhbar‹ interviewen, jene Zeitung, die die Nachricht über den Tod meines Vaters veröffentlicht hatte, tauchten vor meinen Augen Leuchtzeichen auf: Sie begleiten beharrlich meine Beziehungen zur Welt, vorausgesetzt, es gibt eine Welt. Manchmal bin ich in dieser Sache Helfershelfer, doch in diesem Fall war ich in keiner Weise beteiligt. Nichts hatte ich getan, um die junge Frau von Luxor wiederzusehen, ich hatte ihr das Foto des Amsterdamer Bildes nicht geschickt, ich hatte ihr keinen Brief geschrieben, nicht einmal eine Karte. Sie war nach Italien gekommen, nach Orvieto, ins Kloster von San Giovanni, wo meine Bilder ausgestellt waren, unter dem Vorwand, mich zu interviewen. Zum Glück bin ich ein Känguruh, wie Oscar sagte, und ich übersprang das anfängliche Unbehagen der Überraschung, indem ich meine Hände auf ihre Arme legte, um einen vertrauenerweckenden physischen Kontakt herzustellen.

»Hier also ist der Maler und seine Bilder«, sagte ich laut und völlig albern. Damit wollte ich unbefangen wirken.

»Eine Ausstellung voller Magie«, sagte sie mit einem Lächeln, das mehr an die Bilder als an den Maler gerichtet war. »Jetzt begreife ich deine Erregung angesichts antiker Steine und warum du in Luxor so verstört warst.«

Dieses heraufbeschworene Wort, Luxor, jagte mir einen Schauer ein wie eine vor den Augen vorbeigezogene Klinge. Diese fünf Buchstaben hatten den Tod meines Hauptmanns in der Schlacht von Tel Aqqaqir begleitet, und wieder tauchten sie auf bei der ersten Nachricht über den Tod meines Vaters. Jetzt aber hatte ich keine schneidende Klinge vor meinen Augen, sondern eine junge lächelnde Ägypterin, die mir erklärte, wie sie es fertiggebracht hatte, mit der Verpflichtung, ein Interview mit mir zu machen, sich von ihrer Zeitung die Reise nach Italien bezahlen zu lassen.

»Als ich erfahren habe, daß du ein berühmter Maler bist, nahm ich das zum Anlaß für eine Reise nach Italien.«

Ich sagte ihr, ich sei einverstanden, mit ihr über meine Malerei zu reden.

»Auch über dein Leben. Sie wollen ein umfassendes Interview, weil man dich in Ägypten nicht kennt. Umfassend bedeutet ziemlich lang.«

Jetzt war ich unsicher, ob ich sie nach Poggio Arrigo einladen sollte. Doch warum hätte ich es nicht tun sollen? Die junge Ägypterin war freundlich, ihr Blick drückte Bewunderung für meine Person aus, und die Begegnung in Luxor hatte auf nichts Negatives in ihrem Verhalten hingewiesen.

»In Luxor«, sagte sie im Auto, »hast du mich nicht einmal gefragt, wie ich heiße.«

»Dann frage ich dich jetzt.«

»Ich heiße Ayse. Nenn mich bitte bei meinem Namen, nenn mich Ayse, dann werden wir Freunde.«

Sie verwirrte mich mit einer mir völlig neuen Ironie, mit ihrer Anspielung auf gewisse Werbeslogans.

»Ayse.«

»Ja.«

»Ich habe dich bei deinem Namen genannt.«

»Wir sind Freunde geworden.«

Ayse zeigte weder Verwunderung noch Zustimmung für mein Kastell, sie sah sich alles aufmerksam an, mit ihren Augen schien sie still die Oberflächen, die Schatten, das Licht zu fotografieren. Ich wartete auf die eine oder andere Bemerkung, die aber nicht kam, nicht auf dem Weg vom Haupteingang zum ersten Innenflur, nicht auf dem Weg durch den ersten Fensterkorridor in mein Atelier. Hier endlich schien Ayse den Heiligenschein abzulegen.

»Ist dieses Kastell sehr alt?«

Ich wollte ihr nicht sagen, daß es sich um die Fälschung eines mittelalterlichen Kastells handelte.

»Da müssen wir sehen, was wir unter alt verstehen. Verglichen mit euren Ruinen aus der Pharaonenzeit, ist es absolut neu. Aber wann beginnt das Alte? Zu welchem Zeitpunkt wird etwas Neues zu etwas Altem, etwas Antikem? Zum Beispiel beginnt die Geschichte der Moderne in unseren Schulen mit der Renaissance, aber ein Möbelstück, das hundert Jahre alt ist, gilt bereits als antik. Du siehst, wie unsicher der Begriff des Alten, des Antiken ist.«

»Aber was kümmert es uns, ob es alt ist oder nicht? Wenn man es so sieht, ist es märchenhaft, es ähnelt den Illustrationen von Burgschlössern in Kindermärchen.«

»Vielleicht ist es ja von diesen Illustrationen kopiert worden.«

»Ich dachte, diese Illustrationen seien von den Schlössern kopiert worden.«

»In Luxor haben wir einen alten Stein gesehen, der eines meiner Bilder kopiert hat.«

Ayse sah mich sprachlos an, sagte aber nichts. Ich holte sogleich ein Fotoalbum hervor und zeigte ihr die Fotografie des Bildes, das in der Amsterdamer Galerie hing.

»Weißt du, daß ich das nicht glauben wollte?«

»Das war mir klar. Und wenn du es genau wissen willst, nicht einmal ich habe daran glauben können.«

»Er ist wirklich identisch. Dann bist du also ein Magier.«

»Stimmt, als Maler bin ich ein Magier. Im Leben dagegen bin ich ein Känguruh, wenn mir irgend etwas in die Quere kommt, das mir nicht paßt, springe ich mit einem Satz darüber hinweg.«

»Ein Känguruh. Das ist eine schöne Definition.«

»Sie stammt nicht von mir, sie stammt von einem Menschen, der mich haßte.«

Ayse hatte die Waffen für das Interview mitgebracht, einen Notizblock und einen Stift. Denn ein Tonbandgerät hatte ich abgelehnt. Diese Maschinen versetzen mich in einen Spannungszustand mit dem Wort, und das Interview, erklärte ich, würde etwas Steifes und Steinernes werden. Ayse hatte noch eine ironische Bemerkung über das Versteinern gemacht und gesagt, daß Maler immer ihrer Malerei ähnelten.

»Ich habe das Tonbandgerät nicht mitgebracht. Ich bin zwar in die Elektronik verliebt, aber ich kann Ansprachen abhalten.»

»Absprachen einhalten.«

»Ach ja, Absprachen einhalten. Entschuldige bitte mein steinernes Italienisch.«

Wieder Stille. Ich fühlte einen dieser schrecklichen Leerläufe durch kindliche Schüchternheit herannahen, die mich in Gegenwart Fremder vor Scham in den Erdboden versinken lassen.

Als ich sie das erste Mal gesehen habe, sei ich von ihrem ägyptischen Profil ungeheuer beeindruckt gewesen, sagte ich endlich, es gliche dem von Frauen auf antiken Reliefs.

»Ach, und dabei bin ich eigentlich türkischer Herkunft. Mein Großvater kam in den zwanziger Jahren aus der Türkei nach Ägypten, als Kemal Atatürk seine Verwestlichungskampagne eingeleitet hatte. Nicht aus politischen Gründen, sondern aus religiösen. Meine Familie ist moslemisch, wir sind sehr religiös.« Ihre Vorfahren seien Nomaden gewesen und seit Jahrhunderten mit ihren Herden über die Hochflächen Anatoliens gezogen. In ihr stecke noch etwas von ihrer Herkunft, die Neigung zum Vagabundieren, sie sei aber bereit, überall da ihr Zelt aufzuschlagen, wo sie gutes Weideland finde. Ich fragte mich, ob sie ganz zufällig daran dachte, ihr Zelt in Poggio Arrigo aufzuschlagen. Ich lächelte sie an, um nichts von meiner plötzlichen Besorgnis zu verraten. Eine kurze Stille, dann begann Ayse wieder von ihren Reisen nach Griechenland und Spanien zu erzählen.

»In Spanien liebe ich Andalusien, aber nicht wegen der Zigeuner. Unser Nomadentum ist anders, ein Nomadentum der Hirten, rustikaler und sauberer als das Nomadentum der Zigeuner. Wir Türken mögen die Zigeuner nicht.«

»Aber du bist Ägypterin.«

»Mein Großvater hat eine Ägypterin geheiratet, somit ist mein Vater halb Türke und halb Ägypter. Dann hat auch mein Vater eine Ägypterin geheiratet, und somit bin ich nur zu einem Viertel Türkin, doch mein Vater legt Wert darauf, auch Türke zu sein, und ihm zu Gefallen sage ich immer, daß auch ich Türkin bin. Mit den Ägyptern verbindet uns nur die Religion, wir sind alle Moslems.«

Sie erklärte mir, daß sie sich mindestens zweimal am Tag zum Gebet sammle, auch wenn sie im Ausland sei, morgens nach dem Aufstehen und jeden Abend, wenn die Dämmerung eintritt. Aber wenn es sich einrichten ließe, auch ein drittes Mal im Lauf des Tages.

»Wir Moslems«, sagte sie, »wir beten nicht nur und finden im Gebet Kraft und Trost, sondern unsere Religion gebietet uns, daß wir die Ungläubigen bekehren.«

»Ich wäre ein Ungläubiger, deiner Ansicht nach. Wirst du versuchen, mich zu bekehren?«

»Natürlich«, sagte sie, ganz ohne Ironie.

Einer meiner eingestandenen Fehler ist, überhaupt keinen Humor zu besitzen, ich sehe immer und ausschließlich die ernste Seite der Dinge, und manchmal entdecke ich auch da ein Drama, wo keins ist, aber diesmal gelang es mir nicht, ein bei mir äußerst selten vorkommendes Lachen zu unterdrücken. Ayse blickte mich streng an.

»Da gibt es nichts zu lachen.«

Sie war beleidigt.

»Die Vorstellung, Moslem zu werden, kam mir komisch vor.«
»Ich bin eine Moslime. Bin ich deshalb komisch? Wenn ich ein Gebet spreche, fängst du dann an zu lachen?«
Die Unterhaltung nahm eine bedenkliche Richtung.
»Aber woher, in meinem Haus herrscht Religions- und Gebetsfreiheit.«
»Trotzdem kommt es mir vor, als würdet ihr Christen euch schämen, in der Öffentlichkeit zu beten, während wir zufrieden sind, wenn uns jemand beobachtet. In Ägypten gibt es große Lehrer der Religion, sie ziehen herum, um den Koran zu lehren, und zwar in der Öffentlichkeit. Sie kommen sogar in entlegene Dörfer, in die Schulen, in die Fabriken. Jeder öffnet seine Tür, und jeder achtet sie. Das religiöse Gefühl gibt Sicherheit, es erfüllt auch einen Bettler, der im Straßenstaub lebt und seinen Hunger nicht stillen kann. Ägypten ist ein sehr armes Land, und die Religion hilft uns zu leben. Ihr seid Apokalyptiker, eure Religion tröstet die Armen nicht, sondern erschreckt sie. Deshalb vergeßt ihr Katholiken das Gebet und haltet euch von der Religion fern, die euch nur Pflichten und Schmerzen verheißt.«
Pflichten und Schmerzen, sie hatte keineswegs unrecht. Ich war von dieser Predigt verwirrt, von der Entdeckung eines religiösen Gefühls, wie Ayse es zeigte, ohne die Unsicherheit und ohne die Scham dessen, der an einen fernen, unsichtbaren Gott glaubt. Aber ich wußte immer noch nicht, wie ich ihren Gedankengang mit unserer Begegnung für ein Interview über meine Malerei in Zusammenhang bringen sollte.
»Zuerst das Interview oder das Gebet?«
»Das Interview wird lange dauern, das Gebet wird kurz sein. Kann ich mich, bevor ich mit dem Interview beginne, für mein Gebet hinknien und mich nach Mekka wenden? Mohammed wünscht es so.«
»Einem Wunsch Mohammeds werde ich mich gewiß nicht entgegenstellen.«
Ayse zog aus ihrer Tasche einen kleinen Kompaß hervor, um die Richtung, in der Mekka lag, herauszufinden. Sie drehte sich um sich selbst, bis sie mir schließlich den Rücken zukehrte. Das war die Richtung, in der Mekka lag, wie sie schnell berechnet

hatte. Sie steckte den Kompaß wieder in ihre Tasche, dann kniete sie sich auf den Strohteppich, der den Fußboden meines Ateliers bedeckte.

Ayse hob die Hände mit den offenen Handflächen bis zur Höhe der Schultern, verharrte ein paar Augenblicke in dieser Stellung, dann beugte sie sich vor, bis sie mit der Stirn den Strohteppich berührte, und verharrte so im Gebet. Ihre festen, wie Marmor geschliffenen Formen zeichneten sich unter dem leichten, enganliegenden Stoff ihres Sommerkleids ab. Keine Kräuselung, kein Hinweis auf andere Kleidungsstücke. Eine absolute junge Nacktheit schimmerte durch, vollkommen, statuenhaft. Mir wurde bewußt, daß ich diese Formen provozierender Weiblichkeit schon wieder auf Stein oder Marmor übertrug. Steine haben immer wieder meine Malerei erregt, alte Steine, glattgeschliffen durch die Jahrhunderte, Steine, vom Wind und vom Sand der Wüste verwittert, Formen, vom Menschen entworfen, um seinen Träumen Wirklichkeit einzuhauchen oder um den Geheimnissen des Jenseits Gestalt zu verleihen. Tempel, Paläste, Gräber, Sphinxen, Gottheiten, menschliche Gestalten, geometrische Abstraktionen. Doch andere Formen drangen jetzt in meine Vorstellung und verwirrten meinen Blick.

Ayse richtete sich wieder auf und hielt die offenen Handflächen in Höhe der Schultern, dann beugte sie sich erneut vor, bis ihre Stirn den Strohteppich berührte, und verharrte in dieser gebeugten Haltung, ich weiß nicht mehr, wie lange. Ich blieb wie angenagelt sitzen und starrte sie an, ich konnte mich von dem Anblick nicht losreißen, den Ayse mir, dessen bin ich sicher, mit ausgeklügelter Arglist bot. Ich versuchte, die Augen zu schließen, doch ihr Anblick blieb unversehrt, klar umrissen, voller Leuchtkraft.

Das, das ist die Wahrheit, sagte ich mir, das ist die Enthüllung des Gesundens, das alle Schatten und Gespenster auslöscht, die immer wieder meine Einsamkeit verfolgt haben, auch wenn ich so tat, als wüßte ich es nicht. Wie viele Male habe ich mich vor mir selbst verstellt, wie vieles habe ich im Lauf der Jahre vor mir verbergen wollen. Wie viele Lügen, wieviel Geheimnistuerei, wie viele Heucheleien, wie viele Vortäuschungen. Und wenn diese zur Schau gestellten provozierenden Formen nun eine Äußerung des diabolischen Gegenteils wären? Diabolus est deus inversus, der Teufel ist das Gegenteil von Gott. Wo sollte ich denn die Wahrheit suchen? Ich erinnerte mich an einen witzigen, hochintelligenten Kunstkritiker, der, als er Akte großer Meister der Malerei betrachtete, die Interpretationstheorie des Doppelhinterns und des Einzelhinterns entwickelt hatte, je nach Position der Aktmodelle. Der Einzelhintern interessiert mich nicht, ich bin für die zwei Seiten der Wahrheit.

Jetzt erst merkte ich, daß Ayse vor mir stand und mich lächelnd beobachtete.

»Ich wußte es«, sagte sie.

»Was wußtest du?«

»Daß bestimmte Erfahrungen der Augen Unruhe, vielleicht sogar Verwirrung im Kopf auslösen.«

»Unruhe ja, aber keine Verwirrung. Für mich sind sie ein Anreiz für Klarheit.«

Ein kleiner Dämon flüsterte mir zu, jede Zurückhaltung aufzugeben und die Herausforderung fröhlich anzunehmen.

»Wie konnte ich dir denn verwirrt vorkommen, da du doch während des Gebets nach dort gewandt warst? Hast du etwa auch hinten Augen?«

»Ich habe meine Augen auch im Hintern«, sagte Ayse und brach in schallendes Gelächter aus.

Ich hatte geglaubt, in ihren glatten und vollkommenen Formen das Abbild der Wahrheit zu erkennen, und jetzt entdeckte ich, daß auch sie diese Formen scherzhaft für den Sitz ausgeprägter Fähigkeiten zur Kommunikation hielt. Kurz gesagt, die junge Frau aus Ägypten und ich hatten endlich Verbindung miteinander aufgenommen.

WARTEN AUF DIE DÄMMERUNG

Dieses glatte, wie Marmor geschliffene Bild, das Ayse mir während ihres Gebets großzügig vor Augen stellte und damit ein wahres Erdbeben meiner Sinne und Empfindungen auslöste, hatte unversehens wieder die Vorbehalte gegen meine ambivalente Sensibilität, gegen meine verbotenen Wünsche auftauchen lassen, die ich immer verdrängte oder negierte. Sollte ich endlich das fehlende Verbindungsglied zwischen dem Zulässigen und dem Uneingestehbaren gefunden haben? Die Begegnung mit dem Mädchen aus dem Elektrogeschäft und später die mit der pathetischen Frau im Schlafwagen hatten mich eine Wanderung über Abgründe machen lassen. Und jetzt sollte ausgerechnet ich die Freuden ablehnen, die sich mir darboten und die sich kein Mann freiwillig versagt? Es ist schwer für mich, die richtigen Worte zu finden, um meinen inneren Zustand zu beschreiben, aber wie kann man auch eigene Mängel beschreiben? Oder vielleicht sind es ja gerade die falschen Worte, die uns in solchen Fällen weiterhelfen, weil sie uns die Möglichkeit bieten, den einen oder anderen unerforschten Winkel zu bewahren und den einen oder anderen geheimen Ausweg offenzuhalten. In jedem Augenblick meines Lebens bin ich zur Flucht bereit gewesen, doch jetzt kam mir Ayse mit den richtigen Worten zu Hilfe, um mich von meinen letzten zögernden Bedenken freizumachen.

»Der Koran gibt den Männern einen wertvollen Hinweis: ›Eure Frauen sind für euch ein Feld, so geht denn auf euer Feld, wann ihr wollt.‹ Verstehst du die Bedeutung dieser Worte? Es ist eine Aufforderung zur Freiheit in den Beziehungen zwischen Mann und Frau, die körperliche Liebe zwischen einem Mann und einer Frau darf sich der Phantasie und allen Einfällen nicht entgegenstellen. Daß deine Gedanken sich der Phantasie überlassen haben, während ich im Gebet vornübergebeugt war, ist nach dem Gesetz des Korans keine Sünde. Bei euch ist alles Sünde, nicht nur die Taten, sondern auch die Gedanken. Ihr bewegt euch immer am Abgrund der Sünde, wir bewegen uns vor einem offenen Horizont von Licht und Fröhlichkeit.«

»Bei uns ist es die Sünde, die die Lust steigert. Sodomie wäre längst nicht so weit verbreitet, wenn es die Sünde nicht gäbe. In Spanien gab es im siebzehnten Jahrhundert ein paar extravagante Damen, die Lehm aßen, weil er Gesundheit und Schönheit fördern sollte. Als die Bischöfe verkündeten, das Essen von Lehm sei Sünde, entstanden geheime Bünde, und diese merkwürdige Gewohnheit verbreitete sich über ganz Spanien. Die Sünde und die Zensur hatten den Lehmessern zum Erfolg verholfen.«

»Vom moslemischen Standpunkt aus bist du ein Ungläubiger und vom christlichen aus ein Sünder. Das sind die Voraussetzungen für höchste Lust.«

»Noch bin ich kein Sünder, aber mit deiner Hilfe kann ich es werden. Wenn ich dich, statt dich anzusehen, während du betest, streicheln könnte, mit deinem Körper in Berührung kommen könnte, würde ich die feierlichste und glücklichste Sünde meines Lebens begehen. Ich glaube verstanden zu haben, daß Mohammed nichts dagegen hätte.«

»Wie vorsichtig du bist. Man könnte glauben, du schämtest dich deiner Wünsche. Wir Anhänger des Islams gebrauchen offenere und einfachere Worte. Vom Koran haben wir das Sprechen, das Schreiben und das Leben in der Wahrheit erlernt. Der Koran ist unser aufgeschlagenes Handbuch, unsere Schule.«

»Das können wir von der Bibel nicht sagen, vor allem nicht vom Alten Testament, das große Literatur ist, aber für das praktische Leben ein unmögliches Modell darstellt. Unser Gott ist hoch oben im Himmel und sehr fern.«

»Allah ist derselbe Gott, den ihr habt, daher ist auch er hoch oben im Himmel und fern. Doch Mohammed ist unser Freund, er versteht unsere Schwächen und unser Begehren, und wenn uns einer ins Gesicht schlägt, fordert er uns nicht auf, auch die andere Wange hinzuhalten. Mohammed hilft uns im Gebet und flüstert uns die neunundneunzig Namen Allahs zu, wenn unser Gedächtnis versagt.«

»Wenn du nach Mekka gewandt betest, sprichst du dann die neunundneunzig Namen Allahs aus?«

»Nicht alle.«

»Der Barmherzige, der Friedvolle, der Großzügige.«

»Der Wohltäter, der König, der Heilige, der Wachsame, der Gepriesene, der Langmütige, der Erhabene, der Verschlagene.«

»Allah ist verschlagen?«

»Bei uns gilt Verschlagenheit als gute Eigenschaft. Bei euch ist sie ein Merkmal des Teufels, bei uns ist sie eine Tugend, die auch Gott zukommt.«

»Meinst du, daß Gott über dieses Merkmal glücklich ist?«

»Der Prophet schreibt es ihm zu. Und wir bestätigen es in unseren Gebeten.«

»Darf ich dich fragen, ob du auch für das Gebet der Dämmerung hier bleibst?«

»Ist das eine Einladung?«

»Ja.«

»Dann spreche ich hier in deinem Kastell mein Gebet der Dämmerung, doch wenn möglich, nicht auf diesem Strohteppich, er tut weh an den Knien. Unsere Religion erlegt den Gläubigen keine Opfer auf. Die Moslems haben kleine Teppiche, weich und häufig sehr wertvoll, sie heißen Gebetsteppiche, und man kniet sich darauf und verbeugt sich zum Gebet nach Mekka.«

Ayse warf einen Blick zum Korridor. Dies war eine Aufforderung, einen bequemeren Ort für das nächste Gebet zu finden.

»Ich kann dir keinen wertvollen Teppich anbieten, sondern nur Teppichbodenbelag, der dir an den Knien nicht weh tut.«

Ich nahm sie an die Hand und führte sie den Korridor hinunter zu meinem Schlafzimmer, einem der schönsten Zimmer des Kastells, mit einem zweibogigen Fenster, dessen Blick auf grüne Hügel hinausgeht, mit japanischer Tapete an den Wänden und einer Reihe alter Drucke mit Blumen und Früchten in Rahmen aus glänzendem Nußbaumwurzelholz. In der Mitte des Zimmers ein großes spanisches Bett aus lackiertem Holz mit Blumengirlanden. Ayse sah sich zufrieden um.

»Ein wunderschöner Ort zum Beten.«

Ayse fand das Schlafzimmer zum Beten wunderschön, und das ließ alle meine Begierden wieder auflodern. Innerlich hatte ich das Wort »beten« in Anführungszeichen gesetzt, aber ich wollte nicht voreilig sein. Die Erwartung festigt und vervollkommnet das Begehren, sie ordnet es und verlangt ihm Disziplin ab.

Ich begleitete sie ins Atelier zurück, das inzwischen von einem strahlenden, durch die Zweige der Zeder gefilterten Licht durchflutet wurde. Ein leichter Wind war aufgekommen, der die Zweige hinter der großen Glaswand bewegte. Wir setzten uns in zwei kleine Sessel in einer Ecke des Ateliers. Ayse nahm aus ihrer Tasche einen großen Notizblock und einen Kugelschreiber. Ich war noch immer mit dem Gedanken beschäftigt, wie selten, schwierig und gefährlich sinnliche Anwallungen in einem Alter sind, das man mit dem Wort reif belegt.

Ich schlug vor, das Interview auf den nächsten Tag zu verschieben, und lud Ayse ein, in Poggio Arrigo zu schlafen. Sie nahm sofort an.

In Erwartung der Dämmerung führte ich sie auf einen Spaziergang in den nahe gelegenen Wald.

»Ich muß dir etwas gestehen«, sagte Ayse unvermittelt, bei den ersten Schritten, »etwas, das die Nachricht über deinen Vater in Ägypten betrifft.«

Ich bat sie, mir alles zu sagen, auch wenn die Rückkehr zu diesem längst vergangenen Thema mich an diesem Ort und in diesem Augenblick beklommen machte. Ayse senkte die Augen und begann, in niedergeschlagenem Ton zu sprechen.

»An dem Tag hat mir der Portier des Hotels Jolie Ville gesagt, daß zusammen mit der jungen Ägypterin ein italienischer Tourist ertrunken sei, aber niemand kannte seinen Namen. Du weißt ja, wie Zeitungen sind, sie wollen genaue Angaben, Tatsachen müssen einen Vor- und einen Nachnamen haben, sagt unser Direktor. Ich war sehr jung und verantwortungslos. Ich fand ein altes Mailänder Telefonbuch und wählte ganz zufällig irgendeinen Namen. Es war der deines Vaters. Ich bitte dich, mir zu verzeihen, aber wie konnte ich ahnen, daß diese Wahl Folgen haben würde. Ich hatte mir gesagt, daß die Möglichkeit eines Mißverständnisses ausgeschlossen wäre, wenn dieser Mailänder Ingenieur noch lebte, was wahrscheinlich war. Sollte er aber verstorben sein, dann wäre dieser Name genauso ohne Belang.«

»Statt dessen ist mein Vater auf geheimnisvolle Art verschwunden, und die Nachricht klang auf der Stelle wahrscheinlich. Mehr noch, sie wurde zur Wahrheit für mich und für die, die ihn kannten.«

»Ich habe dir sinnlose Schmerzen bereitet, und ich weiß nicht, wie du mir verzeihen kannst.«

»Warum hast du es mir damals nicht gesagt?«

»Ich schämte mich so.«

»Mach dir keine Sorgen. Dafür habe ich, als mein Vater dann wirklich gestorben ist, ein bißchen weniger gelitten.«

Das stimmte nicht, ich sagte dies nur, damit sie sich nicht allzu schuldig fühlte. Aber ich war entsetzt. Ich sagte mir, daß die Zeitungen nicht nur in dem Maße Lügner sind, das wir kennen, sondern sie lügen noch mehr. Ich versuchte, diese alte, unselige Geschichte zu vergessen und in die Gegenwart zurückzukehren, zum Spaziergang mit Ayse durch den Wald. Doch die Gegenwart war durch diese falsche Nachricht bestimmt, ohne die ich Ayse niemals kennengelernt hätte.

Ich möchte ins Paradies eingehen

Auf dem Rückweg von unserem Waldspaziergang über die kleine Straße, die sich durch Felder und zwischen zwei Maulbeerbaumreihen hinzieht, versuchte ich, die Gedanken an die Reise nach Ägypten, durch Ayses nutzloses Geständnis wieder wachgerufen, abzumildern. Ich nannte ihr Reimwörter und spornte sie an, andere Reimwörter zu finden, falsche Reime, Halbreime. Ein unschuldiges Spiel mit Wörtern, zugleich aber auch ein Mittel, unseren Weg, in Erwartung der Dämmerung, bis nach Hause ruhig fortzusetzen. Eine alberne Herausforderung an die unüberschaubare Parallelität der Natur, ohne die Hilfe von Computern, die uns innerhalb weniger Sekunden sämtliche Wortsymmetrien geliefert hätten, denen wir unbeholfen und linkisch Schritt für Schritt auf dieser kleinen Landstraße nachjagten. Ayse nannte schließlich ihre ersten Elaborate, die das Spiel erstarren ließen und mich dazu brachten, kein Wort mehr zu sagen. Bericht und Gericht, sagte sie, Herz und Schmerz. Welche dunklen Parallelen regten sich in ihrem Unterbewußtsein?

Nachdem sie ins halbdunkle Schlafzimmer getreten war, fuhr Ayse mit einer Hand in ihre tiefe Rocktasche, zog ihren kleinen Kompaß heraus und bestimmte im Handumdrehen die Richtung, in der Mekka lag. Du richtest dich nach Mekka aus, sagte ich zu mir, und ich knie mich in dieselbe Richtung, aber mein Bezugspunkt wird nicht der Schwarze Stein sein, der im Heiligtum der Moslems aufbewahrt wird. Mich interessiert ein ganz anderes Heiligtum. Manchmal gelingt es mir, mich in aller Stille selbst auf den Arm zu nehmen, aber ich wollte nicht einmal in der Verborgenheit meiner Gedanken blasphemisch sein, ich empfand große Achtung vor Ayses Religion und ihrem Gott, der auch der des Christentums ist.

»Knie dich lieber hin. Vielleicht ist es besser, wenn du dir ein Kissen oder auch zwei unter die Knie legst.«

Ein Rat, den ich erregt aufnahm, und ich war zufrieden, daß Ayse beschlossen hatte, mich, den freimütigen Lehren Mohammeds entsprechend, »aufs Feld« zu führen.

Endlich kniete sie nieder, hob langsam die Arme mit offenen Handflächen bis zur Höhe der Schultern, dann beugte sie sich vor, bis sie mit der Stirn den Teppichboden berührte.

Ich kniete mich hinter sie, mit zwei Kissen unter den Knien, und näherte mich ihr, bis ich sie berührte. Behutsam legte ich meine Hände auf ihre Hüften, schob dann meine Finger unter ihren Rock und hob ihn langsam hoch. Drunter hatte sie nichts an, das wußte ich bereits.

Ich habe es noch nie gemocht, über meine sexuellen Aktivitäten zu sprechen. Ich will lediglich klarstellen, daß ich, trotz aller Ambiguität meiner Neigungen, nicht zum »Collegium sodomitorum« gehöre, deshalb verhielt ich mich auch Ayse gegenüber ehrlich, und alles spielte sich in der Herrlichkeit der Sinne ab. Außerdem stelle ich klar: ehrlich »ex more pecudum«, womit ich sagen will, innerhalb der Grenzen normaler, alltäglicher Variationen und Phantasien, die das erotische Spiel lebendiger machen. Während wir beide zum Flug aufstiegen, von der warmen Luft der Begierde getragen, maßvoll, um unser Zusammensein so lange wie möglich auszudehnen, bemerkte ich, daß Ayse durchaus nicht ihr Gebet vernachlässigte, sondern mit leiser Stimme und tiefen Seufzern unverständliche Worte aussprach, vielleicht die neunundneunzig Namen Allahs. Dieses Ferkel, dachte ich, sie genießt die Lust viel mehr als ich, weil sie die Ekstase des Gebets mit dem sinnlichen Vergnügen verbindet. Ich beschleunigte den Rhythmus, um mit größtmöglicher Gewalt zum Abschluß zu kommen. Sie überlagerte die Liebe mit dem Gebet, ich mit Haß.

Wir lagen auf dem Teppichboden, noch keuchend und entkräftet von der Anstrengung. Ja, richtig, von der Anstrengung, denn das Vergnügen in der Liebe erlangt man nur unter großem Aufwand physischer und geistiger Energien.

»Du vereinst die Ekstase des Gebets mit dem physischen Vergnügen«, sagte ich, sobald ich in der Lage war, etwas zu sagen, »und daher ist dein Genuß mit Sicherheit höher als meiner.«
Ayse sah mich wegen des ernsten, fast verärgerten Tons verwundert an.
»Erzähl mir nicht, daß du neidisch bist.«
»Doch, ich bin neidisch.«
Ayse sah mich vergnügt an, aber auch leicht besorgt. In diesem Augenblick wurde mir klar, daß ich sie verabscheute, so als hätte sie mir etwas Wertvolles entwendet. Aber gleichzeitig wußte ich genau, daß sie ihren Genuß niemandem entwendet hatte, daß sie ihn sich mit ihren eigenen Kräften und mit Verschlagenheit verschafft hatte.
»Die Religion ist ein Zustand der Gnade, ganz genau wie der Liebesakt«, sagte sie, »aber weil sie in ihrem Wesen verschieden sind, ergänzen sich die beiden Gefühle. Nicht nur der physische Genuß wird gesteigert, sondern auch das in den sexuellen Genuß eingebundene Gebet erhält mehr Wärme, bekommt einen größeren Schwung. Wenn das Christentum Leiden und Qualen verherrlicht, dann ist das schade für euch. Mohammed verläßt und bestraft die Wege des Dunkels und lädt die Gläubigen ein, ihren persönlichen Genuß auch in der himmlischen Wohnung, im Paradies, zu suchen. Bei uns gibt es keine Büßer, Einsiedler, einsame Mönche oder Stalagmitenmönche, ich glaube, man nennt die Mönche aus dem Altertum so, weil sie auf der Spitze einer Steinsäule gelebt haben. Bei uns würden sie als Verrückte angesehen.«
»Sie heißen Säulenheilige, und auch bei uns gelten sie als verrückt, doch der religiöse Wahnsinn wird vom Christentum gutgeheißen. Unsere Religion verleitet uns zu der Anschauung, daß man das Gute nur durch Leid erreichen könne, und bei uns müssen sogar noch die Medikamente bitter und widerlich schmecken, wenn die Kranken sie akzeptieren sollen, wie der Lebertran, den ich während meiner gesamten Kindheit geschluckt habe.«
Ayse streichelte mir leicht übers Gesicht.
»Bist du nicht zufrieden, daß du mich besitzt? Ihr sagt auch vögeln dazu, wenn ich mich nicht irre.«

»Ich habe immer den Verdacht, daß Frauen ein viel intensiveres Vergnügen als der Mann empfinden. Stärker, tiefer und viel länger. Und du fügst auch noch das Gebet hinzu, aber in diesem Augenblick wollte ich eigentlich nicht über dich sprechen, ich vertraue dir lediglich etwas an. Dieser Neid auf die Frauen hat mich über Jahre hin verfolgt, er gab mir das Gefühl, ein simples, grobschlächtiges Werkzeug in ihrem Dienst zu sein. Mein Neid projizierte sich sogar auf die Vergangenheit, ich haßte Kleopatra, Theodora von Byzanz, Heloise, Lucrezia Borgia, die Pompadour, ich habe alle großen Liebhaberinnen der Geschichte gehaßt, und sogar Romanfiguren wie Anna Karenina und die unglückliche Madame Bovary. Sie wurden mir zum Problem, und so habe ich auf jede nur denkbare Weise versucht, meine Bettgefährtinnen zu demütigen, aber mir ist klargeworden, daß das ihre Lust nur gesteigert hat. Und auch meine Qual.«

»Dann bleibt dir nur, zu unserer Religion überzutreten. Moslem zu werden ist ganz einfach, es genügt, daß du mit Überzeugung und festem Glauben unsere Formel aussprichst: ›Es gibt keinen Gott außer Allah, und Mohammed ist sein Prophet.‹ Das kannst du auch auf arabisch lernen, es ist ganz leicht: ›La ilaha il Allah uà Muhammad resoul Allah‹. Willst du es mir nachsprechen?«

»Mach keine Witze.«

»Ich werde nicht darauf beharren, auch wenn meine Religion mir zurät, darauf zu beharren.«

»Mein Gedanke wiegt schwer, und du solltest dich anstrengen, ihn nachzuvollziehen. Der sexuelle Neid ist ein nagendes Gefühl, das im tiefsten Inneren auch dann vorhanden ist, wenn ich schlafe. Wie kann ich eine Frau lieben, wenn ich mich im Wettkampf mit ihr befinde, wenn ich sie als meine Rivalin betrachte?« Ayse sah mich neugierig an.

»Glaubst du nicht, daß dieser Neid ein Alibi für ein ganz anderes Problem sein könnte?«

»Mag sein, daß sich hinter diesem Problem ein anderes verbirgt, aber das zweite hebt das erste nicht auf.«

»Vielleicht solltest du versuchen, etwas Licht in das zweite zu bringen.«

»Siehst du«, sagte ich und schlug die Augen nieder, als müsse ich eine schwere Beichte ablegen, »du kannst nicht verstehen, warum ich so erregt war, als ich dich habe beten sehen. Du wirst es für etwas ganz Selbstverständliches halten, daß sich ein Mann bei diesem Anblick erregt, aber ich sage dir, daß meine Erregung weit über diese Selbstverständlichkeit hinausging. Und jetzt müßte ich dir erklären, daß ich nicht zum ›Collegium sodomitorum‹ gehöre, aber das wäre nur die halbe Wahrheit. Ich gehöre nur in einem physischen Sinn nicht dazu, aber im geistigen Sinn stecke ich bis zum Kopf darin. Und eben diese geistige Verformung ist es, die mich heute wieder mitspielen läßt, freilich unter den Bedingungen der Minderwertigkeit. Es kommt dir wahrscheinlich merkwürdig vor, daß ein intelligenter und dem Augenschein nach weiser Mensch sich aus so primitiven Gründen ein Gewissen macht.«

»Ich wundere mich über das Neue daran. Ich habe noch nie gehört, daß ein Mann neidisch auf den Genuß einer Frau ist, die mit ihm schläft. Das ist eine nicht häufig anzutreffende und sehr persönliche Zwangsvorstellung. Daß du außerdem einen Hang zur Ambiguität hast, ist etwas, worüber wir Moslems nur lächeln können. Du solltest wissen, daß das ›Collegium sodomitorum‹, wie du das nennst, in der Türkei, aber auch in Ägypten unüberschaubar groß ist, und zu ihm gehören nicht nur viele der gebildeten jungen Leute in den Städten, sondern auch die Hirten des anatolischen Hochlands oder die stolzen Soldaten der ägyptischen Armee. Das hat mit der Tradition des alten Griechenland nichts zu tun, wie mancher behauptet, sondern ist eindeutig ein Brauch, der mit dem Nomadentum, der Promiskuität, der Phantasie zu tun hat. Die Hirten verbringen viele Monate auf den Bergen in der Gesellschaft anderer Hirten, die Soldaten in der Gesellschaft anderer Soldaten. Sie sind das Gegenteil von dir: geistig einfache Menschen, aber physisch liberal oder, von eurem Standpunkt aus betrachtet, lasterhaft.«

»Bei uns hier verschafft das Laster unerhörte Genüsse, aber auch Unglück, Wahnsinn und Verbrechen, weil es außerhalb des Gesetzes steht. Bei euch ist es kein Laster, sondern Freiheit, Heiterkeit.«

»Versuch mir nachzusprechen, ganz unverbindlich: ›La ilaha il Allah uà Muhammad resoul Allah.‹«

Wieder brach ich in Gelächter aus, weil der Klang dieser Ritual-
formel, mit der ein Mensch von einer Religionswelt in eine andere überwechselt, den spaßigen, fröhlichen Klang von Kinder-
reimen hatte. Ayse schien mir wieder beleidigt zu sein.

»Ich mache keine Witze.«

»Dann sagen wir so: Ich schließe nicht aus, daß ich Moslem
werde. Aber bitte, laß mich darüber nachdenken. Diese etwas
plötzlichen Konversionen kommen mir ein bißchen lächerlich
vor, deshalb lache ich. Aber ich lache auch, wenn ich lese, daß
die katholischen Missionare in China Massentaufen vornah-
men, die Menschenmassen auf einem Platz versammelten und
sie mit Feuerwehrspritzen besprengten. Dann ein Segen und
weg: Sie nahmen zwei-, dreihundert Taufen auf einmal vor.
Aber wie du weißt, ist von diesen Konversionen nur sehr wenig
übriggeblieben.«

Wir standen auf. Ich nahm sie bei der Hand und führte sie ins
Atelier zurück und von dort aus in den inzwischen dunklen
Garten. Hier umarmte ich sie und küßte sie lange, fest und bei-
nahe wütend.

»Ich weiß nicht, ob du bemerkt hast, daß ich so vertraulich mit
dir gesprochen habe, als würde ich dich schon jahrelang kennen. Das passiert mir fast nie.«

»Wir haben nicht nur miteinander gesprochen«, sagte Ayse mit
fröhlicher Hinterlist.

Ich streichelte ihr Haar, dann fuhr ich mit der Hand über die
weiche Haut ihres Gesichts.

Wir stiegen ins Auto und fuhren langsam in Richtung Bolsena.
Ich wollte sie zum Abendessen in ein Restaurant am See bringen. »Ich möchte ins Paradies eingehen«, sagte Ayse unvermittelt, als wir eine kurvenreiche, enge Straße zum See hinunter-
fuhren.

Ich versuchte, meine Überraschung zu verbergen.

»Ich auch«, sagte ich.

»Aber es sind zwei verschiedene Paradiese, wir könnten nicht
zusammensein. Auch deshalb habe ich auf deiner Konversion
bestanden. Mein Paradies ist fröhlicher als deins, wir könnten
vögeln, solange es uns Spaß macht, bis in alle Ewigkeit.«

»Ich muß zugeben, die katholischen Aussichten sind nicht besonders attraktiv. Wenn ich überhaupt ins Paradies komme, dann wäre ich an einem Ort, wo immer Sonntag ist, der langweiligste Tag der Welt, inmitten all der Heiligen, die tanzen und singen. Ich kann nicht tanzen und singe so falsch, daß einem die Ohren weh tun. Was also soll ich im christlichen Paradies? All die heiligen Sänger und Tänzer würden mich doch nur auslachen. Aber wir werden Zeit haben, ich hoffe, noch viele Jahre, um darüber nachzudenken und eine Lösung zu finden. Einstweilen kann ich dir mein Haus anbieten. Es ist zwar nicht das Paradies, aber es ist groß und einigermaßen bequem. Wirst du bleiben?«

»Ja.«

Nach dem Abendessen am See kehrte Ayse mit mir nach Poggio Arrigo zurück und schlug ihre Zelte auf.

JAHRTAUSENDEALTE ERSTARRUNGEN

»Sehen wir doch mal, wie wir mit dem Interview beginnen können«, sagte Ayse, »ich könnte dich fragen, wie deine Malerei
entsteht, aufgrund welcher Begegnung, welcher inneren Erregung, welcher Lehrmeinung, welcher Gefährdung, nein, ich
meine Erfahrung, kurz gesagt, was der Auslöser für deine Malerei war. Die Frage ist banal, ich weiß, aber ich glaube, sie ist
notwendig, weil dich in Ägypten nur wenige kennen.«
»Meine Antwort wird noch banaler als deine Frage sein. Der
Wunsch zu malen hat sich an der Kunstakademie in Rom her-
ausgebildet. Das ist eine Schule, in der man absolut nichts lernt
und wohin die Familien normalerweise die Kinder schicken,
die keine Lust zum Studieren haben. Dort lernt man nicht, wie
man malt, aber es kann durchaus vorkommen, daß ein Student
dieser Akademie, wenn er eifrig auf Papier rumkritzelt oder mit
Farben auf der Leinwand rumpinselt, am Ende doch noch Maler wird. So ist es bei mir gewesen, allerdings rein zufällig,
nicht aufgrund eines Verdienstes der Akademie. Alles kann
einen Einfluß auf die Berufung haben: der Zufall, das Glück,
eine Analogie, eine Symmetrie, ein Abenteuer, eine Begegnung, ein Hinweis, eine Erregung, ja sogar die Kunstakademie
selbst.«
»Hat vielleicht auch die Erregung durch die akademische Aktmalerei eine Rolle gespielt? Gewöhnlich erregen sich junge
Studenten doch beim Anblick nackter weiblicher Modelle.«
»Stärker als durch die akademische Aktmalerei wurde meine
Sensibilität als Maler durch die archäologischen Welten des alten Ägypten erregt, wo ich nie gewesen war, aber auch durch
den braunen Basalt der römischen Bürgersteige, durch den Tra-
vertin der Barockkirchen, durch den Porphyr des Kopfstein-
pflasters unserer Straßen.«

»Ich vergaß, daß Steine deine Sinne mehr erregen als der menschliche Akt.«

»Wieso menschlich? Der Akt kann nur der eines Menschen sein. Die Tiere sind samt und sonders nackt, daher gibt es keine Aktdarstellung von einem Tier.«

Ayse lächelte unmerklich, während sie weiterhin Notizen in ihrem Block machte.

»Also, in deiner Malerei kommen vor allem Ṣteine, Marmor, Gehölz, Straußeneier, jahrtausendealte Erstarrungen, giftige Insekten, unmögliche Himmel vor. Hast du als Maler immer schon etwas gegen die menschliche Gestalt, den Körper, das Nackte gehabt?«

»Die in meinen Bildern vorkommenden Objekte sind von dem gekennzeichnet, was die Historiker ›lange Dauer‹ nennen, wodurch sie es mit Jahrtausenden aufnehmen und Aussicht auf weitere Jahrtausende haben. Während der langen Dauer überleben nur die ›konzeptualisierten‹ Objekte, weil ihre Mutationen sich nur sehr langsam vollziehen. Ich will das an einem handgreiflichen Beispiel erklären. Die Tür ist eine auf lange Dauer angelegte Notwendigkeit und daher auch ein Konzept, ein Begriff, und das wird sie so lange sein, bis eine für uns nicht vorhersehbare Mutation in der Lage sein wird, sie durch etwas anderes zu ersetzen, das die gleiche Funktion erfüllt. In einem Haus stellt die Tür eine Grundnotwendigkeit innerhalb des Gebiets des für uns Vorhersehbaren dar, während das Fenster dies nicht tut. Es gibt Häuser ohne Fenster, und daher ist das Konzept, der Begriff Fenster eingeschränkt und dem Verfall preisgegeben. Das Fenster ist im Zusammenhang mit der langen Dauer nicht konzeptualisiert. Ein bearbeiteter Stein ist seit mindestens fünf Jahrtausenden ein Begriff, ist aber dabei, als Notwendigkeit und mithin auch als Begriff zu verschwinden, er wird durch andere Materialien ersetzt, die die gleiche Funktion übernehmen, die der Stein hatte, und deshalb haben sie die Oberhand gewonnen oder sind dabei, sie zu gewinnen. Diese Beispiele müßten meine Beziehung zu den Objekten meiner Bilder deutlich machen. Ich habe viele bearbeitete Steine gemalt, für die Erinnerung. Wenn Witterungseinflüsse dereinst sämtliche Steine des Altertums zerstört haben, wird es notwendig sein, auf die Erinnerung an ihre Abbilder zurückzugreifen. Ich habe eine besondere Neigung zu dem, was du als jahrtausendealte Erstarrungen bezeichnet hast, und größtenteils handelt es sich dabei um Steine oder Versteinerungen, wie die Fliegenden Steine oder die Serie des Versteinerten Waldes.«

»Aber bist du auch sicher, daß deine Malerei eine längere Lebenszeit haben wird als die Steine, die sie vergeblich für die Erinnerung aufbewahrt?«

»Die Malerei ist ja schon heute eine reproduzierbare Projektion. Es wird nicht mehr lange dauern, und man wird ein Bild mit äußerster Genauigkeit vervielfältigen können, wie man es bereits mit Büchern macht. Der Übergang von der Handschrift zum Druck hat viel Unbehagen ausgelöst, denn es schien, daß ein Buch seine Seele in der Handschrift habe und daß diese Seele mit der Technik des Drucks nicht reproduzierbar sei. Der Herzog von Urbino verwehrte gedruckten Büchern den Einzug in seine Bibliothek. Dieses Problem ist heute vergessen. Morgen wird eine ähnliche Mutation auch für die Malerei kommen, und die reproduzierten Bilder haben Büchern gegenüber einen Vorteil: Die Sprache der Malerei unterliegt keiner solchen Veränderung wie die Sprache der Literatur. Heute können wir eine bildliche Darstellung der Etrusker oder der Römer genauso lesen wie ein zeitgenössisches Bild, wogegen wir zwar die Schrift der Etrusker oder Römer reproduzieren können, aber das Geheimnis der etruskischen Sprache verloren haben, und wenn wir römische Texte lesen wollen, müssen wir Latein können.«

»Du hast meine Frage nach dem menschlichen Körper als Gegenstand der Malerei nicht beantwortet.«

»Ich könnte den menschlichen Körper für die Erinnerung nur malen, wenn ich glaubte, daß wir uns kurz vor seinem Aussterben befinden. Doch an wen sollte ich diese Erinnerung noch richten, wenn der Mensch ausstirbt? Du siehst, der Mensch kann unter gar keinen Umständen Teil meiner Ideologie der Malerei werden.«

»Das, was um uns herum geschieht, das Leben dieser Welt, das, was auf den Straßen vorgeht, in den Häusern, auf dem Land, nichts von alldem interessiert dich? Hast du jemals ein

Fahrrad gemalt, einen Strand mit Sonnenschirmen, einen Markt?«

»Diese Themen überlasse ich anderen. Ich interessiere mich für die Vergangenheit und für die Zukunft, für den Großen Übergang. Das ist meine Art, aktuell zu sein. Ich weite die Realität aus, ich beschreibe sie nicht, ich male das Bewußtsein von den Tatsachen, nicht die Tatsachen selbst.«

»Kann man deine Malerei als irrational bezeichnen?«

»Jeder Künstler interpretiert die Realität entsprechend seinen persönlichen Kriterien, aber man kann zwei große Interpretationslinien unterscheiden: die Aristoteles-Linie, logisch und rational, und die Ei-des-Kolumbus-Linie, die keiner Logik entspricht, es aber dem genuesischen Seefahrer ermöglicht hat, einen neuen Kontinent zu entdecken. Wir können sagen, daß meine Linie der des Eis des Kolumbus entspricht.«

Noch lange, nachdem ich aufgehört hatte zu sprechen, machte Ayse sich Notizen. Ich schwieg, damit sie den Faden nicht verlor, mit dem sie meine Worte auf arabisch reproduzierte. Schließlich blickte sie von ihrem Notizblock auf.

»Schade, daß du nicht auf Tonband sprechen magst, deine Antworten sind nämlich ›druckreif‹. Ich hätte sie ohne die geringste Korrektur übernehmen können.«

»Vor einem Tonbandgerät hätte ich mich mit Worten und Gedanken hundertmal verhaspelt.«

»Wollen wir über den Stein von Luxor sprechen, den du, fünf Jahre nachdem du ihn gemalt hast, in der Wirklichkeit gesehen hast?«

»Der Umstand ist dir bekannt, du kannst ihn mit deinen Worten wiedergeben. Ich weiß nicht, was ich noch sagen könnte.«

»Die Welt wiederholt sich, ist das dein Gedanke? Oder deine Obsession?«

»Die Welt wiederholt sich, aber ich versuche, mich nicht zu wiederholen.«

Der Augenblick für eine Pause war gekommen, ich stand auf und trat an ein Fenster, blieb stehen und beobachtete das diffuse, rosa angehauchte, transparente Licht. Die Sonne trieb ihr heiteres Spiel mit dem Himmel, bevor sie verschwand.

Ayse warf einen Blick zu mir, sah ebenfalls aus dem Fenster und fragte mich dann: »Was betrachtest du?«

»Den leeren Himmel, das Nichts, das heißt ein Bild des Universums.«

»Brauchst du nur aus einem Fenster zu schauen, um so weit fortzueilen? Du hast gesagt, das Konzept Fenster sei eingeschränkt und dem Verfall preisgegeben, aber es reicht aus, um auf das Universum zu blicken.«

»Das Universum ist nur eine prächtige Metapher.«

Ich mogelte immer noch.

»Ist dieser Satz noch Teil des Interviews?«

»Ganz wie du willst.«

»Wir können in schlichtere Dimensionen hinabsteigen und sagen, daß auch das Fenster eine Metapher ist. Mir kam die Vorstellung von Flucht in den Sinn.«

»Willst du fliehen?«

»Nein, nein, ich dachte an dich. Ich spüre, daß du ein Mann auf der Flucht bist. Was fürchtest du, wovor hast du Angst?«

Ich hätte antworten müssen, daß ich Angst vor allem habe, daß die Welt mir Angst macht, aber ich zog es vor, mich in einem bedeutsamen Schweigen niederzuducken.

Ayse blickte mich durchdringend an, so als wollte sie mich dazu bringen, etwas Verbotenes, etwas Schreckliches zu beichten.

»Ich habe mir notiert, was du gesagt hast, aber auch, was du mir verschwiegen hast.«

»Muß ich mir jetzt Sorgen machen?«

Ayse schwieg für ein paar Augenblicke, dann lächelte sie vielsagend. Was wollte sie mich glauben machen?

HERZ UND SCHMERZ

Schon bei der ersten Begegnung mit Ayse in Ägypten hatte ich ihre langen und spitz zugefeilten Fingernägel bemerkt. Es ist ein Zeichen von Eleganz, eine althergebrachte chinesische, möglicherweise aber auch arabische Tradition, um sich von denen zu unterscheiden, die mit ihren Händen arbeiten. Heutzutage ist es zu einer scheußlichen Modeerscheinung bei den Frauen geworden. Nie hätte ich mir vorgestellt, daß diese harmlose Mode Ayse nach unserer anfangs so leidenschaftlichen und glücklichen Beziehung in einen Tiger verwandeln würde. Ich habe gesagt: diese harmlose Mode. Ach was, Moden sind niemals harmlos, sie sind das Signal für den Willen, etwas hinter einer Fassade zu verbergen.

Mein Gast betete zwei- oder auch dreimal am Tag. Morgens, wenn sie aufstand, gleich nach dem Mittagessen und zur Dämmerstunde. Manchmal auch noch abends, bevor sie zu Bett ging. Wenigstens einmal am Tag, zur Dämmerstunde oder vor dem Schlafengehen, fühlte ich mich verpflichtet, meine Liebesdienste zu erneuern. Von Anfang an hatte ich den Fehler gemacht, einen Rhythmus vorzulegen, den ich nicht durchhalten konnte. Dann kamen auch noch die Fingernägel dazu, anfangs nur andeutungsweise, wie ein duftiges Liebesspiel, ein nicht allzu sehr beanspruchender Überschuß an Morbidität. Ayse umarmte mich von hinten, umklammerte mich fest während des Geschlechtsakts und rammte mir dabei ihre Fingernägel in den Rücken. Technisch verlangte dieser Überschuß an Temperament der jungen Frau ein paar komplizierte Verrenkungen ab. Mit den Händen, oder vielleicht sollte ich sie besser Vordertatzen nennen, konnte sie sich nicht mehr auf dem Fußboden abstützen, sondern mußte, um die Hände frei zu haben, das Kinn auf einen Stuhl stützen. Darunter litt auch das Gebet, denn Ayse konnte ihre Hände nicht mehr nach Mekka ausrichten, doch auf meine Frage hin, mit der ich sie ein bißchen in Verlegenheit bringen wollte, antwortete sie, die Verbeugung und die Worte für Allah seien völlig ausreichend.

Nach und nach wurde das Tigerspiel für mich zu einer wahren Pein. Ayse krallte ihre Fingernägel in meinen Rücken und versenkte sie mit ganzer Kraft in ihm. Wenn ich beim Geschlechtsakt zuckte, fühlte ich mich in einer Umklammerung von Stacheln und Dornen gefangen, die mir ins Fleisch drangen und es unter plötzlichem Zerren herausrissen. Eine wilde Erfahrung, der ich mich Tag für Tag schmerzvoll resignierend unterzog.

Unumwunden beklagte ich mich darüber bei Ayse, denn ich machte mir Sorgen wegen ihrer raubtierhaften Wut.

»Könnten wir die Fingernägel nicht weglassen, so wie am Anfang?«

»Suchen wir denn nicht höchste Lust? Liebe und Herz sind Triebe und Schmerz«, antwortete Ayse selbstsicher.

»Du machst mir noch den ganzen Rücken kaputt.«

»Deine Religion erlegt dir auf zu leiden. Für einen Katholiken ist Liebe Sünde, und die Sünde verlangt Buße. Du mußt leiden. Es liegt an dir, dieses Leiden in Lust zu verwandeln.«

Ich machte noch den einen oder anderen schüchternen Versuch, begriff aber, daß ich sie nur enttäuscht und unser blutiges, wenn auch aufwühlendes Idyll in Gefahr gebracht hatte. Es war längst klar, daß Ayse ihr tierisch wildes Treiben nicht aufgeben würde. Ihre Fingernägel waren nicht Teil der rationalen Sphäre und ließen daher keinerlei Diskussion zu.

Ich betrachtete meinen Rücken im Spiegel, und die Fingernägelspuren Ayses wurden mit jedem Tag schlimmer. Tiefe Spuren mit violett unterlaufenen Rändern, so anhaltend und schmerzhaft, als hätte man mich ausgepeitscht. Ich glaube, so müssen die Spuren auf den Rücken mittelalterlicher Flagellanten ausgesehen haben. Aber ich hatte durchaus keine Lust, Gott meine Leiden für die Sünden der Welt darzubringen, und ich konnte mich auch nicht dem Wunsch entziehen zu verstehen, weshalb Ayse ausgerechnet mich als Opfer ihrer Gewalttätigkeit ausersehen hatte. Woher hatte sie nur diese Hartnäckigkeit? Aus dem Koran? Von den wilden Hochebenen Anatoliens? Oder etwa von den grausamen Gottheiten Ägyptens? Sinnlose Fragen. Und um so sinnloser, als ich entdeckte, daß Ayse sich hinter einem Berg von Lügen verschanzte und ihre Gestalt sich immer mehr in Widersprüche auflöste.

Wie alle richtigen Lügner log auch Ayse nur aus gemeiner, billiger Freude am Lügen. Bei unseren Gesprächen kam heraus, daß ihre Vorfahren durchaus keine Hirten waren, sondern Soldaten, die auf der Seite Atatürks gekämpft hatten. Aber dann zeigte sich, daß auch diese Version falsch war. Der Großvater väterlicherseits war weder ein herumwandernder Hirt noch ein Soldat, sondern Lehrer an einer höheren Schule, und die Familie der Mutter gehörte zur Kleinbourgeoisie von Ministerialbeamten. Folglich war ihre nomadische Abstammung ein Märchen, und vielleicht war die Herkunft der mütterlichen Familie genauso ein Märchen. Damit hatten alle ihre Geschichten an Glaubwürdigkeit verloren. Die Lügen waren derart unverhohlen und naiv, die Widersprüche derart offenkundig, daß ich mich entschlossen hatte, sie hinzunehmen, ohne darauf einzugehen, und gleichzeitig verlor ich jede Hoffnung, Ayse zu zähmen.

Bei Sonnenuntergang ging ich hinaus in die laue Atmosphäre des herbstlichen Gartens, wo leichte Brisen aus dem Flußtal des Paglia angenehme Abkühlung brachten, mir ins offene Hemd wehten und die Brust und den wunden Rücken mit einer leichten, wohltuenden Massage streiften. Ich las die ersten Blätter auf, die von den Linden gefallen waren, betrachtete die feinen Äderungen, die zarte Grünfärbung, die in Gelb überging, Zeichen ihres physischen Verfalls, erste Symptome herbstlichen Niedergangs. Mein Interesse für die Pflanzenwelt, für alles, was der Himmel und die Erde mir boten, griff langsam das steinige Schema meiner Malerei an, in das ich über Jahre hinweg eingebunden war. Aber konnte ich es wagen, einen völlig neuen Weg zu beschreiten? Schon die Tatsache, daß ich mir diese Frage stellte, machte mir Sorge, weil ich damit diese Möglichkeit einräumte. Um mich keiner Gefahr auszusetzen, hatte ich aufgehört zu malen.

Unterdessen wurde die Fingernageltortur mit jedem Tag unerträglicher. Ayse begnügte sich nicht mehr damit, mir ihre Fingernägel ins Fleisch zu krallen, sondern sie fing nun auch an, mich zu kratzen. Mit grausamer Entschlossenheit riß sie mir die Haut auf, wahrscheinlich ohne sich in dem Augenblick darüber klarzuwerden, was sie tat. Die aufgerissene Haut blutete, ich betastete den Rücken mit meinen Händen und zog sie blutverschmiert wieder zurück. Voller Entsetzen betrachtete ich mein Blut, wie damals, als ich während der Schlacht von Tel Aqqaqir an der Wade verletzt wurde. Ich stürzte ins Bad, um mich zu desinfizieren, und das Brennen der Desinfektionsmittel fügte zum Schmerz neue Schmerzen. Ein paar Tage lang rührte ich Ayse nicht an, damit sich meine Wunden schließen konnten, aber das war nicht genug. Meine gemarterte Haut hielt dem erneuten Aufkratzen durch die Krallen der Tigerin nicht stand.

Eine Woche lang wehrte ich mich gegen ihre Versuche, mich zu neuen Geschlechtsakten zu animieren. Dann fing alles wieder von vorne an, wie gehabt. Was hatte ich bloß getan, daß ich eine solche Strafe verdiente? Was war mit der liebenswürdigen, ruhelosen jungen Frau geschehen, die ich in Luxor kennengelernt hatte? Wir betrachteten denselben Himmel, hatten aber nicht die gleichen Gedanken, nicht das gleiche Verlangen. Eines Tages pflanzte sich Ayse vor mir auf und sagte:

»Du bleibst dir immer gleich. Darin liegt höchste Gefahr.«

Panik überkam mich. Ich bin feige, abgrundtief feige, vor allem Frauen und Superlativen gegenüber. Ich habe ein angeborenes Schuldgefühl, völlig irrational und unbegründet, so als würde ich jedesmal einem Gerichtsurteil unterworfen. Ayse mußte meinen inneren Zustand erahnt haben, sie mußte gesehen haben, wie mein Gesicht bleich wurde, denn sie sagte sofort:

»Es macht nichts, wenn du nicht darüber reden willst.«

Aber nun hingen ihre Worte wie ein Schwert über mir, und von diesem Augenblick an wurde ihre Gegenwart für mich zu einer ständigen Bedrohung. Zu der ohnehin schon schwierigen Situation kam noch eine Reihe von Merkwürdigkeiten mit der Elektrizität, was mein Bewußtsein von der Gefahr nun auch noch physisch belastete.

Es mag sich durchaus um einen Zufall gehandelt haben, doch seit Ayses Ankunft spielte das Stromnetz in Poggio Arrigo verrückt. Die Sicherungen sprangen heraus, die Drähte des Fernsehgeräts und des Telefons verglühten, sämtliche Haushaltsgeräte, vom Warmwasserboiler über die Bohnermaschine bis hin zu den Kleingeräten in der Küche, fielen nacheinander aus. Jeden Tag brannten drei bis vier Glühbirnen durch. Mag sein, daß es der Spannungsabfall war, wie mir der Elektriker sagte, aber warum geschah dies erst, seit Ayse ihre Zelte in Poggio Arrigo aufgeschlagen hatte? Ich wußte, daß mein Argwohn lächerlich war, aber ist die Wahrheit nicht auch oft lächerlich?

Ich gehöre nicht zu denen, die sagen, alles werde letztes Endes Erfahrung, ganz gleich, was für ein Unglück einen trifft. Ich will nicht leiden, ich vermeide, wenn ich kann, neue negative Erfahrungen, denn ich weiß, daß sie mein Leben nicht bereichern, sondern unglücklich machen. Wenn mir etwas Unangenehmes widerfährt, verfluche ich Himmel und Hölle. Ayse gehörte inzwischen zum Bereich der unerfreulichen Erfahrungen, und ich überlegte immer häufiger, wie ich sie loswerden könnte. Ich hatte Angst, ich fürchtete mich vor ihr, wie man sich vor einem Tiger fürchtet, der einen von einer Sekunde auf die andere zerfleischen kann. Und sie war über alle diese Zwischenfälle mit der Elektrizität erschrocken.

Der Fön, sagte sie mir eines Tages, sei durchgebrannt, und es habe sich eine Stichflamme entwickelt.

»Ich hätte am Stromschlag sterben können.«

Damit hatten wir uns auf ein hochgefährliches Gebiet begeben. Ayse wurde still und betrachtete mich argwöhnisch, als befürchtete sie von mir eine Vergeltung für ihre erotischen Aggressionen, die wirklich seit langem jedes Maß des Ertragbaren überschritten hatten. Eine Woche des Schweigens, in der wir uns unsicher anlächelten, um ein Zusammenleben erträglich zu machen, das immer peinlicher wurde. Es gab keinerlei offensichtlichen Grund für die jähe Veränderung in unserem Verhältnis, vielleicht gab es aber auch übermäßig viele, jedenfalls habe ich nie daran gedacht, sie durch Strom umzubringen, das schwöre ich. Auch nicht für den Bruchteil eines Augenblicks ist mir diese Idee in den Sinn gekommen.

Ayse hatte mich zur Stunde des Gebets nicht mehr ins Schlafzimmer eingeladen, und ich nutzte dies aus, um mich ein bißchen auszuruhen, was ich dringend nötig hatte. Eine Woche später, als sie mir sagte, sie wolle nach Ägypten zurückfahren, nahm ich die Nachricht auf wie eine Befreiung.

Ich begleitete sie zum Bahnhof nach Orvieto, ich verabschiedete mich von ihr ohne irgendwelche Gefühle und fing endlich wieder an zu malen. Ich wollte mir nicht eingestehen, daß ich hoffnungslos verliebt war in diese Tigerin.

DER KOMET UND DER REGENBOGEN

Über viele Jahre habe ich meine Einsamkeit gewinnbringend verteidigt. Auch Gott ist einsam da oben im Himmel, aber ich denke, daß er in seiner Einsamkeit viel schläft, schließlich kann er es sich leisten. Mein Schlaf ist immer unruhig gewesen, und Ayse hatte auch noch meinen Wachzustand mit Unruhe erfüllt.

Ihre Gegenwart in Poggio Arrigo hatte mich völlig erschöpft, nicht nur physisch. Ihre Einmischungen hatten die Kommunikation mit meinen Sujets beeinträchtigt, die Gefühlsbewegungen, die ich beim Malen habe, auf Null reduziert, den Stromkreislauf durcheinandergebracht. Der Kurzschluß im Fön war ein kritischer Augenblick, das Signal der Gefahr.

Nach Ayses Abreise vergrub ich mich in mein Kastell von Poggio Arrigo, entschlossen, für eine Weile mit der Welt keine Verbindung aufzunehmen. Und ich fing wieder an zu malen. Mein Blick, scharf wie der des Falken, hatte längst alle Bilder in der Ferne ausgespäht: die Tempelsäulen, die unterirdischen Räume, die steinernen Gottheiten, den schwarzen und roten Granit der Sphinxen, die fossilen Eier, den Versteinerten Wald, die Insekten der Vorgeschichte. In mein Repertorium konnte ich auch den Kometen und den Regenbogen einfügen, die in meinen Träumen auftauchten. Jetzt, in meiner wiedergewonnenen Einsamkeit, hatte ich auf der Suche nach Konkretem und Beständigem erneut den Kontakt mit der Natur aufgenommen: mit den vergilbten Lindenblättern, den weißen und roten Chrysanthemen in meinem Garten, den silberblättrigen Gazanien mit ihren schönen altgelben Blüten, auch mit den Früchten auf meinem Gelände und den Beeren, die ich in den Wäldern sammelte, kleinen Zweigen mit Pflaumen, Brombeeren, Kornelkirschen oder Wildäpfeln. Auch Tomaten vom Markt in Bolsena habe ich gemalt, aber danach wurde mir klar, daß ich sie nicht mehr essen konnte. Und das gleiche passierte mit den Früchten. Die Malerei brauchte ihre Substanz und ihren Geschmack auf, ihre eßbare Glaubwürdigkeit. Ich konnte die materialisierten Abbilder meiner Leinwände, die Ebenbilder meiner Malerei einfach nicht auf einen Teller legen. Der Terpentingeruch durchzog meine Allergien wie ein Gifthauch. Die Natur, Stütze der Erde und des gestirnten Himmels, hatte sich mit ihren irdischen Formen sozusagen heimlich in meine Bilder eingeschlichen, und dort wurde sie hineingesogen wie in ein schwarzes Loch. Auf diese Weise hatte ich die Richtung meiner Malerei verraten, das steinerne, strenge Bild der archaischen Welt, die ich bis zum Augenblick meiner Begegnung mit Ayse immer und immer wieder gemalt hatte. Mit den neuen Blumen- und Früchtebildern beging ich ausgerechnet an dem Verrat, was ich für eine natürliche Notwendigkeit, für einen Ausdruck meiner seit Jahren in den Abgründen einer archäologischen Ferne versunkenen Individualität hielt. War also alles falsch? Ich durfte mir diese Frage nicht stellen, weil ich darauf weder eine Antwort geben konnte noch wollte.

Ayse und ich hatten uns gesagt, daß die Sünde die erotische Lust steigere. In diesem Fall war es die Lust am Verrat, die mich antrieb, Blumen und Früchte zu malen, ich verriet mich selbst, und der Verrat gab mir ungeheure Energie. Ich malte stundenlang, auch einen ganzen Vormittag, ohne Unterbrechung. Normalerweise lege ich, wenn ich male, ab und an eine Pause ein, dann setze ich mich und denke nach. Manchmal setze ich mich auch einfach nur hin. Damals waren die Pausen kurz und frei von Gedanken.

Waren die Bilder fertig, hängte ich sie ungerahmt in einem großen Salon der ersten Etage auf. Ich hatte ihn nie eingerichtet, nur die Wände geweißt, kein einziges Möbelstück. Nach einiger Zeit glich der Salon einer Kunstgalerie, in der eine neue Ausstellung vorbereitet wird, und ich war zugleich Galerist und ausstellender Maler. Eine leuchtende und wegen ihrer Motive und Farben auch gelungene Malerei. Ich hatte eine Anzahl Temperatuben gekauft, durchweg neue Farben, während auf der Palette die alten Farben meiner archäologischen Malerei eintrockneten. Siena-Erde, Van-Dyck-Braun, Gelb und Smaragdgrün. Neben die Blumen malte ich bisweilen ein Buch, eine verletzte Schwalbe, einen kleinen Skorpion, eine Eidechse: Dies veränderte den feierlichen Ton des Bildes in keiner Weise, stellte jedoch so etwas wie meine Unterschrift dar, das verbliebene Zeichen meiner Individualität. Neben zwei Chrysanthemen malte ich auch ein menschliches Auge, glasig, archäologisch. Aber ich mochte Insekten lieber, oder auch phantastische Tiere, die ich mir aus den alten Bestiarien meiner Bibliothek auslieh.

Ich malte ein großes Bild mit roten Tomaten, von einem mit einer Schlinge versehenen Seil zusammengebündelt, ein Seil wie für einen Henker. Nur wenn man das Bild aufmerksam und aus der Nähe betrachtete, konnte man diese von einem großen, festlichen Licht aus leuchtendem Rot verborgene Einzelheit entdecken. Ich hängte es in die Mitte einer großen Wand, umgeben von Bildern kleineren Formats, die jedoch ebenso lebhaft in Licht und Farbe waren. Immer wenn ich in den Salon trat, um ein neues Bild aufzuhängen, war ich erstaunt über diese Darstellungen, die mir so ausgelassen und heiter entgegenkamen.

In jenen Tagen erinnerte ich mich eines Wunsches meiner Mutter, die vor vielen Jahren gesagt hatte, wer weiß, ob du mir je einen Blumenstrauß malen wirst. Ich malte diesen Blumenstrauß für meine Mutter, einen Strauß weißer Druski-Rosen mit transparenten Blütenblättern wie Porzellan, ohne Skorpione, ohne phantastische Tiere, und unten mit meinem ausgeschriebenen Namen. Weiße Rosen vor einem hauchzarten himmelblauen Hintergrund, denn ich wußte, daß meine Mutter gedämpfte Farben liebte. Ich war mir sicher, daß ihr diese späte, aber liebevolle Hommage gefallen hätte. So viele Jahre waren vergangen, und der Gedanke an meine Mutter schoß mir jäh durch den Kopf, wie ein intensiver Schmerz, eine diffuse Melancholie, der Gewissensbiß über ein Vergessen, das schon allzulang andauerte. Während einiger Tage wandte ich den Blick von der Leinwand ab und sah meine Mutter in einem der kleinen Sessel in meinem Atelier sitzen. Sie lächelte mir zu, als wolle sie mir verzeihen, daß ich sie so lange vergessen hatte. Als ich schließlich den ihr gewidmeten Blumenstrauß im Salon aufhängte, verschwand ihr Bild, und es blieb nur ihr blasses, aber glückliches Lächeln zwischen den transparenten Blütenblättern der Druski-Rosen.

Einige Monate lang arbeitete ich mit der Besessenheit eines Häftlings. Bei jedem Bild stieß ich jetzt auf die Versuchung, neue Wege zu beschreiten, ohne je zu wissen, wohin sie mich führen würden. Ich konnte in hundert Richtungen gehen, an deren Ende ich neue Welten erblickte. Vor dem von der Phantasie freigesetzten Blick tauchten metallische und gläserne Formen auf, Wolken und Vögel, Bäume und Insekten, dann aber auch unendliche Weizenfelder und Betonstädte, Barockkirchen und Autobahnen, Brände, Lärm und Kriegsrauch. Kurz, vor meinem Blick öffnete sich die gesamte Welt wie eine unerschöpfliche Ansammlung von Sujets, die gemalt werden wollten. Jetzt wurde mir klar, warum ich meine Malerei auf ein so scharf umrissenes, aber auch so eingeschränktes Gebiet begrenzt hatte. Unbewußt wehrte ich mich gegen die Gefahr der Verzettelung, gegen diesen schrecklichen, allesvertilgenden Wunsch, der einen Künstler in Schwierigkeiten bringt, wenn er darauf besteht, das Gebiet seiner Interessen zu sehr auszuweiten. Die beiden mit Ayse verbrachten Monate, in denen ich nicht malte, hatten in mir eine Zentrifugalkraft angestaut, die mich jetzt in alle Richtungen trieb. Während ich mich vollkommen neuen Themen widmete, befand ich mich in jenen schwerelosen Bereichen, die sich an den Rändern des Vorstellungsvermögens ausdehnen, und ich schwebte in der Gefahr, nicht mehr zurückzukehren.
Als ich meine Bilder an den vier Wänden des Salons nebeneinandergehängt und den Eindruck gewonnen hatte, daß meine verborgene Ausstellung vollständig war, stapelte ich die Bilder, jedes einzelne sorgfältig in ölbeschichtetes Papier und Karton gewickelt, in eine große Holzkiste, die ich bei einem Tischler in Bolsena in Auftrag gegeben hatte. Ich verschloß die Kiste mit dickem Zinkdraht, den ich mit Bleiplomben versiegelte.

Es fällt mir schwer, über die Nachgeborenen zu sprechen, ich kenne sie nicht, ich weiß nicht, welche Gesichter sie haben werden, ob sie meiner Malerei freundlich gegenüberstehen oder negativ, jedenfalls waren diese achtzehn Bilder an eben diese unbekannten künftigen Menschen gerichtet. Da ich keine direkten Nachkommen habe, werde ich diese Bilder einer Stiftung hinterlassen, die meinen Namen tragen und ihren Sitz hier in Poggio Arrigo haben wird. Nur hier wird man diese Bilder sehen können, die Zeugnis von einem Bruch in meiner künstlerischen Entwicklung ablegen. Ich weiß nicht, ob sie eine interessante Periode für künftige Kunsthistoriker darstellen werden oder ob man sie lediglich eine Episode von geringer Bedeutung im Leben eines vergessenen Malers nennen wird. Jedenfalls werde ich mit diesen Bildern einen Beweis dafür liefern, wie sehr man zu lügen imstande ist, wenn man mit allzu großer Aufrichtigkeit der eigenen Berufung folgt.

Nachdem das Kapitel über diesen Verrat an meiner Malerei abgeschlossen ist, muß ich noch von einem anderen Verrat berichten, den ich rein zufällig durch ein in einer Illustrierten veröffentlichtes Foto aufdeckte. Ich spreche von Ayse. Man hatte sie in Begleitung eines italienischen Sängers fotografiert, eines mittelmäßigen Sängers aus dem Fernsehen, eines Film- und TV-Komikers. Kurz gesagt, ein biederer, körperlich vulgärer Typ, den eine junge französische Schauspielerin kurz zuvor verlassen hatte. Das Foto und der Kommentar der Illustrierten ließen keinen Zweifel aufkommen. Ayse hatte ein Verhältnis mit dieser widerlichen Person. Das war also der Weideplatz, an den ihr melancholisches Nomadentum sie geführt hatte. So entdeckte ich im nachhinein, daß sie auch gelogen hatte, als sie mir sagte, sie wolle nach Ägypten zurückkehren.

Ich stellte das kostbare Service aus Meißner Porzellan mit den handgemalten Vögeln wieder in eine Anrichte zurück: Ayse hatte es in ihrer Ahnungslosigkeit unbedingt für unsere einsamen Mahlzeiten benutzen wollen. Diese Teller waren ein Hochzeitsgeschenk für meine Mutter. Glücklicherweise habe ich keine so ausgeprägt liebevolle Beziehung zu Dingen, auch wenn ich ihren Wert kenne und sie vor Vandalen zu schützen versuche. Zusammen mit den Tellern stellte ich auch Ayse zurück, die weniger kostbar war als diese Porzellanstücke.

Wenn diese Kladden postum veröffentlicht werden, wird man auf die Suche nach den Naturbildern gehen und die versiegelte Kiste öffnen. Deshalb schreibe ich hier die achtzehn Titel nieder, die auch als Beglaubigung dienen sollen: ›Lindenhand‹, ›Zwei gelbe Herbsthände‹, ›Rote Chrysantheme mit Skorpion‹, ›Tomate mit Hirschbock‹, ›Krankes Lindenblatt‹, ›Unumkehrbare Braunflecken‹, ›Abgeschnittene Potentilla‹, ›Verblühte Potentilla‹, ›Souvenir de la Malmaison mit Floh‹, ›Tomaten am Strick‹, ›Golden-Delicious-Äpfel mit Wurm‹, ›Birnen ohne Hoffnung‹, ›Blut der Kornelkirsche‹, ›Weiße Chrysanthemen mit Blutflecken‹, ›Chrysanthemen mit Greif‹, ›Weiße Chrysanthemen mit schwarzen Ameisen‹, ›Fleischtomate‹, ›Weiße Rosen für die ferne Mutter‹.

Die Opfer der Schwerkraft

Die Ausstellung in den festlichen Räumen des Palazzo Vecchio in Florenz war ein Triumph. Kritiker aus allen Teilen Italiens kamen, und nun auch Journalisten, da mein Ruhm, der über den magischen Kreis der Kunstkritik längst hinausgewachsen war, das Firmament der Zeitungen mit großer Auflage und der Illustrierten erreicht hatte. Wie der eines Sängers, eines Stars der Leinwand oder des Fernsehens. Wie schrecklich und wie wunderbar. Für die Fotografen stellte ich mich vor meinen Bildern auf, mit nachdenklichem Gesichtsausdruck und in die Ferne gerichtetem Blick, so als sähe ich in die ferne Vergangenheit, die ich gemalt hatte. Ich wurde um Interviews fürs Fernsehen gebeten, die ich annahm, nachdem ich zunächst so getan hatte, als zögerte ich, das aber nur, um meinen Auftritten größeres Gewicht zu geben. Vor den Fernsehkameras machte ich bewußte Pausen, um meine Worte zu unterstreichen, und täuschte eine leichte Verlegenheit vor, weil das Publikum allzu selbstsichere und unbefangene Personen nicht mag. Natürlich hatte ich einen ungeheuren Erfolg.

Für eine Woche wohnte ich im Hotel Excelsior, umringt von Kritikern und Journalisten, die mich nach der Bedeutung des Versteinerten Waldes befragten. Ich überzeugte mit jeder Interpretation, wobei ich mich hinter den dunklen Bereichen des Unbewußten, des Geheimnisvollen, der kosmischen Ruhelosigkeit verschanzte. Ich zitierte Heisenberg und die Unschärferelation, die ich lieber als »Wahrscheinlichkeitswoge« bezeichnete, und mehr als einmal sprach ich über das Hologrammprinzip, das niemand kannte. Es handelt sich dabei um die Physischen Bilder, deren formale, perspektivische und farbliche Eigenschaften an jedem ihrer Punkte sämtliche Informationen des Gesamtzusammenhangs enthalten, den sie darstellen. Ich setzte die mineralische und archäologische Welt meiner Malerei in Beziehung zu den biologischen Organismen, in denen auch noch die bescheidenste Zelle die genetische Information des gesamten Lebewesens enthält, zu dem sie gehört. Ein ziemlich gewagter Vergleich, der meine Gesprächspartner erstaunte und mit Bewunderung erfüllte. Ich behauptete in groben Zügen, daß ein Quadratzentimeter irgendeines meiner Bilder die Informationen über meine gesamte Malerei enthalte. Sofern dieses hologrammatische Grundprinzip als heimlicher Motor der Malerei und als weiterer Beweis für die unendliche Wiederholung der Welt wissenschaftlich noch nicht bewiesen sei, liege die Schuld dafür in der trübsinnigen Entscheidung, in der Malerei einen Kunstgriff zu sehen, wodurch sie als Forschungsgegenstand für die Wissenschaft von keinerlei Interesse ist. Als sei die Malerei kein Werk des Menschen und als solches nicht ebenfalls auch Teil der Natur. Die Indizienuntersuchungen Giovanni Morellis, so genial und revolutionär sie auf dem Gebiet der Zuschreibungen auch gewesen sein mögen, seien lediglich Vorläufer des Hologrammprinzips. Vielen Journalisten mußte ich erklären, wer Giovanni Morelli war.

Mit diesen Behauptungen stieß ich in ein Wespennest. Man berichtete mir, daß ein für seine konservativen Anschauungen bekannter Kritiker meine Theorien über das Hologramm als »Hirnwichserei« bezeichnet habe, aber der eine oder andere polemische Schauer bewirkte lediglich, daß sich das Interesse, das ich mit meinen Bildern und Vorstellungen erregt hatte, noch steigerte. Wenn die Fragen Verdeutlichungen erforderten, die mich in Schwierigkeiten hätten bringen können, war ich keinen Augenblick verlegen: Ich erfand schamlos. Hatte ich erst einmal den Kerngedanken eines Grundprinzips erfaßt, wie den des Hologramms, konnte ich jede nur denkbare Folgerung daraus ableiten, auch die komplexeste. Ich improvisierte kurze und arglistige Vorträge, bei denen nicht nur alles akzeptabel schien, sondern auch höchst verführerisch. Ein Kritiker sagte, meine Bilder sprächen die Sprache der Zukunft, das schönste Kompliment, das mir je gemacht worden ist. Die Bilder waren dieselben, die ich in Orvieto ausgestellt hatte, aber die neue

Umgebung ließ um mich herum eine Atmosphäre der Bewunderung entstehen, wie ich sie in all den Jahren meines Malerlebens noch nicht erlebt hatte.

In jenen Tagen des Triumphs mußte ich an verschiedenen Banketten mit dem Oberbürgermeister, dem Präfekten und anderen städtischen Würdenträgern teilnehmen. Es war unmöglich, diese Zeremonien zu umgehen, ohne die Pharaonen der Stadt zu beleidigen; sie waren so feierlich und sich ihrer Macht so sicher, auch wenn diese Macht über einen Umkreis von wenigen bescheidenen Kilometern nicht hinausreichte. Meinem Hologrammprinzip zufolge enthielt ein Bürgermeister, ein Präfekt oder irgendein Stadtrat sämtliche Informationen über die unendlich vielen über Italien verstreuten Bürgermeister, Präfekten oder Stadträte. Ich ertrug sie wie den Regen oder den Wind oder wie den x-ten Beweis für die unendliche Monotonie der Naturerscheinungen. Es gab keinen Weg, wie ich ihnen ausweichen konnte, vor allem nicht, nachdem ich im Fernsehen zu sehen gewesen war.

Die Gattin des Stadtrats für kulturelle Angelegenheiten, die ich eines Abends im Restaurant an meiner Seite fand, sagte merkwürdige Dinge. Flüsternd vertraute sie mir an, daß sie gerne ein Vogel wäre, daß sie, wenn sie jünger wäre, gerne in einem Segelflugzeug fliegen, sich vom Wind forttragen lassen und niemals mehr zur Erde herabkommen würde. Wie entsetzlich, mit den Füßen zu gehen, sagte sie, Schuhe durch das Körpergewicht zu verschleißen, Opfer der irdischen Schwerkraft zu sein. Diese Dame von beträchtlicher Körperfülle redete mit mir über den Flug in einem merkwürdigen Ton der Komplizenschaft, als würde das, was sie sagte, Gott weiß welche heimlichen Botschaften enthalten. Während sie an einem Garnelenspieß herumknabberte, rückte sie mit neuen, immer gewagteren, immer extravaganteren Flugvorschlägen heraus, und ich ging wie ein Trottel auf ihre Phantasien ein, sagte Sätze von einem Niveau, dessen ich mich im selben Augenblick schämte, in dem sie mir aus dem Mund kamen. Ich war nicht fähig zu begreifen, worauf diese Dame, diese Liebhaberin des Fliegens, hinauswollte, bis sie mich, als gerade der Espresso gereicht wurde, auf die Seite zog und mir sagte, der größte Wunsch ihres Lebens sei, bei einem homosexuellen Geschlechtsakt zuzusehen. Mir verschlug es die Sprache.

»Mein Lieber, Sie werden doch wohl keine Skrupel haben, mir bei der Erfüllung dieses Wunsches behilflich zu sein? Sie sind Künstler und können mich verstehen.«

Ich brachte es nicht fertig, ihr den Rücken zuzukehren, was ich hätte tun müssen. Aber das Fliegen, was hatte das Fliegen und der Wunsch zu fliegen mit all dem zu tun? Was für ein Durcheinander.

Als hätte sie die Frage verstanden, die ich ihr gerne gestellt hätte, sagte mir die Dame, daß das Fliegen der Schlüssel zur Erotik sei, die Botschaft des Einswerdens, der Ort der Zen-Erweiterung. Ich war von diesen delirierenden Vorschlägen zutiefst verwirrt, doch die Dame lächelte zufrieden, als habe sie die entscheidenden Argumente für die Durchsetzung ihrer Forderung vorgebracht. Ich fühle mich jedesmal unwohl, wenn ich von Zen sprechen höre. Ich finde, dieses kurze Wort ist unaussprechbar, man kann es denken, aber nicht sagen, und jedesmal, wenn man es ausspricht, ist es eine Zumutung für alle, die da unten oder da oben nach dem Weg der Vollkommenheit suchen. Von dieser Dame ausgesprochen, wurden die drei elementaren Buchstaben zur reinen Essenz der Vulgarität. Ich hörte ihr immer noch sprachlos zu, ohne die Fassung zu verlieren, aber unterjocht von ihrer Schamlosigkeit.

Tags darauf erfuhr ich aus den Zeitungen, daß die Gattin des Kulturstadtrats sich mit einem Röhrchen Schlaftabletten das Leben genommen hatte. Die Tatsache, einen Abend mit einer Frau verbracht zu haben, die den Entschluß gefaßt hatte zu sterben, hinterließ in mir einen Zustand großer Unruhe. Das, was sie mir tags zuvor gesagt hatte, waren ganz offensichtlich Todesbotschaften, doch ich konnte nicht begreifen, warum diese Frau meine Komplizenschaft suchte. Wie sah das Bild aus, das ich meinen Nächsten bot? Ich beruhigte mich mit der Vorstellung, daß diese schwergewichtige, bedrückende Frau endlich in aller Ruhe und ohne meine Hilfe durch den Himmel der Erotik fliegen konnte. Friede ihrer Seele, sofern sie eine hatte.

Ich habe diese Begebenheit einfach nur so erzählt, aber ich messe ihr keine Bedeutung bei, abgesehen von einem kleinen Zweifel darüber, wie meine Person von außen gesehen werden mag. Aber ich bin sicher, daß diese Dame sonderbar war, nicht ich.

Ich befand mich in diesem Zustand innerer Sprachlosigkeit, als vor dem Aufzug des Hotels ein älterer Herr auf mich zukam, den ich nicht persönlich kannte, aber öfter von meinem Vater hatte nennen hören. P.M.Q war eine sonderbare Person, teils Kunsthistoriker, teils Initiator kultureller Ereignisse, teils Abenteurer. Als Kunsthistoriker hatte er ein Buch über das italienische Cinquecento geschrieben, das ich aber nicht gelesen habe, und ich wußte, daß er ein Museum für italienische Kunst in Argentinien gegründet hatte, wo er viele Jahre lebte. P.M.Q. stellte sich mir als Freund meines Vaters vor und sagte, er würde sich gerne kurz mit mir unterhalten, bevor er nach Kanada fliege. Er sei auf dem Sprung nach Vancouver, denn die Stadtverwaltung habe ihm den Auftrag erteilt, ein großes Museum für moderne Kunst auf dem Gelände der Weltausstellung von 1986 einzurichten; natürlich sei auch eine italienische Abteilung vorgesehen, in der er gerne das eine oder andere Bild von mir ausstellen würde.

Warum nicht? Ich sagte ihm, daß ich ihm danke und darüber nachdenken würde. Dann erzählte ich ihm von dem Brief meines Halbbruders, in dem er mir den Tod meines Vaters mitgeteilt habe, der zufällig in einer Klinik in Vancouver verstorben sei. Und daß ich danach nichts mehr erfahren hätte, daß ich nicht einmal die Adresse meines Halbbruders wisse, daß ich keine Verbindung mehr zu ihm habe, aber wenigstens erfahren möchte, wo mein Vater begraben sei. Ich ließ durchblicken, daß ich ihm zwei oder drei Bilder für das Museum in Vancouver geben würde, daß er mir aber bitte ein paar Nachrichten über Leben und Tod meines Vaters in Kanada zukommen lassen solle.

P.M.Q. war ein schlauer und sehr intelligenter Mann. Ein großer Diplomat: Ich wußte, daß es ihm gelungen war, unbeschadet ein paar ziemlich undurchsichtige politische Kompromittierungen zu überstehen. Kulturell war er vor allem ein Exzentriker. Es wurde behauptet, er habe in Argentinien auch für den Geheimdienst gearbeitet, und daher war er die geeignetste Person, Nachforschungen über den Tod meines Vaters anzustellen.

»Dein Vater«, sagte er und duzte mich gleich, »war ein Skorpion«, natürlich meinte er das Sternzeichen. »Er war ein Mann der vielen Geheimnisse und hatte immer schon das Laster, sich hinter einer Maske zu verstecken. Ein Meister der Verstellung, wie alle Skorpione.«

»So sehr, daß ich nicht einmal weiß, wo er begraben ist.«

»Nicht mal nach seinem Tod hat er das Laster des Versteckspielens aufgegeben.«

Ich brauchte mich über diesen faulen Witz nicht zu wundern, der mich im ersten Augenblick erstarren ließ. So sprachen die Männer dieser Generation, wenn sie skrupellos erscheinen wollten. Zugegeben, man kann auch über den Tod seine Witze machen, ich bin darüber nicht empört, aber damit macht man die Erscheinung dieses Gevatters auch nicht attraktiver und lindert keineswegs die Schmerzen, die er unter die Menschen bringt.

Ich gab ihm die Adresse von Poggio Arrigo.

»Ich werde Onofrio suchen, das verspreche ich dir.«

Jetzt redete er, als lebte mein Vater. Er umarmte mich zum Abschied, dann verschwand er im Aufzug.

Eine Postkarte aus Vancouver

Eine Postkarte mit der Ansicht von Vancouver: die Wolken-kratzer, die Bucht, die Berge unter einem strahlenden, durch-sichtigen Himmel. Einen Augenblick lang hoffte ich, Vittorio habe geschrieben. Statt dessen war sie von P.M.Q.

»Lieber Ovidio, ich wollte Dir einen Brief schreiben, um Dich über die leider fruchtlosen Nachforschungen über Deinen Va-ter zu informieren. Dann wollte ich Dir einen anderen Brief schreiben, um Dich über die Fortschritte des neuen Museums moderner Kunst in Vancouver zu informieren. Und statt dessen schreibe ich Dir diese Postkarte, um Dir zu sagen, daß ich Dir diese beiden Briefe schreiben wollte, die ich dann doch nicht geschrieben habe. Ich umarme Dich, P.M.Q.«

Die Sinnlosigkeit im Quadrat. So ist P.M.Q., ich erspare mir jeden Kommentar.

Auch mein Vater liebte postalische Spielereien, nur andere. Er schickte von Paris eine Postkarte aus Bordeaux, von Berlin eine Postkarte aus Aachen. Immer phasenverschoben, um uns zu verwirren, um seine Person mit etwas Geheimnisvollem zu um-geben. Oder wegen einer tatsächlichen geographischen Orien-tierungslosigkeit? War auch die Nachricht über seinen Tod in Ägypten Teil des Spiels? Eine Zeitungsente, die wirkliche Schmerzen verursacht hatte. Während ich in Ägypten um ihn litt, lebte mein Vater, in Vancouver, in Kanada. Was machte er in den Tagen, als ich verzweifelt durch die Straßen von Kairo lief, verwirrt von der Menschenmenge und den tausend Was-servögeln, die mit ihren unheilvollen Schreien über den Nil flogen, oder als ich von Fliegenschwärmen in Luxor überfallen wurde? Was machte mein Vater in diesen Tagen? Und jetzt, wie war es ihm nur gelungen zu sterben, ohne eine Spur zu hinterlassen? Auf welche Widersprüche hatte er sein Leben gebaut? Und seinen Tod.

Ein Mann von dieser Wesensart, der sich derart entzieht, hatte aus dem Nichts ein großes Bauunternehmen geschaffen, dann hatte er es in einem Windhauch zerstört, wie ein Kartenhaus. Er hatte seiner Familie, einer Frau und drei Söhnen, ein angenehmes Leben bereitet und gleichzeitig noch einer zweiten, heimlichen, parallel existierenden mit einem weiteren Sohn. Eine Reihe von Mißverständnissen, Schachzügen, Verstellungen, Rechnungen, die nicht aufgingen, und am Ende der Zusammenbruch und die Flucht. Und jetzt mischte sich auch noch P.M.Q. mit seinen Spielchen ein, seiner Arglist, seinem mörderischen schwarzen Humor. Ich hatte beschlossen, mich nicht verwirren zu lassen, und deshalb versteckte ich die Postkarte zwischen den Seiten eines wahllos aus dem Regal genommenen Buches. Es war eins der üblichen Bücher über Astrologie, das aus der Bibliothek meiner Mutter in meine übergegangen war. Auf der zufällig aufgeschlagenen Seite ging es um das Sternzeichen des Skorpions. Wieder.

Ich glaube, daß die Welt vom Zufall beherrscht wird und daß auch der freie Wille Teil des Zufalls ist, ein Wort, das auf Chaos hinweist. Aber auf dieser Verbindung konnte ich nicht mein Leben gründen. Ich habe mich immer ziemlich unbekümmert auf diesem zufälligen und chaotischen Planeten bewegt, aber ich muß an die tausend Zufälligkeiten denken, auch an die tausend Wasservögel, die über den Nil fliegen, an den Regenbogen, der in meinen Träumen auftaucht, an den Skorpion und an die Fliegenden Steine, an das Blut und an den Sand und an die anderen Zeichen, die aus der Verdichtung des Chaos herüberkommen. Der Zufall, das Chaos, Frau Fortuna, das Schicksal, der freie Wille: sie sind die Beherrscher der Welt, und sie befinden sich miteinander im Krieg.

Nach den letzten kanadischen Nachrichten häuften sich so viele Zweifel in meinem Kopf, so viele Verwirrungen, daß mir kein anderer Ausweg blieb, als mich in die Malerei zu flüchten. Malen hat mir stets die unanfechtbare Gewißheit gegeben, daß ich existiere, und wenn ich in jenen Tagen sehr, sehr oft den

Namen Gottes müßig ausgesprochen habe, wußte ich doch, daß mir vergeben werden würde. Von Gott und von dem, der ihn vertritt.

Unter den vierundzwanzig ›Capricci‹ für Violine von Paganini gibt es eins, das jeder Violinist zu spielen ablehnt. Ein befreundeter Musikwissenschaftler hat mir erklärt, daß man für ein einwandfreies Spiel elf Finger brauche. Das war es: Alles, was mit meinem Vater zu tun hatte, erinnerte mich an diesen elften Finger.

Ich habe das erste Bild für das Museum moderner Kunst in Vancouver gemalt. Nur das Malen verschafft mir eine so gewaltige, eine so fieberhafte Freude. Irgend jemand hat gesagt, Leidenschaften seien »die Ursache jeder Unordnung«. Für mich ist die Malleidenschaft das genaue Gegenteil, sie hilft mir, dem kleinen Ausschnitt der Welt, der vor meinen Augen liegt, ein Gesicht zu geben. Wer hat die Leidenschaften so leidenschaftlich angegriffen? Racine. Aber dieser ungetreue und geniale Höfling bezog sich in erster Linie auf die Leidenschaften der Liebe. Die Malerei ist davor gefeit, Ayse dagegen nicht.

Noch bevor ich zu den Pinseln griff, war ein erstes Bild für das Museum von Vancouver bereits in meinem Kopf entstanden, und zwar in allen Einzelheiten und mit allen Farben. Ich wußte, daß P.M.Q. äußerst interessiert war, ein paar Bilder von mir in seinem Museum zu haben, und ich befürchtete, daß sein Versprechen, Nachforschungen über meinen Vater anzustellen, vor allem ein listiger Vorwand war, meine Bilder zu bekommen. Aber ich war auch sicher, daß ich, wenn ich mich seinem Museum gegenüber wohlwollend zeigte, leichter sein Interesse für das kanadische Leben meines Vaters erwecken könnte. Unter diesen Gedanken mischte ich die Farben und begann, sie auf die Leinwand aufzutragen.

Der Plan war folgender: Ich wollte einen Baumstumpf des Versteinerten Waldes malen, und zwar in der Form der Wolkenkratzer, wie sie auf der Postkarte von P.M.Q. zu sehen waren. Ich hatte sie zwar zwischen den Seiten des bewußten Buchs versteckt, aber bereits in meinen Palast der Erinnerungen aufgenommen. Der versteinerte Baumstumpf sollte so aus dem

Wasser aufsteigen wie die Wolkenkratzer aus der Bucht, und die vertikalen Splitter, aus denen er sich zusammensetzte, sollten aussehen, als seien sie in unterschiedlichen Höhen gebrochen. Diese Höhen stimmten mit den unterschiedlichen Höhen der Wolkenkratzer überein. Viel Grau und Schwarz, die Farben dieser düsteren Gebäude aus Glas und Beton, und zugleich die Farben des verkohlten Baumstumpfs. Genaue Symmetrien und Proportionen sollten den Doppeleffekt eines Baumstumpfs des Versteinerten Walds und der Zentralgruppe der Wolkenkratzer dieser fernen kanadischen Stadt hervorrufen.

Dieses Sujet würde genügen, um das Interesse von P.M.Q. zu verdoppeln. Kurz gesagt, ich konnte genauso schlau und listig sein wie meine transkontinentale Bezugsperson. Das Bild, das auf meiner Staffelei Gestalt annahm, war vieldeutig, geheimnisvoll, magnetisch. Die hypnotische Suggestion, die meine Bilder immer haben, erreichte hier Wirkungen von höchster Intensität. Ich war von dem Ergebnis begeistert, das ich einfach so, ganz mühelos erzielt hatte, im Unterschied zu der verfallenen Kathedrale aus versteinerten Baumstümpfen, die ich seinerzeit, nachdem ich tagelang gelitten hatte, verworfen habe.

Ich wußte nicht, ob ich dem Bild den Titel ›Vertikale Synthese‹ geben sollte oder den offensichtlicheren ›Kanadische Vertikalen‹. Ich entschied mich für den zweiten, danach machte ich eine Aufnahme von dem Bild und schickte das Foto an P.M.Q. mit dem Hinweis, dies sei das erste Bild für sein Museum, ohne auf andere einzugehen.

Sofort begann ich, ein zweites Bild zu malen, eine Reihe versteinerter Baumstümpfe, die in einem tiefdunkelblauen nächtlichen Himmel standen. Ich wollte in einem einzigen Bild die Elemente der Fliegenden Steine und des Versteinerten Waldes vereinen. Doch während ich das zweite Bild für das Museum von Vancouver malte, war ich im Geist bereits beim dritten. Ich hatte die Absicht, die Serie der ägyptischen Steine wiederaufzunehmen: die Rückansicht der Statue eines jungen Pharaos, Gesicht unbekannt. Der Titel sollte deutlich machen, daß es sich um einen Pharao handelte, und dies würde man auch an den Kleidern erkennen, die man von hinten sah, aber das Gesicht müßten sich die Betrachter selbst vorstellen. Ich dachte dabei nicht an das der Sphinx, eher an die Magie des Jünglings von Motye, vor dem jeder den Kopf verliert, nicht nur wegen der Schönheit seiner Formen, sondern auch, weil sein beschädigtes Gesicht die Möglichkeit offenläßt, sich die unzähligen Ausdrucksformen der Verführung vorzustellen. Auf dieses imaginäre Gesicht konzentrierten sich die Begierden, die Frustrationen, die Einbildungen, die Träume, die Lüste, die Zweideutigkeiten so vieler Männer und Frauen, die die antike mediterrane Skulptur betrachten. An diese Magie dachte ich. Aber durfte ich von dem Bild des Pharaos, das ich soeben im Geist modelliert hatte, so viel erwarten? Ich sage modelliert, auch wenn es sich um ein Bild handelt, denn ich stellte es mir körperhaft vor, wie eine Statue. In diesem Bild fügte ich bereits meine Träume zusammen, während meine Hand noch die versteinerten Baumstümpfe malte, die in einem tiefdunkelblauen nächtlichen Himmel standen.

Hinter diesem dunkelblauen Himmel erschien unversehens, für wenige Augenblicke, das Bild meines Vaters, so wie ich ihn zuletzt im Zimmer meiner kranken Mutter gesehen habe. Und ich hörte von fern, von sehr fern seine metallische Stimme, ja sogar das eine und andere vorüberfahrende Auto unten auf der Straße. Was für eine Pein, die Erinnerung. Für einen Maler ist die visuelle Erinnerung ein Arbeitswerkzeug, doch jetzt ließ sie mich nicht mehr in Ruhe. Immer wieder sah ich, wie das Bild meines Vaters mir aus meinen Gemälden entgegentrat, mir im Traum erschien, in meinen Vorstellungen, in Augenblicken der Verlorenheit und Erschöpfung während der langen, einsamen Wochen in Poggio Arrigo.

Wie kann man sich von der Gegenwart des Vaters befreien, wenn er schon abwesend und fern ist? Wenn er sich selbst durch eine freiwillige, aufsehenerregende Handlung für die Abwesenheit entschieden hat? Wenn er sich, nach einer ersten Flucht, durch den Tod davongemacht hat? Wenn dem richtigen Tod ein falscher oder möglicherweise sogar ein simulierter Tod vorausgegangen ist?

Allabendlich kam eine befreundete Fledermaus in mein Atelier und flog die ganze Zeit im Kreis herum, bis ich endlich schlafen ging. Nein, das stimmt nicht, sie kam nicht in mein Atelier, sie wohnte dort. Eines Tages hatte ich bemerkt, daß die kleine fliegende Maus an einem Vorhang festgekrallt schlief, mit dem Kopf nach unten. Ich trat heran, um sie aus der Nähe zu betrachten, und strich mit einem Finger leicht über ihre weiche graue Haut, die von einem feinen Flaum überzogen war. Da ist sie ja, dachte ich, die Fledermaus, die ich viele Jahre zuvor in meinen Träumen kennengelernt habe. Wo war sie nur in all diesen Jahren? Warum hatte sie so lange gewartet? Warum hast du so lange gewartet? Welchen Weg hast du genommen, um aus dem Traum in die Wirklichkeit herüberzufliegen?

Nachdem ich die drei Bilder gemalt hatte, spürte ich eine große Leere im Kopf. Nach Stunden der Arbeit setzte ich mich hin, schloß die Augen und schlief ein. Und da war es wieder, das Gesicht meines Vaters, das mir im Schlaf erschien. Jäh wachte ich auf und ging in den Garten oder bis zum Rand des dichten Eichenwalds, dorthin, wo das Licht das Dunkel berührt, wo die Nachtvögel auffliegen, die ich nur mag, wenn sie gemalt sind, die mich aber in der Wirklichkeit zu Tode erschrecken. Ich ging nach Hause zurück, wobei mir mein Schatten vorauseilte, auf dem ich am liebsten herumgestampft wäre, aber auch er hatte die Känguruhsprünge erlernt, um vor der Beleidigung meiner Füße zu fliehen. Vor dem roten Abendhimmel kam mir das Kastell wie ein kindliches Bildnis vor, wie die Illustration zu einem unendlichen Märchen, in dem meine Rolle von Tag zu Tag elender wurde. Ich sagte mir, daß bei Sonnenuntergang auch kleine Menschen lange Schatten werfen. Schatten ohne Inhalt, ohne Leben. Ich ging schneller, um mich wieder vor die Staffelei zu stellen und zu malen, meine einzige Rettung. Aber was? Ich habe noch nie ein allein dastehendes Bild gemalt, ich brauche eine Perspektive, ich muß jedes Bild in einen geistigen Entwurf eingliedern, damit sich der Horizont dieser Perspektive ausweitet. Aber die Steine schienen mir verbraucht zu sein, und um mich herum herrschte nur dichtes, dumpfes Dunkel.

Die Wurzel und das Blätterdach

Um meine Augen und meinen Verstand zu beschäftigen, bleibe ich lange an einem Fenster zum Garten stehen, der sich in diesen Jahren üppig entfaltet hat, und beobachte den Regen, der das Laub der Steineiche und der beiden Linden schüttelt und wäscht, der von den Ästen der Zeder heruntertropft, ich sehe, wie sich die Erde in Schlamm verwandelt, wie das staubige, durstige Gras neu grünt, ich spüre, wie die Luft frischer wird. Ich öffne das Fenster, um die Geräusche der Regenschauer zu hören, die der Wind herträgt, und sehe eine Amsel, die unter dem Regen von einem Busch zum anderen hüpft. Ich kann nicht wissen, ob sie zufrieden ist, aber wieder einmal will ich mir keine Fragen stellen, weder über Menschen noch über Amseln.

Ich habe im Regen immer ein Naturwunder gesehen. Ich stelle mir vor, wie der Urmensch gestaunt haben muß, als er zum ersten Mal sah, wie Wasser vom Himmel fiel, wie die Erde sich in Schlamm verwandelte, Bäche anschwollen, die Pflanzen wieder grün wurden und die Luft auffrischte. Vielleicht genoß dieser primitive, behaarte Mensch die Freude, naß zu werden, zu trinken, im Schlamm zu spielen. Dieses Staunen hielt über viele Jahrhunderte an, bis ein gewitzter, intelligenter Mensch die Erklärung für dieses Wunder fand und alles sich in der harmlosen Mechanik von Ursache und Wirkung auflöste. Ich wundere mich über den Regen und bin erstaunt, wenn ich das Wasser vom Himmel fallen sehe, aber mein Staunen ist nicht das des Urmenschen, ich habe keinen Durst und werde auch nicht im Schlamm spielen. Die Moderne hat in dem Augenblick begonnen, als man begriff, daß das Prinzip von Ursache und Wirkung hinkt, weil die Wirkung immer wieder als Ursache zu eben der Ursache zurückkehrt, die sie hervorbringt. Die Überreste des Chaos sind in diesen Widersprüchen vorhanden, vielleicht sind gerade sie es, die die Welt in Gang halten. Die Wirkung Regen schließt keinen Kreislauf ab, sondern wird zur Ursache des Regens. Die Übergänge lernt man in der Grundschule begreifen, doch wie kann man Ursachen und Wirkungen unterscheiden? Man kann sagen, es regnet, weil es regnet, oder es regnet, weil die Sonne scheint, die die Ursache des Regens ist. Die Natur hat uns gelehrt, die aristotelische Logik zu korrigieren, deren Sklaven wir über zweitausend Jahre gewesen sind. Mein Staunen angesichts des Regens ist postaristotelisch, projiziert in einen Himmel, der nicht mehr von den Göttern bevölkert ist, die jedes Phänomen rechtfertigen. Der Himmel erklärt nur noch sich selbst, alles bewegt sich nach Gesetzen, die sich aus sich selbst erklären, die das Objekt sowohl wie das Subjekt in sich schließen, die Wurzel wie das Blätterdach. Es ist sinnlos, über die Wurzel eines Baumes zu sprechen und dabei das Blätterdach zu vergessen; oder über das Blätterdach und dabei die Wurzel zu vergessen; oder über die Wurzel und dabei die Erde zu vergessen; oder über das Blätterdach und die Luft und darüber die Wunder der irdischen und himmlischen Welt zu vergessen. Das Glückliche Chaos des nächsten Jahrtausends wird keine Erklärungen der Natur liefern, es wird die Dialektik zugunsten der nachbarschaftlichen Nähe von sich weisen, wie die Chinesen es schon immer getan haben.

Ist der Regen vorüber, gehe ich von einem Zimmer zum anderen und suche nach einer Beschäftigung für meine Hände und möglichst auch für meinen Kopf, während die dunkle Nachtluft heraufzieht. Erst jetzt merke ich, daß ich die Einsamkeit der Nacht nicht ertrage, wenn ich nicht vor einer Leinwand sitze. Aber schließlich kann ich das Nichts ja nicht malen. Die Vorstellung mißfällt mir nicht, um die Wahrheit zu sagen, aber wo damit beginnen? Das Nichts ist unermeßlich, das Nichts ist grenzenlos. Der Regen und die Einsamkeit bringen sinnlose und abstrakte Gedanken.

Beim Rundgang durchs Haus bin ich auf drei noch verschlossene Kartons gestoßen, die seit dem Umzug verlassen in einer Kammer unter der Treppe standen. Diese drei Kartons habe ich nie geöffnet, ich wollte ganz einfach nicht, daß mir Gegenstände trauriger, sinnloser Erinnerungen unter die Augen kämen. So habe ich sie in der Kammer unter der Treppe versteckt.

Ich durchtrenne die Schnur, mit der einer der drei Kartons zugebunden ist. Er enthält eine große Anzahl alter Medikamente, die Gott weiß wie lange in einer Schublade gelegen haben und von der sorgfältigen Packerin nicht übersehen wurden.

Ich habe die Medikamente auf dem Fußboden ausgestreut, ein unermeßliches Panorama leichter und schwerer Krankheiten in der Familie, die durch diese abstrusen Namen wieder in Erinnerung gerufen werden, ein Worthorizont von andeutenden oder auch eindeutigen Namen, kompliziert oder schlicht, von chemischen oder medizinischen Begriffen oder von lateinischen und griechischen Sprachwurzeln abgeleitet. Ein Sprachendschungel für Eingeweihte, in dem sich der Nichteingeweihte sprachlos verliert, weil er vor diesem Pantheon lichtloser Gottheiten, die über das grenzenlose Fegefeuer menschlicher Krankheiten herrschen, voller Entsetzen zurückweicht. Ich war fasziniert von diesen Namen, die ich einen nach dem anderen in ein Merkbuch übertrug. Um was damit zu tun? Natürlich: Ich würde ein Bestiarium scheußlicher Insekten, Schaben, Skorpione, Spinnen, Läuse, Fliegen, Tausendfüßler, Ameisen, Mücken, Würmer, Prozessionslarven, Flöhe und Hornissen malen können, die auf der Leinwand riesenhaft wie unter einem Vergrößerungsglas erscheinen. Sie würden wie prähistorische Ungeheuer aussehen, wie der Schrecken des Urmenschen, der auch der des Menschen der Neuzeit ist. Auf die Flügel, die Seite oder den Bauch dieser vergrößerten Insekten würde ich die Namen der Medikamente schreiben, die ich in mein Merkbuch übertrug: Aminomal, Actifed, Teldan, Dosberotec, Bekotis, Yosaxin, Iprafen, Theo-dur, Simanit, Gentalyn, Cepacol, Sinex, Coryfin, Rinazina, Lantigen, Bacacil, Nevral, Cephil, Saridon, Tauredon, Similasan, Trinitrina und so weiter.

Diese Insektenungeheuer konnten durchaus eine Richtung für die Arbeit an einer neuen Bilderserie angeben. Die phantastische Zoologie hat mich immer schon fasziniert, so viele Stunden meines Lebens habe ich mit dem Lesen von Bestiarien aus dem Mittelalter verbracht, aber dort handelte es sich oft um nicht existierende Tiere, während ich jetzt wirkliche Tiere malen würde, wie die, die ich damals zeichnete, als ich die Kartei der Gefallenen schrieb. Die Vergrößerung würde sie zu phantastischen Ungeheuern machen.

Bevor ich mich an die Serie der Insektenungeheuer machte, habe ich zur Ablenkung einen weiblichen Akt mit Geierkopf gemalt. Ayses Körper und ein Vogelkopf wie der, den ich, als Student in der Kunstakademie der Via Ripetta gemalt hatte. Mein visuelles Gedächtnis hält die Bilder so fest, als wären sie in Bronze gegossen. Dieser Akt ist Teil meiner parallelen, heimlichen Malerei, wie die Früchte und die Blumen, die nach Ayses Abreise entstanden. Der Geierkopf war keine Rache, ich empfand keinerlei Groll gegenüber dieser jungen Ägypterin, die ich gerne bei mir in Poggio Arrigo behalten hätte – nur ohne ihre peinigenden Tigerkrallen.

Beim Malen dieses weiblichen Akts habe ich nicht die gleiche Freude empfunden wie beim Malen der Früchte und der Blumen. Ich werde keine weiteren Akte malen.

Die blau schillernde Schmeissfliege

Ich habe eine riesenhafte Schmeißfliege gemalt, schwarz, metallisch blau schillernd, und auf die Flügel in winzigkleinen Buchstaben den Namen eines in dem Karton gefundenen Medikaments geschrieben, Bacacil. Dies ist ein Antibiotikum, das ein weites Spektrum abdeckt und bei der Therapie von Infektionen durch Pneumokokken, Streptokokken und Staphylokokken eingesetzt wird, wie der beiliegende Zettel in seiner drohenden Pharmazeutensprache erläutert. Die Schmeißfliege hat eine strenge und aggressive Haltung, wie ein Ungeheuer der Vorgeschichte. Die harten Beine sind bereit, die Beute zu pakken, und die Bohrwerkzeuge sind so ausgerüstet, daß sie das Blut von Säugetieren, einschließlich das des Menschen, aufsaugen können. Ich spüre immer etwas Bewegendes vor meinen Bildern, sie wirken auf mich, als hätte nicht ich sie gemalt. Diesmal habe ich vor dieser schwarzen, metallisch blau schillernden Schmeißfliege eine tiefe Beunruhigung, vielleicht Angst empfunden. Das ist nicht verwunderlich. Alle Mythologien bringen die Fliegen mit finsteren Dämonen der anderen Welt in Verbindung. Beelzebub im Neuen Testament wird als Herr der Fliegen (Baal Zebub) bezeichnet, und er führt ihre besonders gemeinen Bestattungsbezüge an. Im Mittelalter erklärte man den Titel »Signoria« damit, daß die Statue des Teufels mit Fliegen bedeckt war, die sich beeilten, das Blut der Opfer auszusaugen, die beim mitternächtlichen Sabbat dargebracht wurden. Doch die Fliegen haben sich auch ins Pantheon der Heiden gedrängt, und es wurde behauptet, der schwarze Bart des Zeus sei nichts anderes als eine Wolke von Fliegen, die seinen Mund umflögen. Bei den Kirchenvätern war die Fliege das Symbol für Lästerung, für Habgier, für die unreinen Lüste des Fleisches. Das ist noch nicht das Ende: In der Renaissance ist die Fliege das Symbol für die Zeit, die mit ihrem ununterbrochenen Gesumme jede Art von Leben zerlegt und zerstört. Aber ich habe noch nicht alles gesagt: Die Augen meiner Schmeißfliege sind menschliche Augen, weit aufgerissen, ohne Augenlider, grau und kalt, die den Betrachter des Bildes fixieren. Ich habe sie mit dem Gefühl tiefen Angewidertseins gemalt, das ich jedesmal spüre, wenn ich mir den menschlichen Körper und die Materie, aus der er sich zusammensetzt, bildhaft vorstelle. Nach der Arbeit an der Staffelei, der haargenauen und geduldigen Arbeit eines Miniaturen malenden Mönchs, stieg ich auf den Zinnenturm meines Kastells, und von dort beobachtete ich Stunden um Stunden die roten und violetten Streifen des Sonnenuntergangs. In der Tat, manchmal bin ich Opfer irriger Gedanken: Ich weiß genau, daß der Sonnenuntergang nicht stundenlang dauern kann, aber ich weiß auch, daß die Zeit eine bequeme Konvention ist, die man ganz nach Wunsch einschränken oder erweitern kann. Und ich muß noch hinzufügen, daß ich es aufgeben mußte, auf den Turm zu steigen, weil mir klargeworden ist, daß der Sonnenuntergang in mir keine Begeisterung hervorruft, sondern Beklemmung. Ich traue dem Sonnenuntergang nicht mehr, er ist von schlechten Malern und von schlechten Fotografen für immer ruiniert worden.

Nach dem Sonnenuntergang kehrte ich zurück, um die letzten Nachbesserungen an meiner blau schillernden Schmeißfliege mit den menschlichen Augen vorzunehmen. Ich betrachtete die Augen, die aus den Augenhöhlen traten, und mir war, als erkenne ich sie wieder, nach und nach, wie sie sich unter dem leichten Strich meines Pinsels vervollkommneten, und meine Beunruhigung nahm zu vor diesem Blick, der eine Frage an mich zu richten schien.

Welche Irrtümer beging ich mit meiner Malerei, und wie viele waren es? Welche trüben Verformungen kamen aus meiner Vorstellung, aus meinem Gedanken? Diese beiden Augen sahen mich weiter an, sie verfolgten mich in jedes Zimmer des Kastells, als gehorchten sie einem unsichtbaren Verfolgungswillen. Was geschah in Poggio Arrigo? Ich ging von einem Zimmer zum anderen, im Dunkeln, und zum ersten Mal fühlte ich mich allzu einsam, um mich diesen beiden mich verfolgenden Augen zu stellen. Fixe Ideen lähmen den Verstand, und ich sah mich nicht imstande, mit der Vernunft den Teufelskreis zu durchbrechen, der mich gefangenhielt. Meine Malerei rächte sich für einen Verrat. Oder war es wieder der Schatten meines Vaters?

Nun, da er verschwunden war und die Gattin und die legitimen Kinder verlassen hatte, da er aus dieser Welt der Lebenden geschieden war, schien es, als fordere mein Vater Verständnis, vielleicht auch Verzeihung, vielleicht aber auch Hilfe von mir. Der Verdacht, daß P.M.Q. nur meine Bilder haben wollte und daß das Versprechen, in Kanada die bewußten Nachforschungen anzustellen, nur ein Vorwand sein könnte, mich zu bewegen, in seinem Museum vertreten zu sein, konnte ein Motiv der Verwirrung für den Schatten meines Vaters darstellen. Die Verstorbenen bedürfen der Aufmerksamkeit, der Gesellschaft, des Trostes, der Blumen.

Zum zweiten Mal in meinem Leben überkam mich der Wunsch, ein Bild von mir zu vernichten. Statt dessen akzeptierte ich die Situation wie der Hauptdarsteller in einem Horrorfilm, der von der Geschichte gefangengehalten wird, die er interpretieren muß. Ich ging im Dunkeln, schloß mich in einem Zimmer ein, blieb lange unbeweglich und still, um mich diesem grauen Blick voller Verzweiflung zu entziehen, dann machte ich mich wieder auf meinen Gang von einem Zimmer zum anderen, immer in der Furcht, ich könne diesen beiden schrecklichen Augen am Ende eines Flurs oder hinter einer offenstehenden Türe begegnen. Plötzlich sah ich, wie sie mich hinter der Scheibe eines Fensters anstarrten. Möglicherweise schrie ich in die Nacht.

Die verlassenen alten Gehöfte ums Kastell waren gelegentlich Ziel meiner vagabundierenden Spaziergänge. In diese leerstehenden Häuser einzutreten, mit ihren im Wind schlagenden Türen und ihren heraushängenden Fenstern, mir das Leben der Bauern vorzustellen, die dort gewohnt haben, meine Unruhe diesen Geistern der Vergangenheit mitzuteilen, war zu einer

Gewohnheit meines Lebens als einsamer Wolf geworden. Geister haben mehr Verständnis als Menschen, und die auf dem Land sind gesellig und gastfreundlich. Aber was konnte ich eigentlich erwarten von diesen Sinnbildern rauher Bauern, die nur das harte Leben der Arbeit und des Überlebens kennengelernt hatten? Die ihr Leben damit verbracht haben, die mageren Felder an den Hängen zu bestellen, um eine Ernte einzubringen, die gerade eben ausreichte, um dem Hunger zu entgehen? Wenn überhaupt jemand, dann war ich es, der ihnen Trost in ihrem Elend spenden mußte, statt sie um Hilfe zu bitten. Ich wußte, daß dies nicht der richtige Weg war, um mich vom Gespenst des Vaters freizumachen, das sich in Poggio Arrigo eingenistet hatte und entschlossen war, dort zu bleiben. Andererseits konnte ich mich auch nicht beklagen, denn schließlich war ich es ja, der es gerufen hatte.

Einmal trat ich in eins dieser verlassenen Häuser, und meine Neugier trieb mich an, die Holztreppe hochzusteigen und in ein halbdunkles Zimmer zu blicken. Bevor ich aber überhaupt etwas erkennen konnte, hörte ich ein aufgeregtes Durcheinander und Flüstern, dann kamen zwei nackte Gestalten auf mich zu, ein Mann und ein Mädchen, mit ihrer Kleidung in Händen, die mich streiften und sich das Gesicht bedeckten. Sie stiegen die steile Treppe hinunter, erschrocken durch meine Gegenwart. Wahrscheinlich ein heimliches Pärchen, das diesen trostlosen Ort der Gespenster als Alkoven für seine Untreue ausersehen hatte.

Ich trat ans Fenster und sah, wie sie, immer noch nackt, auf ein hinter dem Haus abgestelltes Motorrad stiegen und auf der Straße in einer Staubwolke schnell davonrasten. Es waren zwei lebendige Menschen, in ihrer Nacktheit noch lebendiger. Um mich herum ging also das sogenannte Leben weiter, allen Gespenstern zum Trotz.

Gott ist an allem schuld

Eines Abends, als ich von einem meiner inspizierenden Spaziergänge in die Umgebung nach Hause zurückkam, fand ich einen Brief, den der Postbote unter der Türe durchgeschoben hatte. Etwa zehn dichtbeschriebene Seiten in kleiner Schreibschrift, mit denen P.M.Q. jeden Zweifel an der Ernsthaftigkeit seines Versprechens ausräumte. Wenige Zeilen zu Beginn, um mir mitzuteilen, daß er das Foto des Bildes vom Versteinerten Wald erhalten habe. War der Versteinerte Wald, so fragte er sich, nun den Wolkenkratzern von Vancouver nachgebildet, oder waren die Wolkenkratzer von Vancouver dem Versteinerten Wald nachgebildet? Eine phantastische Idee, ein Mythos unserer Zeit, eine Brücke zwischen Vergangenheit und Zukunft, ein Projekt, um die Zufälligkeit zu besiegen. Ich habe mich nie von der falschen Sprache der Kunstkritiker beeindrucken lassen, ich habe mich längst an sie gewöhnt und nehme sie weder mit Freude noch mit Schmerz zur Kenntnis.

Nach dieser Einleitung begann P.M.Q. eine Erzählung, die weit auszuholen schien und mit der Zeit begann, als er Kunstgeschichte an der Universität of British Columbia in Vancouver lehrte. »Es waren Jahre der Mühe und des Zwangs«, schrieb er mir, »weil ich mich niemals zum Lehren berufen gefühlt habe.« Hier habe es unter seinen Studenten einen jungen Mann gegeben, einen gewissen Oliviero Morre, der Beste von allen, was Intelligenz und Eifer anging, mit einem ungewöhnlichen Auge für Zuschreibungen. Ein junger Mann von Talent, den er dann nach Jahren wiederaufgespürt und als seinen ersten Assistenten für die Einrichtung des Museums moderner Kunst eingestellt habe. Aber er habe ihn in einem Zustand tiefster Depressionen vorgefunden, verstummt in seinen Gedanken und ohne

jene Sicherheit und jenen Schwung, die ihn als Student aus-
zeichneten. Willst Du es genau wissen? Nach einer Woche
hatte Oliviero seine Depression überwunden, hatte die dring-
lichsten Probleme schnell erfaßt und einen Arbeitsplan für das
Museum aufgestellt. Er kannte keine Müdigkeit und war hart
und fest wie Stein.

Es ging darum, Verbindung zu Malern der ganzen Welt aufzunehmen, die wir in einer Liste zusammengestellt hatten, und zu
Privatsammlern, um über den Ankauf zeitgenössischer Bilder
der großen Meister, aber auch junger und bereits anerkannter
Maler zu verhandeln. Deinen Namen hatte ich nicht in die Liste
aufgenommen, da wir ja schon miteinander gesprochen hatten,
allerdings hatte auch er Deinen Namen nicht eingefügt. Eine
sonderbare Lücke für einen so aufmerksamen und informierten
Mann.

Oliviero sprach perfekt Englisch und Französisch, er verstand
es, die Verhandlungen mit diplomatischem Geschick so weit
zu führen, bis mein Eingreifen für den Abschluß der Verträge
notwendig wurde. Er hatte etwas Sonderbares an sich, einen
ziemlich übertriebenen Eifer für die Arbeit, für die er sich sofort
begeistert hatte und die seine Ängste zu besänftigen schien.
Aber man konnte ahnen, daß sich hinter seinem Enthusiasmus
ein Problem verbarg, über das er nicht sprechen wollte.

Nach einigen Monaten sagte er mir eines Tages mit einem Gesichtsausdruck, als wolle er sich entschuldigen, daß er mich
gerne zu sich nach Hause einladen möchte, wo ich seine Mutter
kennenlernen würde. Es war, als wolle er mit einer freund-
schaftlichen, vertraulichen Geste das Vertrauen besiegeln, das
ich in ihn gesetzt hatte, indem ich ihn zu meinem Mitarbeiter
machte. Selbstverständlich nahm ich die Einladung an.

Oliviero wohnte in einer kleinen, eleganten Villa mit Blick auf
die Bucht, nicht weit von der Universität. Das neuviktorianische Haus aus Ziegelstein war von einem Kamelien- und
Rosengarten umgeben, und ringsherum lief eine vollkommen rechteckig geschnittene Ligusterhecke. Neben dem Haus
eine hohe, seltene Magnolie. Unter den Rosen bemerkte ich sofort zwei Sträucher der weißen Druski, deren Blätter vom Kup-
fersulfat leicht bläulich gefärbt waren. Wenn ich mich recht

erinnnere, waren dies die Rosen, die Deine Mutter am liebsten hatte.

Sieh da, da hatte mir P.M.Q. in seinem Brief eine Vorliebe meiner Mutter ausgerechnet für die Rosen enthüllt, die ich rein zufällig für das ihrem Gedächtnis gewidmete Bild ausgewählt hatte. Es war mir unangenehm, daß P.M.Q. Dinge über meine Mutter wußte, die mir unbekannt waren, doch gleichzeitig war ich glücklich, die von ihr bevorzugten Rosen für das Bild ausgesucht zu haben. Aber von wem hatte P.M.Q. erfahren, daß meine Mutter diese Rosen liebte? Etwa von meinem Vater? Oder von ihr?

Das Innere der Villa, schrieb P.M.Q. in seinem Brief, war mit antiken Möbeln geschmackvoll eingerichtet, einer schönen Mischung rustikaler Möbel aus dem Piemont und der Emilia, deren Alter nicht leicht zu bestimmen war. Eine entspannte Atmosphäre, eine augenscheinliche Ruhe, die Dich jedoch mit plötzlich ausbrechenden Tragödien rechnen läßt. Oder hatte sich alles schon ereignet? Ich weiß nicht, was mich dazu gebracht hatte, so zu denken, denn sowohl Oliviero wie seine Mutter hatten mich mit offener und diskreter Sympathie empfangen.

Olivieros Mutter war eine schöne Frau um die siebzig, die es hingenommen zu haben schien, in einem würdevollen Exil zu leben, wie gewisse Diplomatengattinnen, die wissen, daß sie den größeren Teil ihres Lebens im Ausland zubringen müssen, und sich dieser Situation unbefangen anpassen. Bei Tisch erzählte sie mir von ihrem Antiquitätengeschäft auf der Robson Road, wo sie, wie ich zu verstehen meinte, gute Geschäfte machte, indem sie Möbel aus Italien importierte und dann an die reiche Bourgeoisie von Vancouver weiterverkaufte.

Und ebenfalls bei Tisch sprachen wir über das Museum und die Schwierigkeit, Werke zeitgenössischer Künstler von hohem Niveau zu erhalten. Die Gefahr dabei sei, das Schlechteste von den Besten zu bekommen: hervorragende Namen, aber mittelmäßige Werke.

»Das kann vorkommen«, sagte ich, »wenn man die Dinge in aller Eile macht und bei Null anfängt.«

»Ihr fangt nicht bei Null an, ihr macht euch mit Dollars auf den

Weg«, sagte Olivieros Mutter ironisch, aber sie hatte recht, denn die Stadtverwaltung von Vancouver hatte uns nicht gerade wenig Geld zur Verfügung gestellt.

Ich habe ihr erklärt, daß wir oft Preise zahlen müßten, die über dem augenblicklichen Marktwert lägen, weil die Künstler befürchten, daß das Museum von Vancouver ein totes Gleis sei, wo ihre Bilder von niemandem gesehen würden. Und jedesmal müsse man ihnen klarmachen, daß sich innerhalb weniger Jahre die Hochfinanz von Hongkong hier ansiedeln und sich bereits auf den Umzug für den Augenblick vorbereiten würde, wenn das Territorium an die Volksrepublik China zurückfalle. Gleichzeitig mit den nichtkommunistischen chinesischen Finanzleuten, die eigentlich nie Interesse für die europäische Kunst gezeigt haben, würden hier auch die Japaner kommen, die schon seit Jahren bedeutende Summen in die alte und neue Kunst des Abendlands investierten.

»Innerhalb weniger Jahre häuft sich hier alles Gold der Welt«, sagte ich.

Das war ein etwas pathetischer Schlußsatz, aber auch nicht weit von der Wirklichkeit entfernt.

»Und wenn sich hier all dies Gold häuft, werde ich nach Italien zurückkehren«, sagte Oliviero. »Ich möchte eine Kunstgalerie in Rom eröffnen. Auch deshalb habe ich die Arbeit für das Museum begeistert angenommen, sie gibt mir Gelegenheit, die zeitgenössische Kunst in einer weltumspannenden Sicht zu bewerten.«

»Wenn wir unter uns sind, sprichst du von planetarischer Sicht«, bemerkte die Mutter, »aber ich sehe, daß du in Gegenwart des Herrn Professors gemäßigtere Töne anschlägst.«

»Europa ist immer noch ein guter Kunstmarkt«, sagte ich, um mein Interesse für seinen Plan zu zeigen.

»Warum sagst du Europa? Italien liegt auch in Europa. Von Vancouver aus unterhalten wir Verbindungen mit der ganzen Welt, warum sollte ich das nicht von Rom aus können?«

»Ohne Frage«, sagte ich, »aber Italien an sich ist kein interessanter Markt. Frankreich ist da günstiger, noch mehr die Schweiz. Und wir sollten nicht vergessen, daß die Zukunft auch diese Länder ausschließt, die Zukunft hat sich bereits den

Pazifik ausgesucht. Kulturen sind immer an Meeren entstanden und großgeworden, zuerst das Mittelmeer, dann der Atlantik, und jetzt ist der Pazifik an der Reihe.«

»Hier in Vancouver«, sagte Oliviero, »fühle ich mich im Exil, ich arbeite gern, und das, glaube ich, habe ich dir bewiesen, aber es ist, als wäre ich von der Welt abgeschnitten, weit weg von allem. Die kulturelle Zukunft mag im pazifischen Raum liegen, wie du sagst, aber meine Zukunft liegt in Italien, in Rom. Die Schweiz kommt mir nur wie ein weiteres Friedhofsland vor, so wie Kanada.«

Ich habe Dir ein bißchen weitläufig von dieser Begegnung berichtet, schrieb P.M.Q. in seinem Brief weiter, und jetzt wirst Du verstehen, warum. Das Wort »Friedhof« hatte mich plötzlich wieder an das Versprechen erinnert, Nachrichten über den Tod Deines Vaters zu finden. An dieser Stelle vertraute ich Oliviero und seiner Mutter an, daß ich mich dem Maler Ovidio Romer gegenüber verpflichtet hätte, ihm ein paar Informationen über den Tod seines Vaters hier in Kanada zukommen zu lassen, wohin er geflohen sei, um der Strafverfolgung wegen eines Bankrotts zu entgehen. Der arme Onofrio sei vor vielen Jahren mein Freund gewesen, und deshalb hätte ich den Auftrag gerne übernommen, doch hätte ich keinerlei Spur gefunden und wüßte nun nicht mehr, an wen ich mich noch wenden könne.

Was soll ich Dir sagen? Oliviero und seine Mutter wurden kreidebleich, stumm und verlegen blickten sie einander an. Schließlich sagte Oliviero mit vor Aufregung heiserer Stimme, daß der Mann, über den ich Auskünfte suchte, sein Vater sei.

Ich war wie versteinert. Ich fand keine Worte, um meine Überraschung auszudrücken.

»Aber du heißt doch Morre.«

»Morre ist das Anagramm von Romer.«

Ich begriff immer noch nichts.

Oliviero erzählte mir seine Geschichte, die Du, soweit sie in Italien spielt, ja schon kennst. In Kanada war es Deinem Vater, seinem Vater gelungen, den durch den Bankrott kompromittierten Nachnamen durch das Anagramm Morre zu ersetzen. Oliviero und seine Mutter waren ihm einige Monate später nachgereist und wohnten mit ihm in diesem Haus, das Onofrio von dem Geld gekauft hatte, das er vor dem Bankrott retten und unter Mühen nach Kanada bringen konnte. Ein schwieriges und risikoreiches Unternehmen, das er aber als Bedingung auf sich genommen hatte, bevor er sie von Italien nachkommen ließ, um hier in aller Heimlichkeit seine zweite Familie aufzubauen.

Etwas war mir immer noch nicht klar, ein Versatzstück, das ich nicht einfügen konnte. Oliviero begriff meine Überraschung auf der Stelle und kam mit seiner Antwort weiteren Fragen zuvor.

»Ich habe den Nachnamen geändert, der mit einer Anerkennung der Vaterschaft durch Gioacchino Morre legalisiert wurde. Auch den Vornamen. Vorher hieß ich Vittorio. Oliviero ist ein Produkt des Untergrunds, aber inzwischen kennt mich hier jeder als Oliviero. Ich werde wieder Vittorio heißen können, wenn ich sicher sein kann, daß alle mit dem Bankrott zusammenhängenden schwebenden Verfahren eingestellt sind. Dann kann ich beim Einwohnermeldeamt von Vancouver alle Anträge stellen, um sowohl meinen Vornamen als auch meinen Nachnamen wiederzubekommen, mit denen ich geboren bin.«

»Dann bist du also ein Bruder von Ovidio Romer.«

»Halbbruder.«

»Das ist ja ein richtiger Roman.«

»Ein Kolportageroman«, sagte Oliviero, das heißt Vittorio bitter. »Weißt du, daß Ovidio uns drei Bilder für unser Museum geben wird?« Ich wollte irgendeine Unterbrechung des Gesprächs herbeiführen, damit Vittorio sich nicht mehr so verlegen fühle.

»Davon wußte ich nichts. Ich habe Ovidios Namen nicht für das Museum genannt«, und Vittorio schien sich entschuldigen zu wollen, »um mich keinerlei Verlegenheit auszusetzen. Aber ich wußte, daß wir früher oder später mit ihm Verbindung aufnehmen würden, auch wenn er einen schwierigen Charakter hat und uns nichts gegeben hätte.«

»Hast du keine Beziehungen mehr zu ihm gehabt, seit du in Kanada bist?«

»Ich habe ihm geschrieben, als unser Vater gestorben ist, ohne ihm meine Adresse mitzuteilen. Vor allem aus Vorsicht, denn unser Rechtsanwalt hat uns geraten, vorsichtig zu verfahren, solange noch nicht alles nach dem Gesetz abgewickelt sei. Aber auch, weil es mir vorkommt, als hätte ich mich seiner Familie bemächtigt. Deshalb habe ich lieber keine Beziehungen zu ihm. Unser Vater hatte eine Frau und legitime Kinder, und wir haben uns an ihre Stelle gesetzt. Mit einem Wort, wir fühlen uns schuldig.«

Vittorio sah seine Mutter an, sie schlug die Augen nieder und sagte leise:

»Jetzt ist alles zu Ende«, sagte sie, ohne den Blick zu heben, »zu Ende, zu Ende.« Und seufzte merkwürdig.

»Vielleicht ist der Augenblick gekommen«, sagte ich, »die Beziehungen zu Ovidio und den anderen Freunden und Verwandten wiederaufzunehmen.«

»Das ist gar nicht möglich. Ich habe meinem Vater geschworen, meine Identität nicht preiszugeben, bevor nicht die ganze äußerst schwierige Angelegenheit des Bankrotts bereinigt ist. Ich weiß nicht, wieso wir dir das heute alles erzählt haben. Ich habe einen Schwur gebrochen.«

Ich fühlte mich wirklich verlegen, auch wenn mich keinerlei Schuld für das traf, was Vittorio mir anvertraut hatte.

»Jetzt müßtest du mir sagen, ob ich mit Ovidio darüber sprechen darf.«

Vittorio sah seine Mutter an und schloß einen Augenblick lang die Augen, ohne zu antworten.

»Ovidio möchte wissen, wie sein Vater hier in Kanada gelebt hat, ob er Beistand hatte, als er starb, wo er begraben ist.«

»Du kannst ihm sagen, daß wir alles getan haben, was wir konnten, um ihm Trost zu spenden, und daß wir ihm bis zuletzt beigestanden haben. Ovidio ist genauso sein Sohn wie ich und hat ein Recht, es zu erfahren. Du kannst ihm sagen, daß er hier in Vancouver beerdigt ist, auf dem Boundary Cemetery. Ungefähr fünfzig Meter rechts hinter dem Eingang steht ein Grabstein aus rotem Granit, auf dem nicht sein wirklicher Name steht, sondern Gioacchino Morre. Die Tafel ist höher als alle anderen, man sieht sie sofort.«

»Denkst du nicht daran, die Beziehungen zu Ovidio wiederaufzunehmen? Ihr dürft euch nicht schuldig fühlen.«

»Mein Vater sagte oft, daß Gott an allem schuld sei, aber er
glaubte nicht an Gott. Ich und meine Mutter wollen unsere Verantwortung nicht auf Gott abwälzen.«

Da war noch etwas, das ich wissen wollte, schrieb P.M.Q. in
seinem Brief weiter, und zwar, weshalb Dein Vater Vancouver
für sein Exil gewählt hatte. Vittorios Mutter antwortete mir.

»In erster Linie wegen des Klimas. Vancouver ist eine Insel der
Seligen, oder genauer gesagt, eine Halbinsel der Seligen, und
zwar wegen der warmen Pazifikströmungen. Hier werden die
Fichten hundert Meter hoch, rammt man hier einen Pfahl in
den Boden, treibt er Blätter wie der Josephsstab. Und dann gibt
es nur wenige Italiener, damit vermied Onofrio das Risiko, erkannt zu werden, es ist nicht so wie in Toronto, wo es über eine
halbe Million Italiener gibt. Auch das Antiquitätengeschäft war
seine Idee. Hier in Vancouver ist viel Geld im Umlauf, hier in-
vestieren auch ein paar italienische Politiker, die Milliarden
mit Bestechungsgeldern gemacht haben, aber sie lassen sich nie
blicken. Sehen Sie den schwarzen Wolkenkratzer da drüben an
der Bucht?« Sie deutete vom Fenster aus auf einen Wolkenkratzer. »Der gehört einem italienischen Politiker, einem unglaub-
lichen Betrüger. Das wissen alle, aber die Zeitungen nennen
niemals seinen Namen, denn sein Bauunternehmen beschäftigt
Tausende von Arbeitern.«

»Das war eine vorzügliche geographische Wahl von Onofrio.«

»Das Klima, die Natur und ein schönes Haus. Aber das ist keineswegs schon alles. Da sind auch viele Jahre eines Lebens im
Untergrund. Heute treten wir zum ersten Mal aus der Deckung,
aber wissen Sie eigentlich, daß wir seit unserer Ankunft immer
unter falschem Namen gelebt haben, wissen Sie eigentlich, daß
Onofrio uns die falschen Namen auch zu Hause aufgezwungen
hat? Es kam mir vor, als spielte ich eine Komödie. Oder eine
Tragödie. Sie werden vielleicht sagen, daß wir doch immer dieselben sind, auch mit anderen Namen. Aber das ist eben doch
nicht dasselbe. Ich weiß nicht mehr, wer ich nach so vielen
Jahren tagtäglicher Verstellung bin. Meinen Sohn nannte ich in

Rom Vittorio, doch dann mußte ich ihn in Vancouver plötzlich Oliviero nennen, weil sein Vater es so wollte. Und das war nicht nur wegen des Bankrotts, glauben Sie mir. Es war eine Wahnvorstellung von ihm, ein Hang zum Versteckspiel, zur Verstellung, zur Verlogenheit, zum Geheimnis. Ich nannte das den Köhler-Komplex, aber diese Definition machte ihn nervös, weil er sich demaskiert fühlte. Wie alle, die von einer Wahnvorstellung besessen sind, mochte er es nicht, daß man über seine Wahnvorstellung sprach. Sogar noch auf dem Totenbett wollte Onofrio, daß ich ihn Gioacchino nenne. Und ich bin seit meiner Ankunft in Kanada nicht mehr Antonella, sondern Francesca, auch für meinen Sohn. Aber wer ist Francesca? Und wohin ist Antonella verschwunden? Ich bin zusammen mit dem Namen verschwunden, mit dem mich meine Eltern und meine Freunde riefen. Der Untergrund war nicht nur zu einer Obsession geworden, sondern auch zu einer Ideologie. Irgendwann hatte Onofrio beschlossen, sich einen Bart stehen zu lassen, aber das habe ich ihm verboten, ich habe gedroht, nach Italien zurückzukehren, wenn er sich einen Bart stehen ließe. Der Bart verändert das Gesicht eines Menschen, er versteckt und verfälscht es. Er hat lange darauf bestanden, wissen Sie? Um mich zu überzeugen, sagte er, Homer habe ihn als ›Ehre des Kinns‹ bezeichnet. Ich war sicher, daß es nicht Homer war, und habe ihm gesagt, er solle es mir beweisen, dann würde ich vielleicht meine Meinung ändern. Wissen Sie, daß er sich heimlich hingesetzt und die ›Odyssee‹ und die ›Ilias‹ gelesen hat? Er gab niemals auf, er war ein starrköpfiger, ein schwieriger Mensch. Aber darüber, sich einen Bart stehen zu lassen, hat er nicht mehr gesprochen.«

Antonella schwieg einen Augenblick lang, um gleich darauf fortzufahren.

»So viele leidvolle Jahre, Jahre ständiger Schwindelanfälle. Dauernd stolperte ich und fiel hin. Ich war am Rand eines Nervenzusammenbruchs, ich habe sogar an Selbstmord gedacht, schließlich wäre ja nicht Antonella, sondern Francesca gestorben, eine Unbekannte. Dann habe ich mich angepaßt, ich habe diese Verstellung wie eine Sühne für meine Sünden hingenommen. Onofrio hatte leicht sagen, Gott sei an allem schuld. Diese

Verstellung hat er uns aufgezwungen, nicht Gott. Vittorio hat sich in den Jahren an der Universität erholt, dann fiel er in eine Depression, die anhielt, bis Sie ihn für die Museumsarbeit angestellt haben.«

Höchst sonderbar. Dem Brief von P.M.Q. entnahm ich, daß sich im fernen Kanada die gleiche Diskussion über den Bart wiederholt hatte, die sich zwischen meinem Hauptmann von Parma und mir eines Nachts während des Wüstenkriegs in Nordafrika entwickelt hatte.

Während sie sprach, so schrieb P.M.Q. weiter, standen Antonella Tränen in den Augen, und zugleich war Zorn in ihrem Blick. Das Haus, die Familie, die wirtschaftliche Sicherheit hatten die Verfälschung ihres Lebens nicht aufgewogen, zu der sie über all die Jahre gezwungen war.

»Ich habe Ihnen vorhin über das Klima von Vancouver erzählt, über die Natur, die Sicherheit, inmitten unbekannter Menschen zu leben. Es hätte kein geeigneteres Land als Kanada für unsere Inszenierung geben können. Kanada ist ein künstliches Land, ein Land ohne Identität. Die Kanadier gibt es nicht, hier in Vancouver leben siebenhunderttausend Engländer, dreihunderttausend Franzosen, hunderttausend Chinesen, viele Deutsche, und ich weiß nicht, wie viele andere noch, alles Ausländer. Es ist ein Land ohne Vergangenheit, ohne Geschichte, weil die Indianer, die hier vor der Ankunft der Europäer gelebt haben, Teil der Natur waren, wie die Bäume oder die Murmeltiere. Hier leben wir bereits in einer Zukunft ohne Traditionen, ohne Empfindungen, ohne Wurzeln, in der totalen Teilnahmslosigkeit und Einsamkeit. Diese kanadischen Jahre haben wir in einem schönen Haus verlebt, mit einem schönen Garten, wir haben gute Geschäfte gemacht, aber das in der abgrundtiefen Verzweiflung eines jeden einzelnen Tags.«

»Jetzt beruhige dich, Mama.« Vittorio nahm eine Hand von ihr, um sie zu trösten.

Doch statt sich zu beruhigen, brach Antonella in eine Tränenflut aus.

»Entschuldigen Sie meinen Ausbruch«, sagte sie schluchzend, »aber es ist das erste Mal nach so vielen Jahren, daß wir unser

Geheimnis preisgeben. Das ist ein überwältigendes Gefühl, aber Vittorio hat recht: Wir müssen mit beiden Beinen auf der Erde stehen und unsere Rollen weiterspielen, damit wir nicht auch noch das Haus, in dem wir wohnen, in Gefahr bringen.«

Ich hätte sie so gern getröstet, aber ich fand einfach nicht die richtigen Worte. Ich war bewegt und verlegen, ich fühlte mich in diese unglaubliche Geschichte, in dieses Chaos von Namen und Maskeraden, die die Existenz zweier ruhiger, intelligenter Menschen durcheinandergebracht hatten, verwickelt. Hinter ihren traurigen Worten hörte man heraus, daß sie Onofrio für ein grausames, knechtendes Ungeheuer hielten. Ich gebe Dir die Worte Antonellas und ihre Ansicht wider, nicht meine, das wirst Du verstanden haben. Meine Freundschaft für Onofrio ist in der Erinnerung unverändert geblieben, auch wenn die Enthüllungen an jenem Abend mich nicht gleichgültig lassen konnten. Ich sagte ein paar beiläufige Worte, denn ich wußte, daß nichts den beiden bedauernswerten Menschen das zurückgeben würde, was ihnen genommen worden war. Ihre Identität war zerstückelt worden, und wahrscheinlich hätten sie sie auch in Italien nicht mehr zusammenfügen können.

»Die ersten Jahre habe ich damit verbracht, die Falten zu zählen, die auf meiner Stirn erschienen«, fing Vittorios Mutter wieder an und schluchzte immer noch, »ich verbrachte Stunden vor dem Spiegel, um die Kenntnis meiner selbst nicht zu verlieren. Dann habe ich es aufgegeben, ich habe mich um die Arbeit im Antiquitätengeschäft gekümmert. Zuerst um echte Möbel, danach um falsche, die ich als echte ausgab. Wenn Sie einmal Zeit haben, dann kommen sie im Geschäft vorbei, und Sie werden sehen, wie die Falschheit nicht nur in meine Adern, sondern auch in meine Arbeit eingedrungen ist. Der Betrug hat mich zerstört, und jetzt komme ich auch da nicht mehr heraus.«

»Tut mir leid«, sagte Vittorio jetzt, »wir haben dich eingeladen, um einen angenehmen Abend zu verbringen, und dann sind wir in einem Psychodrama gelandet.«

»Es braucht dir nicht leid zu tun. Ich glaube, dein Vater hatte recht: Gott ist an allem schuld.«

Nach und nach, schrieb P.M.Q., hatte Vittorios Erzählung und dann die der Mutter mir die ganze geheimnisumwitterte Geschichte Onofrios in Kanada deutlich gemacht. Es war ihm gelungen, seiner neuen Familie seine neurotische Tyrannei aufzuzwingen, doch dann hatte sein Herz nicht mehr mitgemacht. Die Uhr des Todes, so nannte er es. Die finanziellen Mißlichkeiten, die Spannungen in der Familie, das Alter hatten ihn geschwächt. Doch er wollte nicht zugeben, daß er müde war, er kümmerte sich nicht um seine Gesundheit, als gehöre sein verrückt spielendes Herz einem anderen, und so kam es zu einem ersten Infarkt, dann zu einem zweiten, der ihn schließlich in die Klinik brachte. Eine lange Genesung, und dann, eines Nachts, das endgültige Aus, der Keil des Todes. Jetzt liegt er dort auf dem Hügel des Boundary Cemetery, unter falschem Namen, im Anblick der Berge, die sich in der Bucht von Vancouver spiegeln.

Am Ende dieses langen Briefs will ich Dir, als Wirkung einer langen Ursache, abschließend etwas Vertrauliches erzählen, das Vittorio mir tags darauf im Büro mitgeteilt hat. Er hatte eine junge, sehr attraktive Italienerin kennengelernt, es hätte eine Liebesgeschichte werden können. Eines Abends, nach einem Bootsausflug, hatte sie ihn zu sich eingeladen. Sie zogen sich aus, um zu duschen, und lagen dann nackt auf dem Bett. Sie nannte ihn Oliviero, doch im Innersten erkannte er sich in diesem Namen nicht. Wer ist Oliviero? Ich heiße doch Vittorio, dachte er, und sie drückte ihn an sich und nannte ihn immer wieder Oliviero. Nichts, die Sache war ein Reinfall.
Nach dieser Demütigung hatte er sie verlassen und war für sechs Monate nach New York gefahren, wo er für Linda Horn Antiques arbeitete. Seitdem ist er immer allein geblieben. In Italien, wohin er unter seinem richtigen Namen zurückzukehren beabsichtigte, würde er möglicherweise wieder ganz zu sich selbst finden. Möglicherweise, denn nach so vielen Jahren befürchtete er, sich nicht einmal mehr in seinem eigenen Namen zu erkennen. Unterdessen sind die besten Jahre seines Lebens auf die denkbar schlechteste Weise dahingegangen.
Erst am Ende dieses Zusammenseins, als ich ihm an der Haustür die Hand gab, schrieb P.M.Q. weiter, bemerkte ich, daß Vittorio meinem alten Freund Onofrio unglaublich ähnlich sah.

Das war es, was P.M.Q. mir in seinem langen Brief aus Vancouver schrieb. Nicht eine Besonderheit, und sei sie für unsere Geschichte noch so unwichtig, die nicht die Neigung meines Vaters bestätigte, überall kleine Zeichen gewisser harmloser Hinterlist auszustreuen. Nachdem er uns Brüdern drei Namen gegeben hatte, die alle mit O anfingen, hatte er Vittorio im Augenblick der Adoption, mit der er sein Verhältnis zu ihm legalisierte, Oliviero genannt.

Während ich die Seiten des Briefs immer und immer wieder las, war mir, als läsen hinter meinem Rücken auch die Augen der riesigen Schmeißfliege diese romanhafte Schilderung mit.

BOUNDARY HILL

Im Taxi war ich die endlos lange Fraser Road hinaufgefahren, zwischen zwei Reihen kleiner Häuser und unzähligen, zur Straße hin gelegenen winzigen Geschäften mit Kurzwaren, Blumen, Lebensmitteln, Tabakwaren, Bekleidung, Milchprodukten, Elektrogeräten, dazwischen Mechanikerwerkstätten, Pizzerien, das eine oder andere heruntergekommene Café. Eine grenzenlose Armut, die niemand für möglich hält, der über die luxuriösen Straßen des Stadtzentrums von Vancouver geht, wo die Wolkenkratzer stehen, oder durch die alten, eleganten Viertel von Granville und Gastown oder durch das wimmelnde, ausgelassene Ameisennest von Chinatown, wo die kleinen Läden von exotischem Klimbim überquellen. Eine Armut, die sich grenzenlos ausdehnt und daher unsichtbar und ungefährlich ist. Keiner sieht sie, keiner kümmert sich darum.

Oben in Boundary Hill angekommen, hielt das Taxi vor einem offenstehenden Gittertor, das auf eine weite Rasenfläche mit ein paar niedrigen Grabsteinen führte. Ein diskretes Schild am Tor machte darauf aufmerksam, daß es verboten war, Plastikblumen mitzubringen. Ein Großteil der Gräber von Boundary Hill liegt zu ebener Erde, einfache, polierte Steine mit einem Namen und zwei Daten, ein paar Worten der Trauer, einem Kreuz. Doch auch die aus der Erde ragenden Grabsteine waren schlicht und ernst. Zwei Amseln hüpften unter die Buchsbaumhecke, die die Begrenzung des Rasens markierte, von dem aus man das Panorama von Vancouver sah und noch weiter weg den Grouse Mountain mit schneebedeckten Gipfeln. Ein alter bärtiger Bettler schlief, eingehüllt in einen Haufen Lumpen, im Schatten der Hecke. Von unten wehte ein leichter Wind herauf und wirbelte ein paar Papierblätter hoch und ein paar vertrocknete Blütenblätter von den Blumensträußen auf den Gräbern.

Nach wenigen Schritten fand ich rechts den Grabstein meines Vaters, mit diesem fremden Namen in Granit gemeißelt. So hatte er es vor seinem Tod gewollt. Aber wie konnte mein armer Vater auf diesem Hügel, fernab von aller Welt, nur Frieden finden, inmitten all dieser Unbekannten, mit diesem falschen Namen auf dem Grabstein? Ein Unbekannter war Gioacchino Morre auch für seinen Sohn, der über den Atlantik und den amerikanischen Kontinent bis zur Pazifikküste gekommen war, um einen Strauß Blumen auf sein Grab zu legen.

In der Nähe der Friedhöfe befinden sich immer ein paar Steinmetzwerkstätten, wo man Grabsteine modelliert und die Schrift einmeißelt. Der Steinmetz, an den ich mich gewandt hatte, ein Südamerikaner mit einer kleinen Werkstatt auf der Fraser Road, kam und sah sich den Granitstein an, auf dem ich den richtigen Namen meines Vaters einmeißeln lassen wollte.

»Yo mismo fuí el que puso la lapida y en hacer la escrita«, sagte er zu mir mit leisem Stolz auf sein handwerkliches Können. »Es un granito rubro muy precioso.«

Auf meine Bitte hin zeigte er sich bereit, mit einer Maschine die Oberfläche des Grabsteins abzuschleifen, um den Namen Gioacchino Morre zu tilgen und den Namen Onofrio Romer einzumeißeln. Er würde die Arbeit, um die ich ihn gebeten hatte, ohne weiteres ausführen, aber er sah mich weiterhin an, um zu begreifen, welchen Sinn meine sonderbare Bitte habe.

»El muerto es el mismo?«

Das bejahte ich ohne weitere Erklärungen. Der arme Mann kam immer mehr ins Staunen. Er wollte den Auftrag nicht verlieren, versuchte aber gleichzeitig zu begreifen.

»Es posible?«

Ich sagte, es verhielte sich ganz genau so, ich wolle einen Namen austilgen und durch einen anderen ersetzen. Ich gab ihm einen Ausschnitt aus einer Illustrierten, um ihm den Schrifttyp zu zeigen, den er für den neuen Namen verwenden solle. Damit wollte ich ihn gleichzeitig ablenken, er aber kam wieder auf die Sache zu sprechen.

»El nombre cambia«, sagte er und blickte mich an, »pero el muerto es el mismo.«

»Genau so«, sagte ich und wechselte das Thema. Die Arbeit sei sehr dringend, ich würde ihm sofort eine Vorauszahlung leisten. Er sagte, anderthalb Tage brauche er mindestens, um die Arbeit auszuführen. Er würde sich um alles kümmern, er würde den Stein herausheben und mit dem neuen Namen wieder an seine Stelle setzen. Dies koste hundert kanadische Dollar, dabei schlug er die Augen nieder, als schäme er sich, eine so unverhältnismäßige Summe gefordert zu haben. Ich gab ihm fünfzig und sagte, den Rest bekäme er bei Abschluß der Arbeit.

Auf dem Weg zurück ins Hotel fragte ich mich, was der arme Mann wohl denken, was er seiner Frau, seinen Freunden erzählen mochte. Wer weiß, wie viele Vermutungen, wie viele Fragen ohne Antwort. Merkwürdiges gibt es unendlich viel auf der Welt, und es ist besser, unendlich viel Geduld zu haben, das wird er wohl gedacht haben, ohne in der Lage zu sein, das Rätsel der beiden Namen aufzulösen.

Für zwei Nächte habe ich in einem Zimmer im elften Stock des Sheraton Landmark Hotels geschlafen, mit Aussicht auf die English Bay voll bunter Segel, abends von Tausenden von Lichtern beleuchtet. Ein Schauspiel für sorgenfreie Touristen, aber an meine Augen verschwendet. Eine Verschwendung auch das Beharren des Portiers, der mir unter allen Umständen ein junges Mädchen besorgen wollte. Ich rauche nicht, trotzdem nahm ich gern ein Heftchen Streichhölzer mit einer Telefonnummer an, die unvergeßliche Erotik versprach.

Den ersten Tag des Wartens verbrachte ich damit, im Stanley Park zwischen den hundert Meter hohen Douglas-Fichten herumzuschleichen wie der dümmste Tourist. Am Nachmittag ging ich ins Aquarium. Doch die neuntausend Wassertiere, vom Silberlachs bis zum Riesenpolypen des Pazifiks, waren wiederum eine Verschwendung für meine Augen, so wie die Lichter der Bucht, wie das junge Mädchen, das mir der Hotelportier anbot. Diese Fische hatten nichts mit meinen irdischen Phantasien zu tun, und deshalb habe ich letzten Endes völlig sinnlose Bilder in meinem Gedächtnis gespeichert, Exotisches, das viel zu bunt und dekorativ war, Glanz und Schrecken der Meerestiefen, all diese Formen, modelliert vom Wasser, einem Element, das meiner Natur fremd oder sogar feindselig war. Die Fische stellten sich hinter den Glaswänden des Aquariums zur Schau, sie schwammen an mir vorüber und schleuderten mir finstere Blicke zu, dann verschwanden sie schnell wieder. Verachten Fische die Menschen?

Inmitten all dieser Fische hatte ich mich daran erinnert, daß der Schmerz über den Tod meines Vaters in Ägypten vom Entsetzen über das Wasser des Nils, das ihn verschluckt hatte, überlagert wurde und über die Krokodile. Jetzt wußte ich, daß er in der festen Erde auf dem Boundary Hill lag, im Angesicht des Grouse Mountain mit seinen schneebedeckten Gipfeln. Ein immerhin tröstlicher Gedanke.

Am Nachmittag des zweiten Tags fuhr ich wieder zum Boundary Cemetery, um zu kontrollieren, ob der Steinmetz seine Arbeit getan hatte. Der Grabstein stand an seiner Stelle, einwandfrei poliert und mit dem richtigen Namen meines Vaters.

Ich hatte einen Strauß roter Rosen mitgebracht, die ich auf der Fraser Road gekauft hatte, und legte sie am Fuß des Grabsteins aus rotem Granit nieder. Ich hätte dem unbekannten Gioacchino Morre keine Blumen mitbringen wollen, doch legte ich sie jetzt mit Ehrerbietung und Zuneigung auf das Grab von Onofrio Romer.

Als ich den Blick hob, bemerkte ich, daß der südamerikanische Steinmetz einen kleinen Fehler gemacht hatte, klein und doch ungeheuer groß: Statt Romer hatte er Romero geschrieben, Onofrio Romero. Nun befand ich mich also zum zweiten Mal vor dem Grab eines Unbekannten: Dieser Steinmetz hatte durch das schlichte Anhängen eines O meinen armen Vater der südamerikanischen Welt einverleibt. Dieses Romero stellte ihn in die Reihe mit Toreros, Sängern, Filmschauspielern, Tänzern. Es war offensichtlich Schicksal, daß die Ereignisse in der Umgebung meines Vaters etwas von Häme annahmen und jeder sich leichtfertig benahm, skrupellos, treulos. Stille Untaten, Fehler und Geheimniskrämerei hatten sich ohne Unterlaß um seine Person herum abgespielt, ich weiß nicht, ob aus einer dunklen Anziehungskraft heraus oder weil die hinterhältige linke Hand Gottes im Spiel war.

Dieser der Null so ähnliche Vokal, mit dem er seine legitimen und legitimierten Söhne brandmarken wollte, Ottavio, Ovidio, Oscar und dann Oliviero, war wie ein postumer Bumerang mit diesem überflüssigen O, das ein ahnungsloser südamerikanischer Steinmetz eingemeißelt hatte, zu ihm zurückgekehrt. Ich konnte nicht darüber hinwegsehen, daß sich in dieser Niederlage etwas zugleich Lächerliches und Heroisches verbarg, wie in jeder Niederlage. Eine Herausforderung des Zufalls, der Versuch, dem Chaos eine Ordnung zu geben und, als letztes Zeichen der Niederlage, die Ideologie der Flucht, ähnlich wie die der Mochica-Krieger, die den Schutzpanzer auf den Rükken banden.

Einen Augenblick lang hatte ich daran gedacht, zu protestieren und den Steinmetz den Fehler ausbessern zu lassen, aber dann entschied ich mich dafür, diesen immer noch falschen Namen auf dem Grabstein zu lassen, und bezahlte still die restlichen fünfzig kanadischen Dollar. Meine Blumen blieben auf dem Gras zu Füßen des Grabsteins liegen, der einen neuen, unbeabsichtigten Betrug in Granit bekräftigte.

Ich hatte mir eine unverschämte Freiheit erlaubt, indem ich auf dem Granit das Geheimnis Vittorios und Antonellas preisgab, aber ich war sicher, daß sie ohnehin niemals kommen und diesem Grab einen Besuch abstatten würden, nach allem, was P.M.Q. mir in seinem Brief erzählt hatte. Doch waren sie durch den Fehler des südamerikanischen Steinmetzen in jedem Fall vor möglichen, unwahrscheinlichen Gefahren durch das Gesetz in Sicherheit. Mithin alles in Ordnung: außer meinem Gewissen, außer der von meinem Vater so hartnäckig betriebenen Verstellung.

Ich hätte gerne das Haus gesehen, in dem mein Vater in seinen kanadischen Jahren zusammen mit seiner zweiten Familie gewohnt hatte, aber ich fühlte mich innerlich nicht vorbereitet, Vittorio und der Signora Antonella zu begegnen, Oliviero und Francesca für das Einwohnermeldeamt von Vancouver. Ich konnte sie auch nicht in Kenntnis darüber setzen, daß ich versucht hatte, auf Granit ihr Geheimnis preiszugeben. Ich suchte im Telefonbuch ihre Adresse und fand sie unter dem Namen Gioacchino Morre, auf ihn war das Telefon noch immer angemeldet. Ich ließ mich im Taxi bis unter die Villa fahren, hielt in der Nähe der Eingangstür, ohne auszusteigen, und durch das Seitenfenster erkannte ich das neuviktorianische Gebäude, das P.M.Q. in seinem Brief beschrieben hatte. Dort hatte mein Vater in den letzten schwierigen Jahren seines Lebens gelebt. Ach was, sagte ich mir, dort hat Gioacchino Morre gelebt, ein Unbekannter.

Natürlich rief ich auch P.M.Q. nicht an. Meine Reise nach Vancouver hatte ausschließlich der Erinnerung an meinen Vater gegolten.

Die Umkehrung der Wirkungen

Voller Gedanken und neuer Sorgen war ich ins Hotel zurückgekehrt. Nicht immer gelingt es mir, ein eindeutiges Urteil über
meine Verhaltensweisen zu formulieren, und ziemlich häufig
werde ich von dem heimgesucht, was die Franzosen »esprit de
l'escalier« nennen: Ich hätte dies und das sagen können, ich
habe eine Gelegenheit verpaßt, eine bestimmte Bemerkung zu
machen oder mich in einer bestimmten Weise zu verhalten.
Hatte ich richtig oder falsch gehandelt, als ich dieses Romero
auf dem Grabstein meines Vaters hingenommen habe? Kleine
Zweifel und Gewissensbisse auf der Treppe.
In dem großen Hotel, in dem ich wohnte, gab es keine Treppen,
oder wenn es sie gab, konnte man sie nicht sehen (dies ist ein
bescheidener Versuch, die Dinge mit einer gewissen Ironie zu
betrachten). Ich blieb also vor dem Aufzug stehen, wo sich mir
ein junges blondes Mädchen näherte und dann mit mir im
Fahrstuhl verschwand. Genauer gesagt war sie braungebrannt,
hatte blondes Haar und sah freundlich aus. Schön, würde ich
sagen. Im Aufzug lächelte ich ihr zu, wie man einer unbekannten Mitreisenden zulächelt. Sie hatte auf keinen der Knöpfe für
die verschiedenen Stockwerke gedrückt, und das bedeutete,
daß auch sie zum elften fuhr. Tatsächlich stieg sie mit mir aus
und wandte sich dem Flur zu, der in meiner Richtung lag.
Nichts Bemerkenswertes bis dahin, nur daß auch sie vor meiner
Zimmertür stehen blieb. Ich sah sie überrascht an.
»Darf ich auch eintreten?« fragte sie in einem etwas komischen
Italienisch.
Wieder lächelte ich sie an und ließ sie eintreten.
»Wenn Sie es wünschen, kann ich mich ausziehen. Ich koste
fünfundzwanzig kanadische Dollar für jede halbe Stunde.«

Vielleicht hätte ich vorher ihren Beruf erahnen müssen, dann hätte ich mich von ihr ferngehalten, denn ich war wirklich nicht in der Stimmung, die ein Abenteuer dieser Art verlangte. Sollte ich ablehnen? Kein Aufbegehren in meinem Innersten. Mein Innerstes ist es, das das Kommando übernimmt, wenn die Vernunft im Zweifel versinkt. Am Ende sagte ich mir, daß dies eine Gelegenheit sein könnte, die Spannungen dieser beiden Tage in Vancouver zu lösen. Ich erinnerte mich an Ayse, die keinen Augenblick gezögert hatte, das religiöse Gefühl, das Gebet durch Erotik zu überlagern. Ich sagte mir, daß die Erotik zu nichts im Widerspruch stehe, sie konnte der vollkommene Abschluß meiner Friedhofsreise nach Kanada sein. Das junge Mädchen war sehr attraktiv, und der Preis schien mir angemessen.

»Wie heißt du?«

Bevor ich mit ihr in Kontakt treten konnte, stellte der Name einen unverzichtbaren Bezugspunkt dar. Dem Namen einer Person messe ich immer einen realen, physischen Wert bei. Der Name ist Teil der Physiognomie, des Geschlechts, der bürgerlichen Grundlage, des unsichtbaren Maßes eines Menschen, und er hält sein Bild im Gedächtnis fest. Wieder dachte ich an dieses Romero, das das Bild meines armen Vaters verzerrt hatte, aber in diesem Fall ist die Verzerrung in Anlehnung an die von ihm gewollten Verstellungen eingetreten. Ich war dafür nur zum Teil verantwortlich, zum geringsten Teil.

»Ich heiße Andrea und bin Argentinierin.«

»Andrea ist im Italienischen ein Männername.«

»Richtig. Meine Eltern haben mich so genannt, weil sie einen Jungen wollten.«

Wirklich sonderbar, sagte ich mir, einer Tochter diesen Männernamen zu geben und diese Vorstellung im Kopf zu haben. Aber ich wollte mich nicht allzu sehr wundern, auch weil mir diese Verbindung aus Männlichem und Weiblichem nicht unangenehm war, im Gegenteil, es fügte unserer Begegnung ein Stück willkommener Ambiguität hinzu.

Ich hatte keinerlei Schwierigkeit, ihr zu erklären, wie ich sie zu besitzen wünschte. Kein Problem, sie war zu allem bereit, aber es war, als spräche sie von jemand anderem, nicht von sich.

Ein merkwürdiges Gefühl. Und sie, die mich aus Fernen ansah, wie eine Außerirdische, und ihr Blick, der durch mich hindurchging, als wäre ich durchsichtig.

Alles spielte sich mit ziemlich mechanischer Steigerung ab, ohne besondere Beteiligung von meiner Seite und mit effektvoller Professionalität des Mädchens, das seine Rolle ganz gut spielte, mit Stöhnen und Zucken, was sicher zu ihrem Repertoire gehörte. Was konnte ich mehr verlangen? Am Ende fühlte ich mich entspannt, so als hätte ich ein Beruhigungsmittel genommen. Doch bevor sich das Mädchen wieder anzog, zeigte sie mir ein kleines, blutbeflecktes Taschentuch.

»Du hast mich verletzt. Ich werde ein paar Tage aussetzen müssen, ohne Arbeit.«

Der Unfall war offensichtlich vorbereitet worden, aber ich wollte keine Diskussionen.

»Wieviel willst du mehr?«

»Mir reicht das Doppelte«, sagte das Mädchen.

Ich gab ihr hundert Dollar, die gleiche Summe, die ich für den Grabstein bezahlt hatte, und schob sie freundlich zur Tür.

Am nächsten Tag flog ich ab, in Richtung Chicago, wo ich einen Alitalia-Flug nach Rom nahm. Im Flugzeug nach Chicago befand sich vor jedem Sitz ein Taschentelefon zur Verfügung der Reisenden. Die Stewardeß sagte mir, ich könne mit Italien oder anderen Ländern sprechen. Es hätte mir Spaß gemacht, beispielsweise Ayse anzurufen und ihr zu sagen, weißt du, von wo ich dich anrufe? Aus einem Flugzeug über den Rocky Mountains. Aber vielleicht wußte sie ja nicht einmal, daß es die Rocky Mountains gab. Wie auch immer, Ayse war längst aus meinem Blickfeld verschwunden, und deshalb hatte ich niemand, den ich hätte anrufen können.

Seit vielen Jahren reise ich im Flugzeug, häufige und oft auch lange Reisen. Ich ziehe das Flugzeug dem Zug vor, um Zeit zu gewinnen, aber auch aus einem anderen triftigen Grund: Ich muß die Angst vor dem Fliegen überwinden. Leider bisher ohne Erfolg, das Fliegen ist Teil meiner Träume und meiner Inhibitionen. Jedesmal, wenn man sich anschnallen muß, werde ich von Panik ergriffen und verharre bis zum Augenblick der Ankunft in einem Zustand der Angst. Wenn das Flugzeug dann endlich wieder die Erde berührt, ist das eine Erleichterung ohnegleichen. Die einzige Ablenkung, die mir das Fliegen etwas erleichtert, ist die Lektüre von Flauberts Roman ›Salammbô‹, den ich auf jeder Reise mitschleppe. Von ihm besitze ich an die zehn verschiedene Ausgaben. Wie ich bereits sagte, ist dies ein Roman, der mich anwidert, aber dennoch eine geradezu morbide Anziehungskraft auf mich ausübt, etwa wie die Faszination des Grauens. Wahrscheinlich ist das der Grund, weshalb er mich mehr als jedes andere Buch ablenkt.

Während der Rückkehr von Vancouver, zwölf Stunden Flugzeit, habe ich lange Kapitel dieses Romans über die dekadenten, schauerlichen Geschichten des vom Aufstand der Söldner nach dem Ersten Punischen Krieg bedrohten Karthago wiedergelesen. Wie gewöhnlich, hat mir die Lektüre geholfen, die Angst vor dem Fliegen während des langen Flugs zu überwinden, doch als ich am Fuß der Treppe stand, hätte ich am liebsten den Asphalt geküßt, wie seinerzeit der polnische Papst, wenn er in einem neuen Kontinent ankam.

Vom Flughafen in Fiumicino fuhr ich zur Stazione Termini. Dort kam ich eine Stunde vor der Abfahrt des Zugs nach Orvieto an, von wo ich weiter nach Poggio Arrigo fahren würde. Um diesen einstündigen Aufenthalt irgendwie zu verbringen, ging ich zu Fuß zur Buchhandlung Feltrinelli gegenüber dem Grand Hotel. Ich wollte auf den Büchertischen herumstöbern, auf denen Neuerscheinungen und Nachdrucke ausliegen. Unter diesen fiel mein Blick sofort auf eine Neuausgabe von ›Salammbô‹. Auf der Stelle wurde mir übel, ein Anfall von Entsetzen und Ekel überkam mich, als säße ich im Flugzeug: Das sackte in Luftlöcher, flog danach mitten in einen Gewittersturm, verlor an Höhe, vielleicht würden wir jeden Augenblick abstürzen. Ich hielt mich an einem Bücherregal fest, schloß die Augen und blieb voller Panik ein paar Minuten lang in der Gewalt der Böen. Als ich mich endlich wieder unter Kontrolle hatte, öffnete ich die Augen und verließ, unter den verwirrten Blicken der Buchhändlerinnen und ohne etwas zu kaufen, fluchtartig die Buchhandlung. Ich war Opfer eines Phänomens geworden, das ich als Umkehrwirkung bezeichnen möchte.

Dieses Buch, das mir so oft geholfen hatte, die Angst beim Fliegen zu überwinden, rief auf der Erde die gegenteilige Wirkung
hervor. Ein aus der Medizin entliehenes Beispiel kann dieses
merkwürdige Phänomen vielleicht verdeutlichen: Chinin, das
die Temperatur senkt, wenn jemand Fieber hat, ruft Fieber bei
dem hervor, der keins hat.

Seit ich mich hier in meinem Schweizer Zufluchtsort dem
Schreiben widme, hat sich dieses Phänomen der Umkehrwirkung noch andere Male eingestellt. An manchen Abenden,
nachdem ich viele Stunden damit verbracht habe, mit Worten
den fernen Ereignissen nachzugehen, die ich in meinem Palast
der Erinnerung aufbewahre, stehe ich vom Tisch auf und
merke, daß ich fast keine Stimme mehr habe: Durch das viele
Schreiben ist mir die Stimme geschwunden.

Die Euphorie der Leere

Wie konnte ich die Kindheitserinnerungen auslöschen, die mich bis nach Poggio Arrigo verfolgt haben? Jedes Möbelstück, jeder dekorative Gegenstand erinnerte mich an meine Kindheit oder an meine Jugend. Es war mir unmöglich, mich diesen lästigen Erinnerungen zu entziehen, die mich auch nachts noch verfolgten. Die Sphingen aus schwarzem Ebenholz mit ihren vergoldeten Flügeln am großen Empiretisch reichten mir bis zur Nase, als ich vier oder fünf Jahre alt war, und erschienen mir wie furchteinflößende Ungeheuer. Ich hasse Kindheitserinnerungen, meine ebenso wie die von anderen. Sie haben immer einfältige Sehnsüchte hervorgebracht, Schlaflosigkeit und eine ungeheuere Menge schlechter Literatur auch bei bedeutenden Schriftstellern. ›Kindheit und Jugend‹ von Tolstoi ist eins der langweiligsten Bücher der Welt. Wie also konnte ich diese lästigen Erinnerungen aus Poggio Arrigo entfernen? Für das Abschütteln dieser Last sorgten Einbrecher.

Nach meiner Rückkehr aus Vancouver fand ich das Haus völlig leer vor. Einbrecher hatten alles weggeschleppt. Außer den Bildern, die sie ganz offenkundig nicht hätten verkaufen können. Vor dem Tor waren noch die Reifenspuren eines schweren Lastwagens zu sehen, auf den die Einbrecher alles aufgeladen hatten: Tische, Schränke, Kommoden, Stühle, Sessel, Hocker, Truhen, Spiegel, Teppiche. Von den Betten hatten sie die antiken Kopfendteile weggeschleppt und nur die Untergestelle mit den Matratzen und Wolldecken dagelassen. Natürlich war auch das Silber mitgegangen, das ich aus der Via Sicilia hierhergebracht hatte, und nicht gerade wenig: Besteck, Tabletts, ein paar Tee- und Kaffeekannen und eine kleine Sammlung silberner Früchte. Ich habe einen Rundgang durch alle Zimmer gemacht, eine kalte, detaillierte Inspektion. Nicht eine abgeschlagene Ecke, nicht ein Riß an Vorhängen und Polstern: Die Einbrecher hatten saubere Arbeit geleistet, wie erfahrene Berufsdiebe. Sie waren durch ein Fenster im ersten Stock eingedrungen, nachdem sie eine Scheibe eingeschlagen und mit der Hand den Fenstergriff umgedreht hatten. Dann hatten sie die Eingangstür von innen geöffnet und das Haus ausgeräumt, und das in aller Ruhe.

Alles mit einem einzigen Schlag ausgelöscht. Die Einbrecher hatten eine perfekte chirurgische Operation durchgeführt, indem sie das Übergewicht der Erinnerungen entfernten, die diese Möbelstücke aufbewahrten, auch nachdem ich aus der Wohnung in der Via Sicilia in die Einsamkeit von Poggio Arrigo geflüchtet war. Das Haus völlig leer vorzufinden, verschaffte mir eine jähe Erregung, von der ich nicht wußte, was ich von ihr halten sollte. Wut über den handfesten Diebstahl, ein Gefühl der Befreiung von der Erinnerung, aufregende Erwartung, wieder ganz von vorne anzufangen, Verdruß wegen der praktischen Schwierigkeit, in einem unmöblierten Haus zu wohnen, Euphorie der Leere und eine verschwommene Wehmut ohne Worte.

Ich gehöre nicht zu denen, die sich durch die Verletzung ihrer Privatsphäre angegriffen fühlen, wenn Diebe in ihr Haus einbrechen. Ich glaube, daß in einer solchen Haltung auch eine scheinheilige Verstellung liegt, vor allem aber der Wunsch, trotz der Wut über den materiellen Schaden gefühlsbetont und empfindsam zu erscheinen. Ich habe kaltblütig eine Rechnung über den Wert der Möbel aufgestellt. Eine Kommode aus dem 17. Jahrhundert, vier Stilleben, ebenfalls aus dem 17. Jahrhundert, der große Empiretisch und sechs kleine Louis-Philippe-Sessel waren die wertvollsten Stücke. Dazu das Silber, unter dem sich zwei kleine kostbare Louis-XVI.-Amphoren befanden. Das übrige waren Möbel von guter Qualität, nicht mehr. In Geld umgerechnet, war der mir durch die Einbrecher entstandene Schaden so hoch, daß ich, wenn ich die gestohlenen Sachen mit etwas Gleichwertigem hätte ersetzen wollen, ein Vermögen hätte ausgeben müssen. Aber ich dachte nicht im Traum daran, echte Möbel und altes Silber neu zu kaufen, und noch viel weniger Stücke aus dem Empire. Ich würde falsche Möbel kaufen, rustikalere und schlichtere als die von den Einbrechern fortgeschleppten. Aus nützlichem, schön anzusehendem Holz, ohne vergoldete Beschläge, ohne kostbaren Marmor und vor allem ohne das lastende Gewicht der Erinnerungen. Ich würde nicht mehr die schwarzen Sphingen mit vergoldeten Flügeln des großen Empiretischs vor Augen haben, die meine Kindheit aufgewühlt hatten und vielleicht die Ursache für meine Streifzüge als Maler durch die Welt Ägyptens waren. Auch Ägypten will ich vergessen, dafür habe ich allen Grund.

Auf der Staffelei war das Bild der Schmeißfliege mit den menschlichen Augen stehengeblieben. Endlich schien es mir frei von der düsteren Magie, die mich vor meiner Reise nach Kanada verfolgt hatte. Aus dem Abstand von vier Tagen betrachtet, der Zeit meiner Reise, bemerkte ich an dem Bild einige Stellen, die noch einmal leicht überarbeitet werden mußten. Die Augen waren übertrieben vollkommen, so sehr, daß sie in diesem Zusammenhang irreal erschienen; die Beine wirkten allerdings etwas verblaßt, ich hätte ihre Konturen mit Schwarz herausarbeiten und vielleicht einen kaum wahrnehmbaren Blauschimmer hinzufügen müssen. Als unterschwelligen Effekt habe ich immer verborgene Farben verwendet, die durch andere überdeckt waren. Dies ist einer der Kunstgriffe, die, ohne weiter aufzufallen, meinen Bildern etwas Mysteriöses geben. Und weil ich nun schon einmal dabei bin, lüfte ich noch ein anderes Geheimnis meiner Malerei. Meine Bilder sind nie fertig, sie sind im Sinn des Fertigseins nie vollendet, ich lasse immer einen kleinen, kaum wahrnehmbaren Raum für das Unvollkommene, ich verzichte jedesmal auf ein paar Nachbesserungen, denn ich weiß, daß der Blick des aufmerksamen Betrachters von einer verschwindend kleinen Leere angezogen wird, die seine Intelligenz und seine Sensibilität auszufüllen aufgerufen sind. Daher griff ich nicht zum Pinsel, um die Beine der Schmeißfliege zu überarbeiten. Zuerst mußte ich das Haus wieder funktionstüchtig machen.

Ich fuhr nach Viterbo, und innerhalb von drei Tagen kaufte ich die Einrichtung für Poggio Arrigo. Tische, Schränke, Stühle, Kommoden, Betten, Bänke, Anrichten, Tischchen. Alles unecht. Möbel, die man aus alten Balken oder aus alten Bauern-einrichtungen gearbeitet hatte. Vor allem unechter Landhaus-stil des 17. und 18. Jahrhunderts aus Umbrien und der Toskana. Stabile, funktionelle Möbel, nach antiken Vorlagen angefertigt, gute Handwerksarbeit und nicht übermäßig teuer. Innerhalb kurzer Zeit war mein unechtes mittelalterliches Kastell wieder eingerichtet, diesmal mit unechten antiken Möbeln. Voller Glück und Freude konnte ich mich dem Spiel des ganz und gar Unechten hingeben.

Die Carabinieri stellten Nachforschungen über den Diebstahl an. Die Zentrale, in der das Diebesgut aus Umbrien und der Toskana registriert würde, sei in Foligno, sagten sie mir, und in Foligno ist auch das Lager, in dem wir alles aufbewahren, was wir wiederfinden. Fahren Sie doch hin, und sehen Sie mal, ob nicht auch Ihre Sachen dabei sind! Ich konnte mein Desinter-esse für ihre Sorgfalt schlecht kundtun, und so bin ich zweimal nach Foligno gefahren. Ich erzähle das, weil ich beim zweiten Mal, als ich diesen Supermarkt der gestohlenen und von Cara-binieri bewachten Möbel betrat, unter den ausgestellten Stük-ken sofort zwei der sechs kleinen Louis-Philippe-Sessel, den Empiretisch mit den Sphingen und einen großen Nußbaum-schrank wiedererkannte, die aus Poggio Arrigo gestohlen wor-den waren. Keinen Augenblick lang bin ich stehengeblieben, ich bin weitergegangen, als ob nichts sei, ohne zu sagen, daß diese Möbel mir gehörten. Meine spontane, unvorsätzliche Weigerung verfolgte eine genaue Absicht: den Wunsch, jeder Bindung, auch postum, mit meiner familiären Vergangenheit auszuweichen. Im übrigen war ich ja bis nach Vancouver gefah-ren, um den Schatten meines Vaters zu besänftigen und mich von ihm zu befreien.

Wenn ich mich nach diesem Einbruch an meinen Vater, an meine Mutter, an Oscar erinnern wollte, gab es nichts mehr um mich, das in mir Gedanken an sie wachrief. Ich war frei, mich an den oder an das zu erinnern, ganz wie es mir paßte. Es war mir nicht unangenehm, in einer Art Geschichtslosigkeit zu le-ben, die abgetrennt und unabhängig von irgendwelchen Fami-liengenealogien und von meiner Kindheit war.

Nachdem ich so mit meinem Bewußtsein und meiner Erinnerung im reinen war, konnte ich nun allerdings nicht mehr verstehen, ob das, was ich getan hatte, ein Befreiungs- und ein Fluchtversuch war oder nicht eher eine Geschichte über die Suche nach dem Vater, eine mich ganz persönlich betreffende pathetische, unbewußte Telemachie. Ich wußte nicht einmal, ob diesen Ereignissen die Form der Komödie oder die der Tragödie angemessen wäre. Aber möglicherweise hätte man weder die eine noch die andere Form auf meine Erzählung anwenden können. Bisweilen kommt es vor, daß sich die Ereignisse miteinander vermischen, sich hinter einer Maske verbergen oder auch verschwinden, indem sie die Worte verschlingen, die von ihnen erzählen sollen.

Nach Vancouver und nach den Einbrechern muß ich noch über eine andere Überraschung Bericht erstatten: Ich fand den Garten so vor, wie ich ihn verlassen hatte, mit denselben Blumen, denselben grünen Blättern wie vor meiner Abreise. Zu meiner großen Überraschung waren keine Blätter abgefallen, keine Blumen verblüht, keine Jahreszeiten vergangen, sondern nur vier Tage. Die weite Entfernung hatte meine Abwesenheit ausgedehnt und dazu geführt, daß ich den Raum mit der Zeit verwechselte.

DREI GESPENSTER

Der lateinische Begriff »agnitio« bezeichnet, wie die Einge-
weihten wissen, das Wiedererkennen einer Person gegen
Schluß der griechischen Tragödie, ein literarischer Kunstgriff,
der die Auflösung des Knotens ermöglicht und unvermittelte
Gefühlsbewegungen beim Zuschauer auslöst. Unter den verschiedenen Formen der »agnitio« ist nach Ansicht des Aristoteles die wirksamste die, deren Wiedererkennung sich aus dem
notwendigen Gang der Ereignisse ergibt, dagegen ist die ein-
fachste Form die, die auf die Entdeckung eines besonderen
Merkmals zurückgeht, etwa einer Narbe.

In diesem letzten Teil meiner Schweizer Kladde werden keine
Narben oder andere besondere Merkmale auftauchen, und die
Handlung wird auch nicht so sehr von der Notwendigkeit geleitet als vielmehr vom unvorhersehbaren Zufall. Der Leser wird
es mit einer doppelten Wiedererkennung zu tun haben, bei der
sich die Wahrheit und die Fiktion überlagern, ohne sich zu widersprechen, ein Fall, der von dem griechischen Philosophen
nicht vorgesehen und auch nicht katalogisiert wurde, weil er
nur Ereignisse in Betracht zog, die sich auf der Bühne des Thea-
ters abspielten, nicht aber solche, die sich frei auf der Bühne
des sogenannten Lebens abspielen.

Im Verlauf dieser langen Niederschrift habe ich versucht, Umstände zu vermerken, die sich bereits weit aus meinem Blick
entfernt hatten und erst in dem Augenblick einen Funken
Wahrheit oder Wahrscheinlichkeit erhielten, in dem es mir gelang, sie in die Worte romanhafter Fiktion zu übertragen. Die
Orte der Handlung sind genau und wirklich vorhanden, entsprechend den in Quadrate unterteilten Landkarten, die Dar-
steller ebenfalls, wenn auch mit der einen oder anderen selbst-
verständlichen Zurückhaltung bei den Angaben zur Person.

Doch die Wahrheit, wo ist die Wahrheit abgeblieben? Der Leser wird sich mit meinen Worten begnügen müssen, ausschließlich mit diesen, doch sollte er sich zufällig aufmachen und die erwähnten Orte ausfindig machen und verifizieren wollen, wird er keine Spur von dem finden, was ich erzählt habe: Diese Orte sprechen nicht, sie reagieren stumm und taub auf jede Beschwörung. Die beiden Wohnungen in der Via Sicilia sind an Personen vermietet, die nichts mit dieser Geschichte zu tun haben; aber auch die anderen Orte werden von Unbekannten belebt, die Kunstakademie in der Via Ripetta, die nordafrikanische Wüste, das Militärkrankenhaus am Celio, das Register der Gefallenen im Viale Giulio Cesare, die Ruinen von Luxor, das Kloster von San Giovanni in Orvieto, der Palazzo Vecchio und das Excelsior in Florenz, das Kastell von Poggio Arrigo, sogar noch der Boundary Hill von Vancouver mit dem Grabstein von Onofrio Romero und die vielen anderen Orte, an denen sich die Kapitel dieser Geschichte ereignet haben.

Ich habe versucht, die Umstände klar zu erzählen, doch wo Wahrheit und Unwahrheit liegen, das weiß ich nicht, ich weiß nur, daß Klarheit kein Merkmal für Wahrheit ist, wie der Lyriker Antonio Machado sagt, wenn er dichtet »En mi soledad he visto cosas muy claras, que no son verdad«. Ich bin aufrichtig froh darüber, daß es neben Landvermessern und Kunstkritikern auf diesem Planeten auch Dichter gibt. Sie sind in der Lage, die Wahrheit zu sagen, auch wenn sie behaupten, sie nicht gefunden zu haben.

Ich habe mich nie an Tage oder an Monate gehalten, es sei denn an Termine, soweit sie meine Arbeit betreffen. Hin und wieder blicke ich auf das Datum der Zeitung, die ich gerade gekauft habe, und sage mir erstaunt, heute ist Freitag, und wir haben November. Staunen überkommt mich nicht nur vor dem Tag und dem Monat, sondern oft auch vor dem Jahr. Die Dimension Zeit ist etwas mir Fremdes. So vergehen die Jahre, und ich bemerke es nicht, die Jahre meines Lebens vergehen, ohne daß es mir deutlich bewußt wird. Es waren also ich weiß nicht wie viele Jahre seit meiner Reise nach Vancouver vergangen, als ich einen Brief von Vittorio erhielt.

»Lieber Ovidio, unser Freund P.M.Q. wird Dir seinerzeit die Gründe für mein langes Schweigen erklärt haben. Aber es handelt sich nicht nur um Gründe, die unmittelbar mit den rechtlichen Problemen des Bankrotts zusammenhängen, in die wir nicht verwickelt werden wollten. Es hat auch mit dem Respekt vor den letztwilligen Verfügungen unseres Vaters zu tun, die über juristische Begründungen hinausgehen. Nachdem wir von den schwebenden Strafverfahren wegen des Bankrotts befreit waren, womit der Hauptanlaß für unser Leben im Untergrund entfiel, haben wir noch lange gezögert, unseren Namen und unsere Identität wieder anzunehmen, nicht nur wegen der aufwendigen Aktenarbeit beim Einwohnermeldeamt, sondern auch, weil wir sie aus einem merkwürdigen Paradox heraus nicht mehr als die unseren empfanden, so, als gehörten sie uns nicht mehr. Wir fühlten uns, kurz gesagt, über einem Abgrund schwebend. Nach dem Tod meiner Mutter habe ich jedenfalls beschlossen, nach Rom zurückzukehren, wo ich eine kleine Wohnung in der Via delle Carrozze habe, die wir gekauft haben, nachdem wir die in Eurer Nähe verkauft hatten. Dort in Rom hoffe ich, außer der Wohnung auch den einen oder anderen Freund zu finden. Daher wollte ich Dir sagen, daß es vielleicht richtig wäre, wenn wir uns sehen, nicht, damit wir die langen Jahre der Entfernung zusammenfassen, was eine sinnlos schmerzliche Angelegenheit wäre, auch nicht, um Dich an einer späten und nicht erbetenen Excusatio teilhaben zu lassen, die Dich nur in Verlegenheit bringen könnte. Um uns zu sehen, ein Gespräch in entspannter Atmosphäre zu halten, uns wie zwei Brüder in die Augen zu blicken, ohne daß diese Begegnung zu einem Problem für uns beide wird. Nur dies wünsche ich, dann soll jeder für sich entscheiden, ob wir uns wiedersehen wollen, aber ich möchte, daß wir uns weder jetzt noch nach unserem Zusammentreffen, sofern es dazu kommt, in irgendeiner Weise verpflichtet fühlen. Ich bitte Dich nicht, diesen Brief zu beantworten, weil ich Dich nicht in Schwierigkeiten bringen möchte für den Fall, daß Du es vorziehst, meinen Vorschlag nicht anzunehmen. Ich teile Dir ganz einfach mit, daß ich am 12. dieses Monats im Hotel de la Ville zwischen fünf und sechs Uhr nachmittags auf Dich warte. Sollte ich Dich

nicht sehen, warte ich auch an den beiden folgenden Tagen auf
Dich, immer zur gleichen Zeit, für den Fall, daß Dich irgendein
Grund daran hindert, zur Verabredung am 12. zu kommen. Ich
gestehe Dir, daß ich sehr darauf hoffe, Dich zu sehen, doch
mein Wunsch soll Dich in keiner Weise verpflichten. Ich umarme Dich mit all meiner Zuneigung, Vittorio.«
Ich war unsicher, ob ich zu der Verabredung gehen sollte. Ich
befürchtete, trotz aller guten Vorsätze, daß wir schließlich doch
alte Familienangelegenheiten herunterleiern würden, Erinnerungen, die mir unendlich unangenehm sind und nie etwas Gutes hervorbringen. Obwohl er dafür keinerlei Verantwortung
trug, hatte Vittorio meinen Platz und den meiner Brüder in der
Liebe meines Vaters innerhalb seiner zweiten Familie eingenommen. Daß ihre familiäre Lage dann von einem Sturm
durchweht wurde, auch mit der Gefahr, Schiffbruch zu erlei-
den, daß ihr Zusammenleben alles andere als friedlich war, das
war ein Umstand, der mich nichts anging. Kurz gesagt, ich war
nicht sicher, ob ich meinen Halbbruder treffen sollte oder
nicht, die Gründe für das Ja und das Nein hielten sich die
Waage. Obwohl Vittorio es war, der ein Treffen vorschlug,
spürte man aus dem Ton seines Briefs, daß auch er Zweifel
hatte.
Schließlich faßte ich den Entschluß, zu der Verabredung zu gehen. In erster Linie aus Gründen äußerer Zweckmäßigkeit, aber
auch, weil ich nicht wollte, daß Vittorio denken könnte, ich
hegte irgendeinen Groll gegen ihn. Ich würde ihn treffen, doch
ohne jede Nebenabsicht, so wie man eine Person trifft, die
einem lieb ist, einen Freund, der nach langer Abwesenheit wieder zurückgekehrt ist. Das Bewußtsein einer Blutsverwandt-
schaft zwischen uns kam nach viel zu vielen Jahren, und ich
betrachtete ihn weiterhin einfach nur als einen Freund aus Kin-
dertagen und aus der Jugendzeit und nicht so sehr als Bruder.
Ich kam fünf Minuten zu früh an der Trinità dei Monti an,
um fünf vor fünf. Ich ging den kleinen Viale del Pincio hinunter, kehrte aber nach wenigen Schritten wieder um und betrachtete von oben, über der Spanischen Treppe, ein paar Minuten
lang die Via Condotti bis hin zum Largo Goldoni. Alles schien
mir so neu, als hätte ich die Stadt aus dieser Perspektive noch nie

gesehen, wie ein Tourist, der zum ersten Mal in Rom ist. Vielleicht bemerkte ich aber auch nur erstmals dieses Schauspiel, sonst wäre es mir nicht so überraschend neu vorgekommen. Ich verweilte noch ein paar Augenblicke, dann ging ich in die Via Sistina und kam vor dem Hotel de la Ville um zehn nach fünf an, während die Erde durch den Weltraum zog.

Ich schaute mich in der Eingangshalle um. Ein altes ausländisches Ehepaar, Amerikaner, den Schuhen des Mannes nach zu urteilen, aus mausgrauem Wildleder mit Gummisohle, wie bei Tennisschuhen. Amerikaner erkenne ich an den Schuhen. Auf einem kleinen Sofa machte eine einsame junge Frau mit roter Haut und weißem Kleid ein Nickerchen, sie war wohl aus dem Norden, aber verläßlich konnte man die Nationalität nicht entziffern. Sonst niemand. Vittorio war nicht da. Ich setzte mich in einen der leeren Sessel und durchblätterte geistesabwesend die blauen Himmel, die Säulen und Bögen, die Blumengärten, das durchsichtige Wasser, die üblichen Strände mit Sonnenschirmen in einer Reiseillustrierten. Als ich den Blick von diesen Postkartenansichten hob, ging die Fahrstuhltür auf, und *mein Vater* trat heraus, so wie ich ihn zuletzt in der Wohnung in der Via Sicilia gesehen hatte. Er trug einen hellen Grisailleanzug mit himmelblauem Hemd und einer Empirekrawatte, das Haar grau und die Haltung die eines soliden und aktiven Fünfzigjährigen. Die Brille hatte eine leichte Fassung aus schwarz lackiertem Metall. Ich stand auf und ging auf ihn zu. Ich ging nur zwei Schritte und blieb dann unbeweglich stehen, ich weiß nicht, ob ich ihm zulächelte oder ihn entsetzt und verwirrt anstarrte. Ich weiß nicht, was in diesen kurzen Augenblicken geschah, ich merkte nur, daß auch mein Vater stehengeblieben war und einen Ausdruck großer Verwunderung zeigte. Dann kam er auf mich zu und umarmte mich.

Vittorio sah meinem Vater wirklich zum Verwechseln ähnlich, so wie ich ihn beim letzten Mal vor vielen Jahren gesehen hatte. Die Art, sich zu kleiden, sich zu bewegen, sogar noch die Brille waren wie bei meinem Vater. Das hatte mir ja auch P.M.Q. geschrieben, daß Vittorio meinem Vater (immer noch habe ich Schwierigkeiten, »unserem Vater« zu sagen) ähnlich sähe, aber ich hatte diesen wenigen Zeilen am Ende seines Briefs keine

Bedeutung beigemessen. Es ist nur natürlich, hatte ich mir gesagt, daß ein Sohn seinem Vater ähnlich sieht, aber dann hatte ich diese Ähnlichkeit verdrängt.

»Da sind wir also«, sagte Vittorio schließlich mit einem Lächeln und sah mich sofort wieder von Kopf bis Fuß an, eindringlich, sogar indiskret. An diesem Punkt mußte auch ich etwas sagen.

»Anderthalb Jahrhunderte sind vergangen, seit wir uns zum letzten Mal gesehen haben.«

Vittorio sah mich weiterhin an.

»Tun wir einfach so, als wäre nichts, als sei es vor einer Woche gewesen.«

Immer noch betrachtete er mich. Ich verstand den Grund für so viel Hartnäckigkeit nicht.

»Erzähl mir etwas über dich, ob du arbeitest, ob zu zufrieden bist mit dem, was du tust, wie es dir so geht.«

»Ich male, in all diesen Jahren habe ich nichts anderes gemacht. Ich bin Maler, und es macht mir Spaß zu malen.«

»Ist es dir selbst bewußt, daß du ein großer Maler bist?«

Ich hatte nicht genau verstanden, ob sich in dieser Frage eine leichte Ironie verbarg.

»Gewiß doch.«

Vittorio kassierte meine Antwort in aller Ruhe, mehr noch, er bestätigte sie voller Begeisterung.

»Aus der Ferne habe ich deine Erfolge beobachtet, in Kopenhagen, in Florenz, in Rom, in Paris. Du giltst als der bedeutendste Italiener, einer der bedeutendsten der Welt.«

»In Italien kommt vor mir noch ein ganz Bestimmter, du weißt schon.«

Vittorio verzog sein Gesicht.

»Grauenhaft.«

»Der sozialistische Realismus hat immer noch seine Verehrer.«

»Na, na.«

»Doch, doch, er gefällt, er hat Erfolg.«

»Und ich dagegen bin sicher, daß er niemandem gefällt. Ich habe noch keine Menschenseele getroffen, die seine Bilder mag. Die Schlauheit bestand darin, glauben zu machen, daß er viel Erfolg habe. So hat der vorgetäuschte Erfolg den echten Erfolg nach sich gezogen, seine Marktpreise sind gestiegen, und die eingeschüchterten Kritiker haben angefangen, ihn zu loben. Eine perfekte Maschinerie und ein beispielloses Phänomen für Provinzialismus. Einige Jahre wird er sich dank seiner Bekanntheit und seines Marktwerts noch halten.«

»Aber was geht uns das an?«

»Wir sprechen einfach nur so darüber, wie über ein italienisches Phänomen.«

»Wie dem auch sei«, sagte ich, »wir müssen es hinnehmen, wie es ist.«

»Sein Gepinsel?«

»Nein, Italien.«

»Kaum bin ich angekommen, willst du mich erschrecken.«

»Aber nein, ich wollte eigentlich, daß du mir etwas über deine römischen Pläne erzählst.«

»Sagen wir über meinen römischen Traum.«

»Der ›Römische Traum‹. Das berühmteste Bild von Fabrizio Clerici, ein wirklich großer Maler. Es fällt mir schwer, die Größe meiner Kollegen anzuerkennen, ich gebe es zu, aber es ist eine Übung, die gut für die Gesundheit ist. Und auf irgendeine Weise muß ich mir schließlich auch das Paradies verdienen.«

Plötzlich merkte ich, daß ich mich im Titel des Bilds geirrt hatte: ›Der römische Schlaf‹ und nicht ›Der römische Traum‹. Aber Vittorio hatte meinen Lapsus nicht bemerkt. Oder wollte er mich nur nicht darauf aufmerksam machen?

»Weißt du, daß er nie auf unsere Briefe für das Museum von Vancouver geantwortet hat?«

»Man sagt, er sei ein schwieriger Mensch, freundlich, aber widerspenstig.«

»Und vor allem ein Snob.«

»Snobismus ist eine Form der Verteidigung vor der Belagerung durch die Vulgarität.«

»Dann ist das Museum von Vancouver also deiner Meinung nach ein vulgäres Unternehmen?«

Ich war ins Fettnäpfchen getreten.

»Nein, nein, ich sagte das einfach so, ganz allgemein. Ich habe immerhin drei Bilder für euer Museum gemalt.«

Es folgte verlegenes Schweigen. Ich hatte einen Riesenfehler gemacht: Ich hätte nicht zu diesem Treffen kommen sollen, wir hatten uns nichts zu sagen, und keiner von uns beiden wollte sich dem Gespräch über die Schatten stellen.

Ein Ober kam. Vittorio wandte sich an mich wie ein Hausherr.

»Was möchtest du?«

»Ich glaube, ich nehme einen Tee.«

»Zwei Tee«, sagte Vittorio zum Ober und, zu mir gewandt: »Tea for two, erinnerst du dich noch an dieses Lied?«

»Natürlich, aber was hat das damit zu tun?«

»Nichts, nichts.«

Er schien mir wegen meiner vielleicht etwas übertriebenen Reaktion verlegen. Warum mußte ich auch nur so argwöhnisch sein? Mir kam der Satz jenes unglücklichen Utopisten in den Sinn, der mir die Absicht zuschrieb, ich wolle Ordnung ins Chaos bringen, doch wir haben nichts weiter getan, als uns an ein harmloses Lied erinnert und zwei Tassen Tee bestellt, während die Erde weiter durch den Weltraum zog.

Der Ober entfernte sich und ging zur Bar. Vittorio betrachtete die Uhr, die ich am Handgelenk trug.

»Hat die unser Vater dir geschenkt?«

»Er hat sie mir ein paar Monate vor seiner Abreise gegeben. Sie gehörte ihm, er sagte mir, er wolle sich eine neue, sportlichere kaufen.«

Vittorio machte sein Handgelenk frei. Er hatte genau die gleiche Uhr wie ich, eine goldene Vacheron & Constantin mit einem Uhrarmband aus Eidechse.

»Mir hat sie unser Vater gegeben, bevor er starb. Auch zu mir sagte er im Scherz, er brauche eine sportlichere Uhr, eine Reiseuhr, zumal er bereits abgefahren sei.«

»Friedhofshumor, meine Mutter hatte recht. Aber jetzt mußt du mir sagen, warum du mich vorhin so sonderbar angesehen hast.« – »Als ich aus dem Fahrstuhl kam«, sagte Vittorio, »habe ich *meinen Vater* vor mir gesehen, wie er in den letzten Jahren vor seinem Tod in Vancouver ausgesehen hat. Abgesehen von den Jahren, siehst du genauso aus wie er, genauso, es ist unglaublich. Ich wollte warten, bevor ich es dir sage, weil es mir nicht freundlich vorkam, dir als erstes etwas über diese Ähnlichkeit zu sagen, aber als ich dich sah, fühlte ich mich einen Augenblick lang schwindlig, so als stände ich plötzlich vor ihm. Du hast seine grauen Haare, die gleiche Haltung, auch wenn du etwas größer bist, sogar in der Art, wie du dich kleidest, ähnelst du ihm. In allem: die Stimme, die Gestik, die Hände, die Brille, die Uhr. Ich weiß nicht, wie ich diesen Eindruck auslöschen kann.«

»Die sicherste Art ist, mich nicht mehr wiederzusehen.«

»Statt dessen wollte ich dich fragen, ob du nicht morgen kommen und einen Blick in meine Wohnung in der Via delle Carrozze werfen willst.«

Geistesabwesend sagte ich, daß ich ohne weiteres kommen würde. Aber ich war noch ziemlich verwirrt über Vittorios Worte. Also hatte auch er den gleichen Eindruck gehabt wie ich kurz zuvor, als ich ihn aus dem Fahrstuhl kommen sah. Wieder war es meinem Vater gelungen, uns seine Gegenwart aufzuzwingen, indem er sein Abbild mir und Vittorio aufgelegt hatte.

Ich sagte ihm, daß auch ich, als ich ihn nach so vielen Jahren wiedersah, eine völlige Gleichheit zwischen ihm und unserem Vater festgestellt hätte, so wie ich mich an ihn erinnerte, als ich ihn zum letzten Mal am Abend vor der Flucht gesehen hätte. Und daß ich noch jetzt, während wir unseren Tee tranken, nicht in der Lage sei, meine Gedanken von diesem fernen Bild des Vaters abzuwenden.

Lächelnd sagte Vittorio, wir seien zwei Gespenster in Vertretung eines dritten, das unseres Vaters. Seine Worte über die Gespenster lösten keine Begeisterung bei mir aus, aber ich machte die Bemerkung, daß unser Vater sich im Jenseits wer weiß wie über den gelungenen Streich, den er uns gespielt hatte, amüsieren werde.

»Er wird sich jedenfalls besser amüsieren als wir«, sagte Vittorio. Ich weiß nicht, wie, aber an dieser Stelle mußte ich einfach lachen, traurig lachen. Kann man traurig lachen?

Vittorio sah mich verwirrt an.

»Du hast recht, eigentlich liegt etwas Komisches in diesen Ähnlichkeiten kreuzüberquer.«

Mein Bruder wartete, bis ich mich wieder gefaßt hatte, dann stand er auf, während die Erde durch den Weltraum zog.

»Sehen wir uns also morgen in der Villa delle Carrozze?«

»Wann?«

»Ich bin den ganzen Morgen über da, du kannst kommen, wenn du willst.«

»Einverstanden«

Er hatte mir die Hausnummer nicht gegeben. Ich verließ das Hotel und ging in der schwülen Luft zum Parkplatz, wo ich das Auto abgestellt hatte. Ich nahm die Straße nach Poggio Arrigo, die Via Cassia statt der Autobahn: Nicht immer ist die kürzeste Linie zwischen zwei Punkten die Gerade.

Gleich hinter Rom war die Luft weniger stickig, und der Anblick der weit und breit grünen Campagna an der Via Cassia, einer erholsamen, freundlichen Campagna mit ihren bewegten Hügellinien am Horizont, erquickte das Auge, war aber meinem Geist völlig fremd. Nein, die Natur ist niemandes Freund, am wenigsten des Menschen, der trotzdem Teil dieser Natur ist. Die grünen Hügel teilten mir lediglich die unendliche Monotonie der Natur mit, gegen die ich mich aufzulehnen versucht hatte.

Wieder einmal hatten die Gespenster gewonnen, und, Aristoteles möge in Frieden ruhen, diese doppelte Wiedererkennung löste die Knoten der Handlung nicht auf, sondern ließ die Geschichte über einem Abgrund schweben, vielleicht einer Schlucht. Die Welt wiederholt sich wiederholt sich wiederholt sich, sagte ich mir, sogar die Gespenster. Mir blieb keine andere Lösung als die Flucht. Natürlich ging ich nicht zur Verabredung am nächsten Tag, ohne daß ich mich auch nur fragte, ob das eine Rache für die Verabredung war, zu der Vittorio vor vielen Jahren nicht gekommen war, oder dafür, daß er mir den Vater geraubt hatte.

Jede Niederlage hat ihre Würde, und richtige Helden, wie viele Schlachten sie auch gewonnen haben mögen, wissen, daß sie am Ende ein tragisches Schicksal erwartet, daß auch sie Söhne des Staubs sind. Ich habe viele Schlachten gewonnen, aber am Ende bin ich ein Opfer der Erinnerung geworden, es gelingt mir nicht, dem Strudel der Zufälligkeiten und Gewissensbisse zu entfliehen. Erst nachdem ich sie gemalt hatte, lernte ich die weißen Druski-Rosen von den vielen anderen weißen Rosenarten zu unterscheiden. Aber wozu soll mir das nützlich sein? In dieser Kladde habe ich, kurz gesagt, die Geschichte einer Niederlage erzählt (ohne den Anspruch zu erheben, ein Held zu sein) und die einer Flucht (ohne den Rücken mit einem Schutzpanzer abgesichert zu haben).

Nun habe ich mich hier in meinem Schweizer Hotel verschanzt, und in der glücklichen Stille der Nacht höre ich das monotone Schlagen meines Herzens. Die Uhr des Todes nannte es mein Vater. Ich versuche, alles zu vergessen, ich hoffe, es gelingt mir, alles zu vergessen, das Vergangene, das Gegenwärtige und das Zukünftige.

Fabrizio Clerici, *Corpus hermeticum*, 1972
(Ausschnitt)

NACHBEMERKUNGEN

Dieses Buch ist aus der Unruhe nach einer Reise in die Toskana entstanden. Erzählerische Erfindungen haben oftmals einen weit zurückliegenden, dunklen Ursprung, aber es kann durchaus geschehen, daß die Idee zu einem Buch auf eine zeitlich und örtlich genau bestimmbare, tief in die Erinnerung eingegrabene Gelegenheit zurückgeht. Dieses Buch hat vor einem Bild Fabrizio Clericis Gestalt angenommen, genauer gesagt vor zwei zusammengehörenden und einander ergänzenden Bildern. ›Corpus hermeticum‹ und ›Un istante dopo‹; das Hauptmotiv dieser beiden Bilder habe ich auf einer der vorangegangen Seiten unter einem anderen, erläuternden Titel beschrieben: ›Die fliegenden Steine‹.

Die von diesem Motiv ausgehende Unruhe fand ihre Bestätigung und Erweiterung während eines langen Gesprächs mit dem Maler der beiden Bilder, im Herbst 1989, in seinem Haus in der Nähe von Siena. Ich fuhr im Auto durch die ausgetrocknete Ebene der »Crete«, um den grünen, mit Steineichen und Zypressen bewachsenen Hügel zu erreichen, auf dem das alte Pfarrhaus steht, das zu einer Werkstatt profaner Mythologien geworden ist, seit Fabrizio Clerici es zu seinem zweiten Wohnsitz gemacht hat. Während der Fahrt fragte ich mich, welche Vorstellungen ich persönlich mit diesen Steinen verbinden könnte, die durch den Himmel der Zukunft fliegen, und welche mit den Archäotrophäen aus der Antike, die einer der großen Meister des zwanzigsten Jahrhunderts nun schon seit so langer Zeit auf seinen Leinwänden und in seinen kostbaren Kladden zusammenfügt.

Die Worte von Malern sind im Vergleich zu ihrer Malerei oftmals arm und widersprüchlich. In den Worten Fabrizio Clericis dagegen habe ich farbenprächtige Perspektiven und Resonanzen wahrgenommen, bereits fertige Entwürfe zu einem Bild oder zu einer Erzählung, die zeitweise meine eigenen Verwirrungen zu überlagern schien, die stets Grundlage meiner Bücher sind. Die Suche nach Strukturen im Chaos, wie unser verstorbener gemeinsamer Freund

Un istante dopo (einen Augenblick später), 1972

Gustav René Hocke die mit den Mitteln der Malerei durchgeführte Untersuchung Clericis definierte – die zu anderen Zeiten auch in die Literatur einging und mit der ich mich seit Jahren beschäftige –, schien mir eine Verbindungslinie zu ergeben, möglicherweise eine etwas allgemeine, doch in diesem Fall nicht ohne überraschende Symmetrie.

Ich habe die Abschweifungen und Überschreitungen dieses Tages in meinen Palast der Erinnerung aufgenommen, in ein Geheimzimmer, und mich entschlossen, es mit allen Siegeln zu sichern, bis ich mich durchs Schreiben von der Unruhe befreit haben würde, von der ich sprach.

Nachdem ich gegenüber meinem Malerfreund hiermit meine Schuldigkeit eingestanden habe, muß ich noch zugeben, in diesem Buch sowohl die Eindrücke der Motive als auch der Worte verraten zu haben, die mich zur Niederschrift veranlaßten. Wer immer diese Geschichte in Form eines Romans liest, soll daher wissen, daß die erzählten Umstände in keinerlei Beziehung zu Personen oder Ereignissen aus dem Leben und Werk Fabrizio Clericis ste-

255

hen. Daß die Hauptperson ein Maler ist, hat ausschließlich mit literarischer Fiktion zu tun. Daß er sich an den Leser in der ersten Person wendet, ist ein Kunstgriff, den ich öfter in meinen Büchern anwende. Dadurch ist es mir auch in diesem Fall möglich geworden, erzählerischen Notwendigkeiten zu folgen, die mich von Seite zu Seite auf Wege geführt haben, die weitab vom ersten, auslösenden Eindruck liegen.

Luigi Malerba